A E
& I

La última página

Autores Españoles e Iberoamericanos

Laura Martínez-Belli

La última página

Diseño de portada: Genoveva Saavedra / aciditadiseño
Imágenes de portada: © Shutterstock / Asife (chica) y MorganStudio (libro)
Fotografía de la autora: Blanca Charolet

© 2014, Laura Martínez-Belli
c/o Guillermo Schavelzon & Asoc., Agencia Literaria
www.schavelzon.com

Derechos reservados

© 2014, Editorial Planeta Mexicana, S.A. de C.V.
Bajo el sello editorial PLANETA M.R.
Avenida Presidente Masarik núm. 111, 2o. piso
Colonia Chapultepec Morales
C.P. 11570, México, D.F.
www.editorialplaneta.com.mx

Primera edición: septiembre de 2014
ISBN: 978-607-07-2394-0

Impreso en los talleres de Litográfica Ingramex, S.A. de C.V.
Centeno núm. 162, colonia Granjas Esmeralda, México, D.F.
Impreso y hecho en México – *Printed and made in Mexico*

A la risa contagiosa de mi padre.
A la dulce sonrisa de mi madre.

I

También eres eterno mientras inventas historias.
Uno escribe siempre contra la muerte.

ROSA MONTERO en *La loca de la casa*

Soledad

Morir, ese acto difícil y complejo, es a veces precedido por el olvido. Un olvido que mata antes de la muerte porque sumerge en la misma nada. Pero de vez en cuando surge alguien capaz de burlarlo, aunque no eternamente ni por mucho tiempo, con las palabras.

Afuera luce un día espléndido. El sol brilla con insolencia, como se espera que haga en las bodas. No es el clima propicio para un entierro, donde secretamente deseas poder cobijarte bajo la cúpula de un paraguas, arrullada por el pesar de las gotas al caer. Pues no. El día ha estado estupendo y no he podido refugiarme en la pesadumbre de la lluvia ni en el tronar del cielo.

Eduard ha muerto. Se ha muerto despacio.

Creí poder encontrar cierta paz cuando él muriera. Y sin embargo, la verdad es que no puedo con la sensación de vacío.

Cuando lo conocí, él aún sabía quién era, quién había sido y cómo quería morir. Aún tenía la mirada altiva de quienes no lo han contado todo. Después, esa seguridad se fue borrando. Pero antes de irse, me mostró los vericuetos de una doble vida. La doble vida que tenemos todos o, aún más inquietante, deseamos tener. Eso también lo aprendí de él. En los oscuros escondites de nuestros deseos, donde no hay censuras morales ni temor a ser juzgados, residen las vidas que viviríamos si tuviéramos suficiente valor. Ahora lo sé.

Soy dos mujeres. Dos mujeres distintas en una misma persona. Él me las presentó. Me arrojó a un mundo de secretos del alma, armada únicamente con un teclado, una computadora y una palmada en la mejilla. Así me despertó del letargo de la rutina. Yo era un pez nadando con la corriente. Hasta que nos cruzamos en la misma agua forzándome a cambiar el rumbo. La vida es así, de pronto te cimbra como un temblor de tierra. Te salen grietas. Como si estuvieras hecha de barro. Nadie me ha resquebrajado como él.

En ese entonces yo rozaba la mitad de la treintena. Ni los amantes, ni los amores falsamente eternos, ni el abandono paterno, ni la vocación frustrada me desbocaron en torrente como me sucedió al conocer al señor Eduard Castells.

1

Llevaba meses sin trabajar. A esas alturas, me daba igual qué empleo consiguiera. No importaba. Necesitaba trabajo: el que fuera. Había perdido las esperanzas de encontrar algo en lo mío: letras. En mis pesadillas, podía escuchar la voz de muchos incordiándome, inquiriéndome de qué pensaba yo vivir. «Las letras dan cultura, sí, pero no dan dinero.» Y de la cultura no se vive. Eso está muy bien para el príncipe William y demás aristocracia de cuna o comprada, pero para gente con la vida resuelta. No era carrera —seamos realistas— para una chica que a duras penas contaba con el apoyo de una madre que se había dejado la vida multiempleándose para sacar adelante a ambas. Una madre, dicho sea de paso, salvada de la ruina gracias a unas segundas nupcias de última hora. No era carrera para una huérfana de padre, y no porque el sinvergüenza hubiese muerto, sino porque un día se largó con otra para ser padre de una hija postiza, desapareciendo del mapa sin dejar rastro, sin tener la decencia de pasar ni pensión, ni cariño. No era carrera para alguien que pretendiera salir del hoyo económico en el que estaba desde hacía años.

—Búscate algo más lucrativo, algo que te asegure un futuro, algo que te empuje hacia delante. Y si no, ya de perdida, búscate a alguien que te mantenga —ésa era la cantaleta con la que mi madre abonaba los desayunos.

Pero a mí los comentarios se me resbalaban como mantequilla untada sobre el pan. Yo aún tenía fe en el ser humano. En los libros. Hice caso omiso. Y, sin serlo, me puse al nivel de un príncipe en un salto cuántico. Si tenía suerte a veces me pagaban por mi trabajo, pero en la mayoría de los casos me contrataban por proyecto y argumentaban que la gran recompensa por participar en festivales literarios, organización de seminarios, mesas de trabajo de ferias del libro y lecturas nocturnas de *El Quijote,* consistía en la experiencia adquirida. Caché para el currículum. Eso era todo. Hasta que tras siete años sin poder recrearme en los vericuetos de las clases medias de Cheever, ni entre los centenos de Salinger, ni tras los gatos negros de Poe, humillada por toda clase de empleos temporales, cuya temporalidad a veces no superaba un mes, fui claudicando. Las deudas pudieron más que los libros. Los bancos empezaron a mortificarme y, aunque sé que hubiera accedido, no tenía cara para pedirle un centavo al marido de mi madre para pagar la renta, después del desplante infantil y egoísta de negarme a acudir a su boda.

Mi madre conoció a Arturo en un jardín de la tercera de edad. Hasta entonces, los únicos jardines de los que yo tenía conocimiento eran el botánico y los de infancia, pero mi madre un día me llamó entusiasmada, feliz con el descubrimiento de un «jardín de viejitos», decía ella, en donde por muy pocas monedas daban clases de todo lo que ella había querido hacer en la vida, y que por falta de tiempo, dinero o merma de autoestima, había ido postergando: taichi, tango, inglés, piano, yoga, pintura. *Las nueve musas,* así se llamaba. Mi madre relució con lozanía a las pocas semanas de empezar a frecuentar el lugar. Al principio lo atribuí a que las ocupaciones le habían traído paz y alegría, y entonces yo misma la motivaba a ir. Al menos al estar ocupada con lo suyo, dejaba de ocuparse en lo mío y me dejaba mi dotación de aire y oxígeno, un espacio en dónde poder agobiarme sin la ayuda de nadie. Dejó de preguntarme por mis trabajos, todos descalificados por ella, dejó de atosigarme con su charla de que «ya me lo había advertido», pero que por necia no quise ser abogada. Dejó de interesarse por mis fracasos. Al principio, claro, me sentí relajada y supuse que mi madre, por fin, había dado un paso adelante en cortar el cordón umbilical que nos unía desde el abandono de mi padre. Mi lucha no era la suya. Hasta que un día fui dándome cuenta de que no era el taichi lo que la relajaba, sino Arturo. Un día, me lo contó entre una taza de café y otra, como si me dijera que le pasara el azúcar. Lo hizo de una manera tan natural, que enseguida deduje que llevaba varios días ensayándolo.

—He conocido a un hombre, ¿te sirvo otro café?

—¿A un hombre?

—Te va a encantar.

Pensé que se trataba de un apaño para mí. Volví a sentirme con quince años, cuando mi madre se empeñaba en presentarme a los buenos partidos de los hijos de sus jefes, cuando ella aún tenía la esperanza de que mi matrimonio nos sacara de la pobreza y de la mediocridad.

—No necesito que me presentes a nadie, mamá.

—Si no es para ti, querida. Arturo es mío —dijo.

«Arturo es mío.» Con ese sentido de la propiedad, como si el hombre que le atraía le perteneciera. Como unos zapatos. Como un par de guantes. «Mío», dijo. Mi madre había tenido muchas conquistas. Muchos amores. Amantes. Hombres con quienes me topaba por las mañanas en la cocina, mientras desayunaba antes de salir al colegio. Los hubo cariñosos, huraños, los hubo visiblemente incómodos ante la visión de una niña escudriñándolos desde el otro lado de la mesa y hubo algunos, incluso, que me dieron domingo. Aún hoy, ya adulta, tengo una pesadilla recurrente. Como un tatuaje que, aunque ha perdido la fuerza de la primera impresión negra, se percibe claramente en el apagado color gris. Mis padres pelean. Él le dice que demuestre que yo soy hija suya. La llama *puta. Zorra...* Le dice que siempre lo ha sabido. Gritan... Se insultan. Ella maldice la hora en que salió de Madrid para seguirlo hasta México... Entonces despierto... Yo lo sé... No me cabe duda... Mi madre, en efecto, no fue un dechado de virtudes... No tuve, por así decirlo, una abnegada madre del Disney Channel.

Sin embargo, como si con la llegada de la menopausia hubiera perdido el deseo o como si lo hubiera consumido todo ya, llevaba años en castidad. Y con la misma naturalidad con la que en mi infancia me acostumbré al vaivén de hombres en la cocina, me acostumbré a su celibato. El saberla sola me dio cierta paz... Cierta calma... Ella parecía no echar de menos la compañía de un hombre... Llegué a pensar que estaba desilusionada, cansada, sin añoranza. Era como si, por fin, hubiera aprendido a aceptar que se bastaba sola... Ella era suficiente... Suficiente para mí, para ella. Y si alguna vez hubo un amor de fin de semana, jamás volvió a llevarlo hasta el desayunador de la cocina.

Por eso me sorprendió tanto que se refiriera al tal Arturo con esa ansiedad. No fue el hecho de que tuviera un compañero, pues me parecía normal tras años de sequía, sino la forma en la que lo dijo, la manera en la que se refirió a él como si estuviera en el fondo de un pozo y le aventaran una soga desde el exterior: no permitiría que nadie se la arrebatase.

—Arturo es sólo mío —recalcó.

—Pues mira qué bien, todo tuyo —dije con ironía.

—Nos vamos a casar.

El trago de café desvió el camino y empecé a toser. Cuando me recuperé, espeté:

—¿Pero qué dices? ¿Casarte? ¿Pero cuándo has querido tú casarte? ¿No están ya muy grandecitos para eso? ¿Cómo que te vas a casar?

—Él no está tan «grandecito» —dijo mi madre con sorna.

Pude ver orgullo en sus ojos. Vanidad. Conquista.

—Es menor que yo, Soledad.

—¿Qué tan menor?

—Menor.

—Dímelo.

—¿Y eso qué importa? Lo importante es que me quiere.

—¿Dónde lo conociste?

—En el jardín… ¿Dónde si no?

—Ah… entonces no es tan joven. No me asustes.

—Es un profesor.

Palidecí.

—Tiene cuarenta y ocho años.

—¡Cuarenta y ocho! Mamá, ¿te has vuelto loca? ¡Pero si le llevas quince años!

—¡Lo sé, lo sé!… ¿No es maravilloso?

Desde el primer momento me negué a intimar con Arturo. Siempre lo visualicé como un hombre perverso, con algún tipo de conflicto edípico. Un hombre tonto, absurdo, quizás algo retrasado. ¿Qué podía ver un hombre de cuarenta y ocho en una mujer de sesenta y tres? Desde todos los ángulos me daba asco, repulsión. Me torturaba que mi madre fuera una *cougar*. Una Demi Moore de tres al cuarto. Y sin embargo, mi madre estaba mejor que nunca. La veía serena, estable, incluso feliz. Pero me alejé de ella. Demasiado había tenido que aguantar ya, demasiadas idas y venidas de padres de fin de semana, para que a la vejez me saliera con un romance rejuvenecedor. Un romance con un hombre que debería estar perdiendo los vientos por mí, y no por ella. Entendía por qué mi madre me había apuntado tan severamente que ese hombre era suyo. No se le escapaba que yo era una versión mejorada de ella misma y se sintió amenazada. Estúpidamente amenazada. Como si yo tuviera algún interés en quitarle al imbécil de «su Arturo». Me avergonzaba de ella. Sí. Sentía vergüenza. Pero más allá de avergonzarme de mi madre, de su descaro, de su indolencia, sentía que todas las muestras de cariño hacia a Arturo, cada sonrisa, cada canción tarareada al lavar los platos, cada vez que ella se vestía, se arreglaba, se pintaba la boca para ir a verlo, cada una de esas pequeñas cosas constituía una prueba más, no de su amor hacia él, sino de desamor hacia mí. Y eso no lo podía soportar.

Se casaron, vivieron juntos y comieron el pan nuestro de cada día sin mi bendición, ni falta que les hacía. Mientras yo me sumía en la soledad más absoluta, ahogada por deudas, desempleo y cierto caos emocional.

Junto a mi titulación universitaria, mis conocimientos de inglés, francés y ambiente Windows, tragué una gran bocanada de orgullo y acepté trabajar haciendo todo tipo de cosas, a cual más dispar, todo antes de recurrir a la generosidad de Arturo. Lavé y barrí pelos en una peluquería, vendí repostería en una *delicatessen*, hice pulseras con mensajes de buena suerte, vendí seguros, di clases particulares de español a niños de primaria, fui recepcionista en una funeraria... La única actividad que hacía por placer era mi blog. En él escribía de las peripecias de mi vida, desde los tediosos trabajos hasta los amores esperpénticos y esporádicos con quienes intentaba despistar mis instintos carnales... Por supuesto, firmaba con seudónimo, porque me daba una vergüenza enorme utilizar mi propia voz... Era un ganar-ganar: más cómodo y más liberador... Mis días se llenaban así. Hasta que un día... me contactó una empresa que empleaba domésticas y asistentes para gente de la tercera edad. Me localizaron por referencias en la funeraria. Como requisito exigían formación académica superior, y pensé que al menos así daría utilidad al papel con sello y foto de birrete que había obtenido tras cinco años de esfuerzo y sacrificio. Además, tras la simplicidad intelectual y monotonía de todos los empleos anteriores, cuidar a un anciano me pareció algo noble a la par que remunerativo. A esas alturas, me hubiera dado igual si hubieran sido bebés, niños o perros, pero resultó ser que quien mejor pagaba era el señor Castells. Por si fuera poco, en la entrevista de trabajo, el señor me indicó que entre mis múltiples labores debería leerle en voz alta. ¡Ah! ¡Ahí estaba! ¡Un pequeño vínculo con mi formación profesional! Me pareció reconocer cierta dignidad en mí. Aquel trabajo, además de ser bien remunerado, mantenía cierta coherencia con mi carrera. Por primera vez podría recrearme en la lectura y me pagarían por ello. Quizás no era ése el trabajo soñado cuando me inscribí en la Facultad de Filosofía y Letras, pero desde luego había un vínculo, un nexo. Un hilo de seda. Debí suponer entonces que tan buena paga correspondería a cubrir servicios de otra índole, pero entonces no tenía cabeza para nada, salvo pensar que aquello era una suerte. El destino me hacía justicia, por fin dejaría de recibir llamadas de los bancos exigiéndome el pago de mis tarjetas todos los meses, podría pagar mi teléfono, el gas, el agua. Podría pagar las cuotas de mantenimiento de mi edificio e incluso, cuando el señor Eduard me diera un día libre, podría salir por ahí y darme algún capricho de escaparate. Qué inocente era. Parece mentira que mis únicas preocupaciones de entonces fueran económicas. Pero, ¿cómo saberlo? ¿Cómo saber que aquel trabajo cambiaría el rumbo de mi vida de aquella forma? ¿Cómo? No había manera. Había que vivirlo. Y eso fue lo que hice.

2

Ese día me puse mi traje sastre color caramelo. Lo había comprado en unas rebajas hacía mucho tiempo pensando en que podría ser de utilidad, algún día. Tal vez dando clases en la facultad, yendo a una presentación de un libro en donde acompañara a algún escritor de renombre. Pero el traje sastre se quedó colgado, esperando la célebre ocasión. Aquel día desempolvé los hombros de la chaqueta y me lo enfundé, no sin algo de resignación. Tuve ciertas dificultades para cerrarme el botón de pantalón. Mi cintura seguía empecinada en ensancharse, a pesar de llevar semanas cenando solamente un yogur. Según yo, así mataba dos pájaros de un tiro: hacía dieta y ahorraba un poco. Pero el traicionero pantalón venía a señalarme con su botón acusador. Terminé de arreglarme a toda prisa. Estaba un poco nerviosa. Intuía que aquella podía ser una oportunidad importante. El café se había enfriado, pero me lo empiné igualmente. Podía no comer nada hasta las dos de la tarde, pero no perdonaba el café, única adicción desde que dejé de fumar. Metí en mi bolso *El hombre que fue jueves*, de Chesterton, que además de entretenido tenía la gracia de ser un libro pequeño, y salí a toda prisa hacia la dirección proporcionada por la empresa. El tal señor Eduard me esperaba a las diez en punto.

Llegué corriendo, pero puntual. Un par de minutos antes. Lo justo para tomar aire, serenarme tras la carrera y estirar unos pelos rebeldes que escapaban de mi cola de caballo. El departamento del señor Eduard era el último piso de un edificio de 17 plantas. Altura rara para un edificio viejo. Abajo, un guardia de seguridad me abrió la puerta. Me saludó cortésmente.

—Buen día, señorita.

—Buen día. Vengo a ver al señor Eduard Castells —dije de un tirón. Me había aprendido el nombre de memoria.

—¿Tiene cita?

—Sí, sí. Ya me esperan.

El joven me miró fijamente durante un par de segundos. No atiné a interpretar muy bien a qué se debía la intensidad de su mirada. No supe si me escudriñaba, si me analizaba o si intentaba retener mi rostro. Después levantó un teléfono y me preguntó:

—¿A quién anuncio?

—A Soledad Sandoval, por favor.

—¡Ah! Sí, sí… Por supuesto, permítame un segundo —dijo al sonreír.

Mientras hacía una llamada por el intercomunicador para anunciarme, miré mi imagen en un espejo. Quería estar presentable —como decía mi madre— para la ocasión. Con los dedos retiré un pegote de rímel que se me había acumulado en el lagrimal, y difuminé un poco del delineador escurrido por las incipientes —y jodidas— patas de gallo. Sentí que me observaban fijamente, pero en cuanto giré hacia él, el vigilante disimuló.

Tras recibir autorización, me acompañó hasta el elevador. Con un gesto me invitó a entrar y me pidió esperar un momento. Obedecí. Me brindó otra sonrisa protocolaria y regresó a su lugar. Estiré el cuello lo suficiente para verlo tomar el teléfono. Debió sentir mi mirada, porque giró su vista en dirección al elevador. Rápidamente volví a mi posición en el cubo. Clavé mi atención en el panel de los botones. El último piso tenía llave. De pronto las puertas se cerraron y el elevador comenzó a subir. Era uno de esos elevadores viejos remodelados, que suben despacio y parecen dar un saltito en cada piso. Imaginé qué haría si de pronto caía en picada. Sentí alivio cuando se abrieron las puertas. Me deslumbró un recibidor blanquísimo. Aquel lugar refulgía. Tímidamente di un paso y tuve la sensación de estar ingresando en un santuario, como si estuviera en la catedral de Puebla. El suelo estaba alfombrado en blanco. Justo a la salida del elevador, un tapete de esparto con grecas negras invitaba a limpiarse los zapatos. Lo hice con fruición. Nadie me esperaba en el recibidor, lo que intensificó la sensación catedralicia. Con los pies clavados en la alfombra esperé sin moverme demasiado. No quería dejar plasmadas las huellas del tacón. Para atajar el nerviosismo, respiré hondo. Aspiré el olor de una vida acomodada. Olía a jabón, a baños limpios, a aspirador recién pasado. Y de pronto, también, olía a Santos de Cartier. Por reflejo, me di la media vuelta. Un señor no tan mayor como para ser el desvalido anciano al cual se suponía debía cuidar, guapetón, vino hacia mí con paso ligero.

—Soledad, Soledad… adelante. No te quedes ahí parada. Pasa, hija.

Estiré mi brazo para saludarlo. Colocó la mano izquierda encima del nudo de nuestras manos y las estrechó con firmeza sin dejar de mirarme. Me pareció un recibimiento cálido, a tono con la luz que se colaba por las ventanas.

—Bienvenida… —dijo. Y luego, tal vez intuyendo la duda en mí, agregó—: Soy Eduard. Eduard Castells.

Pasamos a una sala conjunta, blanquísima también. El impoluto departamento imponía respeto. Rozar el faldón del sofá con la suela del zapato al cruzar la pierna o dejar caer una pequeña gota de leche me tenía nerviosa. Pero el señor Eduard parecía estar acostumbrado al orden y a la limpieza, y aquella exquisitez no lo incomodaba en absoluto. No como a mí, que estaba tensa como una cuerda de violín. Nunca había estado en una casa tan perfecta. Me parecía encontrarme en la foto de una revista, sin abrigos colgados sobre las sillas del comedor fungiendo de percheros, sin periódicos a medio leer, deshojados, sobre la mesa de café, ni sobres del banco mal abiertos en la correspondencia. Al ver tal pulcritud, me traicionaron mis prejuicios y supuse imposible que aquel hombre viviera solo. Y fui armando hipótesis. ¿Viudo? ¿Casado? ¿Hijos? ¿Por qué entonces necesitaría a alguien para cuidar de él? Era evidente que el dinero tampoco resultaba un impedimento. Me ofreció algo de tomar, a lo cual ni corta ni perezosa contesté con «un café, gracias». El señor Eduard levantó una campanita de la mesa de centro y a los pocos segundos apareció una chica uniformada en almidón. No tenía pinta de muchacha de servicio. Parecía sacada de una película gringa, donde las españolas tipo Paz Vega no tienen más remedio que hacer de domésticas mexicanas. Ella preguntó enseguida:

—¿Sí, don Eduard?

—Verónica, tráigale un café a la señorita.

Pero antes de poder decirle «sin azúcar», Verónica había emprendido camino hacia las tripas del departamento.

El señor Eduard empezó a hablar. Y soltó de pronto:

—Bueno… Tengo entendido que eres licenciada en Letras.

—Sí, señor —dije con una sonrisa nerviosa. Pocas veces mis entrevistas de trabajo empezaban así.

—Bien. No es absolutamente imprescindible, pero es interesante —añadió él.

Mi sonrisa se difuminó.

—Bueno —prosiguió—, ¿sabes redactar?

—¿Redactar? Sí, claro. Sé escribir muy bien.

—¿Qué tan bien?

—¿*Qué tan bien*? Pues no sé…, bien. Lo suficiente como para transmitir una idea correctamente, supongo. Escribo bien.

—Bien —repitió él.

Pareció escoger sus palabras. Luego me dijo:

—¿Cuál es tu vocación?

—¿Cómo dice?

—Tu vocación… ¿qué es lo que te gustaría hacer en la vida?

Sabía muchas respuestas aprendidas de mis otras entrevistas de trabajo. Y siempre se adaptaban al trabajo en cuestión. Si era de ayudante en una peluquería, me interesaba el estilismo; si era de paseadora de perros, quería ser veterinaria. Siempre hacía que mis vocaciones encajaran con un propósito, pero ahora, al no saber exactamente en qué consistía el trabajo, no supe qué contestar. Él me ayudó un poco:

—Vamos, no creo que tu meta en la vida sea pasar la juventud cuidando ancianos. Al menos no para una estudiante de Filosofía y Letras.

—¿Y por qué no? —me apresuré a contestar— la geriatría es una profesión noble como tantas.

—Interesante.

—¿Qué le parece interesante?

—Que seas mentirosa.

Palidecí.

—¿Cómo dice?

—Que mientas. Me gusta la gente que miente. Indica al menos tres cosas: malicia, imaginación y buenos reflejos.

No supe qué decir. No podía sonreír, ni agradecer una ofensa disfrazada de cumplido. Un aguacate disfrazado de tomate. Me quedé estupefacta.

Nos miramos. Ambos tratábamos de internarnos en los pensamientos del otro. Al menos yo lo intentaba. ¿Hacia dónde iba esa conversación? ¿En qué consistía el trabajo? ¿No era acaso para hacerse cargo de un «anciano»? Pero el hombre que tenía sentado enfrente no era un anciano, ni mucho menos. Era un hombre mayor, desde luego, pero tenía pinta de poder valerse por sí mismo. Incluso era galán. Me recordaba a Jeff Bridges. Hasta tenía el mismo pelo desaliñado pero limpio y la barba canosa de candado. Me pareció atractivo. No… este hombre no necesitaba que lo cuidaran. Tenía ese aura de autosuficiencia, aunque también algo de amargor, si se miraba bien debajo de sus ojos. Supongo que debió intuir mi desconcierto, porque enseguida añadió:

—¿Querrás saber por qué te pregunto esto?

Asentí.

Verónica entró de pronto con una bandeja llena de pan dulce y dos tazas humeantes. Con agilidad restaurantera colocó frente a mí la taza de café, y al señor Eduard le sirvió un té blanco.

«Qué obsesión por el blanco», pensé.

Y sin decir palabra, la muchacha desapareció de nuevo.

—Verás —dijo retomando el tema—, quiero que escribas mi historia.

¡No podía ser! Era mi día de suerte. Por fin la vida me pagaba lo que me debía, pensé. Me emocioné tanto que tuve que disimular enterrando mi sonrisa en la taza del café.

Eduard también dio un sorbo. Después, se quedó contemplando el interior de la taza, como he visto hacer a quienes leen los posos del café. Pareció sobrecogerse o pensar muy deprisa.

Quise parecer profesional y pregunté:

—¿Va a escribir un libro?

—No —sonrió—. Yo no.

—Entonces… quiere que haga de su *negra*.

Él arqueó las cejas, extrañado.

—Sí… como un *ghostwriter*—aclaré.

—Sé lo que es un *negro*—me cortó—. No. No quiero eso.

Por un momento, me pareció que Eduard titubeaba. Luego dijo:

—Quiero dictarte. La verdad es que ya no escribo rápido y pierdo fácilmente el hilo. Necesito una «estenógrafa», como Dostoievsky —dijo mostrándome una hilera blanca de dientes, orgulloso de la referencia literaria que acababa de soltar, y que no entendí.

Después, volvió a clavar la mirada en el fondo de la taza. Ahora la movía en círculos, como si estuviera catando una copa de vino.

Pregunté:

—Disculpe la pregunta, don Eduard, pero yo pensé que buscaba a alguien que lo cuidara…

—Ah, sí. Esos de la agencia interpretaron mal —dijo. Pero no. Para eso no te quiero contratar. Ya tengo una enfermera. Se llama Rubén —bromeó.

Sonreí. Una especie de misterio rondaba sus ojos. Había algo en su forma de mirarme desde sus hermosos ojos azules. Me miraba como si quisiera ver mi alma, como si quisiera meterse dentro de mis pensamientos. Me estremecí. De pronto, él dijo:

—Quiero que me ayudes a guardar mis recuerdos en un banco.

—¿Cómo dice? ¿En un banco? No entiendo.

—Ven conmigo.

Y se puso de pie. Tenía un porte espectacular. Caminé tras él.

Nos levantamos de la mesa y atravesamos un pasillo blanco con el trampantojo de una estantería llena de libros de lado a lado. Abrió una puerta y entramos en su despacho. El olor a madera me golpeó en la nariz. El lugar era grande y cabían sin estorbarse dos grandes mesas de escritorio. En una descansaba una máquina de escribir a modo de objeto de decoración. En la otra, un ordenador de última generación, conectado a impresora, escáner y discos duros extraíbles. El sonido del ventilador arrullaba como una cigarra. Por lo visto, el señor Eduard estaba a la última en dispositivos electrónicos, y era un hombre que había sabido envejecer al ritmo de los avances de su tiempo. ¿Cuántos años tendría?, ¿sesenta, sesenta y seis? Sin embargo, cierta nostalgia flotaba en el ambiente. Dos lámparas de pie flanqueaban la habitación. El torso de un maniquí al que en lugar de cabeza habían colocado una pantalla custodiaba la esquina. Una antigua cámara de fotos apoyada sobre un trípode cumplía funciones de vigía. «Un toque *vintage*», pensé. Varios cuadros de arte moderno colgaban de las paredes. Me pareció adivinar un Toledo, blanco, de qué otro color, coronando la pared principal. Eduard se sentó en la silla de cuero negro y abrió el navegador. Empezó a explorar. Tecleó el nombre de una página web. Eduard no era una de esas personas a las que se les acababa el espacio para deslizar el ratón. No. Conocía muy bien el terreno que pisaba, se desenvolvía con naturalidad, sabía dar instrucciones tanto con el teclado como con el *mouse* y dirigía con presteza el puntero hacia donde quisiera. Mi madre, más joven que él, era incapaz de moverse a sus anchas por la pantalla; cada vez que intentaba introducirse en la magia de la red, se le cerraban ventanas a voluntad, y se lamentaba de que la computadora desobedeciera sus órdenes, se quejaba continuamente del libre albedrío de la máquina, o se le llenaba la pantalla de *pop ups* anunciando productos temerarios, invitándola a proteger su ordenador de cuanto virus acechase, remedios contra la impotencia o enlaces para conocer a la pareja de sus sueños. Desesperada, mi madre terminaba apagando la máquina de un botonazo, sin el protocolo debido. Por eso me llamó tanto la atención que el señor Eduard se moviera a sus anchas por el ciberespacio. Pronto dio con la página buscada. Se llamaba *Banco de Recuerdos* y era, en efecto, un banco virtual. La pantalla se cubrió de pronto de cajones de todos los colores y tamaños. Alargados, rectangulares, cuadrados. Más largos que anchos, pequeños, grandes. Algunos semejaban ser de hojalata, otros de madera o cartón. Todos dispuestos en armonía a pesar de su diversidad. El señor Eduard hizo clic sobre uno. El cajón se deslizó y se abrió. De su interior salió una pequeña hoja de papel. El señor Eduard se levantó y me cedió el asiento.

—Lee —ordenó dulcemente. Conmovido, pensé después.

Más por curiosidad que por obediencia, me senté. En los renglones de ese papel virtual podía leerse: «Me gustaría recordar a mi padre. Quisiera no olvidar nunca los veranos en Fresno.» ¿Sería posible? ¿Acaso eran… recuerdos? Giré la cabeza hacia Eduard.

—¿Qué son? —pregunté.

—Recuerdos —confirmó—. Abre otro.

Moví el cursor hacia la derecha y recorrí la infinita galería de cajones. Me detuve en uno al azar. Decía: «Mi mejor recuerdo es mi carta.» Y a continuación, se transcribía una carta bellísima, de un padre moribundo a un hijo. El padre le pedía al hijo que acabase la carrera, eso le hacía mucha ilusión, aseguraba. También colocaba sobre sus hombros el deber de hacerse cargo de su madre y su hermana, cuando él faltase. Pero sobre todo, le decía que jamás se rindiese. La carta terminaba así: «La vida es para los valientes.» Se me puso la carne de gallina. Sentí lágrimas asomarse a mis ojos. A los míos, que jamás lloraban. Sin embargo, había algo en esos cajones. Cada uno emanaba una fuerza única. Especial. Ahora, con el paso del tiempo, creo saber qué era eso que los hacía tan auténticos. Era honestidad. Navegué por ellos un buen rato. Algunos no eran más que lugares comunes de gente común: «No quiero olvidar a mis hijos, a mis padres, a mis hermanos, a mi mujer», pero otros eran estremecedores relatos acerca de la vida, del miedo a la muerte, de las cuentas pendientes con Dios. Curiosamente, en ese océano de recuerdos era difícil toparse con rencores. Todos los cajones que abrí, uno tras otro, contenían buenos deseos. Aquella, dentro de la tristeza, era una página optimista. Pasada la impresión inicial, me interesé por el funcionamiento de aquel banco. Miré con atención y noté que junto a los cajones, dos tímidas pestañas señalaban: «Dona un recuerdo» y «Apadrina un recuerdo.» Uno podía ser el padrino de un recuerdo ajeno, si es que no se consideraba tener el ánimo o el valor de compartir los propios; o bien, se podía intentar abrir un cajón y dejar ahí dentro parte de la vida, acaso la memoria de uno, a la espera de que alguien se encontrara con la caja, como la botella de un náufrago, la abriera y la leyera. El dinero recaudado iba en apoyo a la investigación del mal de Alzheimer. Fue entonces cuando entendí mi función en la historia. Mi nueva responsabilidad me abofeteó. Me giré despacio.

—¿Qué es exactamente lo que quiere que haga, don Eduard? —pregunté sólo para cerciorarme.

—¿No es obvio? Quiero guardar mis recuerdos en esas cajitas. Quiero donar mi memoria a la lucha contra el alzhéimer.

No dije nada. Qué solo debía estar este hombre en el mundo, pensé, para recurrir a una extraña a la cual contar sus batallitas. No entendí por qué no querría hacerlo él mismo. Pero callé.

—Como ves —prosiguió él— tu ocupación será la de escribana.

—Muy bien —dije—. Claro que sí, don Eduard.

Mentiría si dijera que no me sentí aliviada. Escribir era, a todas luces, mucho más divertido que atender a un «viejito». Menos mal que había acudido a la cita. De lo que me hubiera perdido al rechazar una oportunidad como ésta. La paga era buena, y encima trabajaría con este hombre que prometía ser, pensé entonces, cuando menos interesante.

—¿Cuándo quiere que empiece?

—Empezaremos ahora, si no te importa.

Sonreí, entre nerviosa e ilusionada. Como si mi cuerpo presintiera que aquél que emprendía era un camino sin retorno. Ése fue mi primer trabajo como escritora. Desde luego, no experimentaría la libertad de crear mundos de la nada, sino que me ceñiría al corsé de los recuerdos ajenos. Pero en mayor o menor medida tendría que novelar y aquello me pareció un regalo que ni los dioses del Olimpo. Me quité el saco color caramelo y me senté frente a la computadora, sin poder borrar la estúpida sonrisa instalada en mis labios, mientras me lanzaba de bruces al laberinto de la memoria.

3

Recuerdo 1: El columpio

Tengo cinco años. Más o menos. No puedo asegurarlo con exactitud. Hay un columpio. Un columpio colgado de un árbol. No, espera. Creo que es la llanta de un camión colgada del árbol. No importa. El caso es que me columpio contento. Las cosquillas me rascan las tripas, siento nervios, a veces tengo el impulso de saltar del columpio, pero puede más la risa. Desde ahí veo mi casa. Veo a mi madre, a lo lejos, en la ventana de la cocina. Sé que ella puede verme mientras lava los platos. Levanto la mano para saludarla y ella responde. Me siento seguro. Juego. Giro. Me balanceo. Siento el aire en la cara. Pienso que soy feliz. Sí. No hay preocupación en el mundo. No mientras me columpio. Pero entonces tengo que bajarme porque me llama mi madre. Es el fin de la diversión. No quiero entrar en casa. Decido esperar en el columpio y hacer como que no la escucho. Pero mi madre me llama y debo acudir. Tras dudar, decido obedecer. Mi madre me saluda con urgencia. Me dice: «Corre, cariño, corre.» Pero no tengo prisa. Quiero seguir en el columpio un poco más.

—¿Estás apuntando, Soledad? —su pregunta me devuelve al mundo.
—Sí, sí. Cada palabra.
—Bien —dice.
Y entonces se sume en el silencio. Un silencio espeso. Con paciencia, espero. Pienso que quizás está haciendo un esfuerzo por recordar y no quiero distraerlo. Además, empiezo a temer que la emoción inicial se vuelva un aburrimiento. Y pienso que, tal vez, sólo tal vez, puedo echar de mi cosecha y mejorar algo la insipidez de la

historia. No sé. Algún toque aquí o allá. Estoy elucubrando, cuando don Eduard suelta a bocajarro:

La explosión de gas mató a mi madre justo cuando me bajaba del columpio.

Paralizada, alcé la vista. Lo vi, sentado frente a mí, mirándome sin verme desde su sillón de cuero negro. No me miraba a mí. La miraba a ella. Me estremecí como un pedazo de papel sacudido por el viento.

Él siguió hablando:

No sé si me bajé del columpio, o si me tiró la sacudida. Pero sé que ésa fue la última vez que vi a mi madre. Quizás, si hubiera obedecido, si hubiera acudido a su llamado cuando ella me llamó, hubiéramos muerto juntos, yo en sus brazos y ella abrazándome. Pero yo quería seguir jugando.

Después, como alertado por el silencio del teclado, volvió a decirme:

—Guárdalo, chiquilla, guarda ese recuerdo en un cajón. Ya te puedes marchar. Te espero mañana a la misma hora.

Se levantó y me dejó en el despacho, sola, con las palabras atoradas en los dedos, la cabeza llena de preguntas y el cajón abierto.

Cuando abandoné la residencia del señor Castells, me despedí del vigilante sin verlo. ¿Para qué? Si apenas recordaba su rostro. Un rostro común, con una nariz y un corte de pelo comunes, una mirada común, un uniforme común. Nada había extraordinario en él ni en su indumentaria que me permitieran distinguirlo entre una multitud. Sin embargo, a mi paso inclinó la cabeza, con docilidad de perro faldero. Sin detenerme, escuché a lo lejos un «buen día, señorita Sandoval» que se difuminó entre mis pensamientos.

Caminaba sin fijarme en dónde pisaba. Estaba aturdida, ajena a los transeúntes que me esquivaban. ¿Una explosión de gas? Pero aquello habría hecho volar una cuadra entera. ¿De qué hablaba el señor Castells? ¿Me estaría mintiendo? ¿Estaría inventando? Pero, ¿qué necesidad habría de mentir? ¿Acaso no se trataba de preservar sus recuerdos? ¿Qué caso tendría recrear una falsedad? No. No podía ser. El señor Castells debía estar contándome los hechos tal y como ocurrieron, o como los recordaba, que para el caso era lo mismo. Saqué mi Blackberry y sin dejar de caminar, abrí Twitter.

Soledad Sandoval
@Ssol
1500 tweets
356 siguiendo
27 seguidores

Con velocidad escribí:

Hoy conseguí trabajo. Tras el primer día, siento que me revolotean pájaros no en el estómago sino en la cabeza. Veremos a dónde lleva esto.

Tweet

Lo tuiteé. No es que tuviera muchos seguidores, ni que ellos estuvieran esperando mis tuits como agua de mayo, pero contarle a ese grupo de desconocidos tuiteros mis penas y periplos resultaba más barato y reconfortante que el psiquiatra. De pronto, sentí unas ganas inmensas de ir a ver a mi madre, de contarle que tenía trabajo, de decirle que la quería. Pero reprimí el impulso cuando me acordé de que estaría con Arturo, comiendo en un restaurante japonés tras la clase yoga. Envalentonada por la seguridad económica de mi nuevo empleo, en lugar de tomar el metro, paré un taxi. Durante el trayecto permanecí callada. Intentaba asimilar qué acababa de suceder. Algo en mí intuía que había empezado un asunto importante, pero intoxicada por las señales de humo que hace el fuego a su alrededor, me distraje con las contrastantes imágenes de las calles de la Ciudad de México, capaces de sumirte en una ciudad de dos velocidades. «México es bonito por cuadras», pensé, mientras intentaba sacudirme de la cabeza el impoluto departamento del señor Castells. Cuarenta y cinco minutos más tarde, llegué a casa.

El depa que rentaba no era luminoso y había que prender las luces casi todas las horas del día. A diferencia del departamento del señor Castells, huía de los muebles blancos y sentía especial predilección por el *wengue*. Un poco pasado de moda y de castaño oscuro, pero en su día me pareció elegante y sofisticado. Para compensar tanta oscuridad en los ornamentos, había empezado a vestir el lugar con telas de colores estridentes. Los cojines, las cortinas y los manteles eran de colores chillones según mi madre, y cítricos, según yo. Le daban un toque femenino a la casa, sin duda. Aunque los hombres que habían pasado por mi vida, antes o después, habían salido corriendo en dirección opuesta al naranja, al verde limón, al mandarina. Mientras estaba en una relación intentaba darles gusto a todos, resultaba camaleónica en grado superlativo. Ése era uno de mis mayores defectos. Si a mi pareja le gustaba el gris, desechaba mi apetencia por los colores de frutas y verduras en la decoración y pintaba todo de color pizarra. Pero ahora estaba sola, y podía darme gustos sabor lima-limón. Me tumbé en el sofá de suede chocolate y abracé un cojín afelpado con lentejuelas moradas. Lo apreté un buen rato, hasta que el calor del terciopelo me cobijó como si en lugar de ser yo quien abrazase el cojín, fuera él quien me arropase. Aún enfundada en el traje color caramelo, me fui quedando dormida. Pero antes de perder el conocimiento y sumirme en la placidez del sueño, por un segundo, no más, me pareció percibir en el aire un olor a barba recién afeitada y a revelador de fotografías.

Desperté traicionada por el recuerdo de Manuel. Mi exnovio. El examor de mi vida. El expadre de mis hijos. Era inevitable, Por más que me hiciera lavados mentales, por más que me empecinara en decirme que estaba mejor sola, que esa relación no me llevaba más que a un callejón sin salida del cual tendría que salir tarde o temprano, aún lo extrañaba. Si tan convencida estaba de mi decisión, ¿por qué seguía incomodándome al encontrar entre los cojines del sofá un lapicero suyo, por qué seguían doliéndome los huesos cuando me traicionaba su recuerdo, un aroma, una prueba irrefutable de que no había sido una ilusión creada por mi subconsciente, si no que en efecto, Manuel hacía poco había estado ahí, conmigo, sentado en el sillón de cojines naranjas, haciéndome el amor, riendo y llorando conmigo?

—Eres una estúpida —me dije.

Y echándome agua por encima de las ojeras, agarré un libro y empecé a leer, obligándome a pensar, sin éxito, en otra cosa.

Una llamada de teléfono me sacó de mi ensimismamiento.

—¿Diga?

—Soy yo, querida. ¿Cómo ha ido la entrevista?

—¿Mamá?

—Pues claro, bobita.

—Bien, bien. Me han dado el empleo.

—Qué bien… qué bien. Así tendrás otro motivo para celebrar… ya sabes, el día de mi cumpleaños.

—Ah, sí. Tu cumpleaños.

—No habrás olvidado la cena de mi cumpleaños…

—No mamá… Lo tengo muy presente —dije intentando disimular mi languidez.

Llevaba meses intentando encontrar una excusa para no asistir a esa cena. No me apetecía en lo más mínimo tener que convivir a fuerza con Arturo y encima ponerle buena cara delante de todos, quienes —además— no perdían detalle de mis reacciones. Como si no tuvieran otra cosa que hacer que observarme como si estuviera en un *reality show*. Mi madre sentenció mis temores.

—Más te vale no faltar, ¿eh? No todos los días se cumplen sesenta y cuatro.

—Sí, mamá… ahí estaré —mentí.

—Estupendo.

Incómodo silencio.

—Entonces, tienes nuevo trabajo.

—Sí.

—Recuérdame otra vez de qué es…

—Pues, es… como de mecanógrafa, o algo así. Tengo que escribir una historia que el señor que me contrató me va a ir contando.

—¿En serio?

—Sí. Es como… tomar dictado.

Noté la risa burlona de mi madre.

—No sé cómo lo haces, pero encuentras cada cosa… Vas a terminar en el *Guiness* de los récords de trabajos insólitos.

Sentí unas inmensas ganas de colgar. Mi madre siempre se las apañaba para transformar mis actos en juegos de niños. Jamás se tomaba en serio nada de lo que yo hacía y, ni por cortesía, ni por hipocresía, le daba importancia. Tomé aire.

—El señor quiere guardar sus recuerdos en un banco. Es algo excéntrico —dije.

—Ay, Soledad, Soledad…

—¿Qué?

—¿Mayor y excéntrico?

—Ya. Estoy acostumbrada a la gente difícil.

—No seas boba, Soledad.

—Era una broma, mamá —mentí.

Silencio. Tras unos segundos, dije:

—Está guapo.

—No te vayas a liar con tu jefe, que te conozco.

De nuevo, silencio.

—Me pagan muuuy bien.

—¿Cuánto?

—El triple que en la funeraria.

—¿En serio? ¿Por tomar dictado? Seguro que ese señor quiere algo más.

Otra vez, tomé aire. Sentí que ella también inhalaba.

Luego mi madre añadió:

—No, pues por ese precio aguanta, hija, aguanta. Si se pone pesado, pues lo dejas y punto.

Hablamos diez minutos. Nada relevante. Ambas obviamos mencionar a Arturo. No hacía falta. Su sombra siempre se paseaba entre nosotras. Como un gato negro caminando entre brujas. Después colgamos con la sensación de haber cumplido un acto protocolario. Nunca podemos pasar la barrera de lo políticamente correcto, y eso es una condena. Tras colgar, me quité la ropa y me puse cómoda. En casa siempre llevo ropa deportiva, holgada y sin planchar. Las formas de mi cuerpo se ocultan tras las calientes telas sintéticas del supermercado. Fui a preparar algo de comer. El refrigerador estaba casi vacío, pero me contentó saber que pronto estaría en posibilidad de llenarlo. Me hice un sándwich con mucha lechuga y jitomate. A Manuel le gustaban así, llenos de verdura. Él había trabajado como cocinero en un Sanborns, y al final terminó preparando en casa la carta entera del restaurante. Desayunábamos chilaquiles y cenábamos molletes cada domingo, mientras veíamos jugar al América. A mí no me gustaba mucho el futbol, de hecho, jamás había practicado ningún deporte en mi vida y desconocía las reglas de casi todos los juegos. Sin embargo, cada domingo, religiosamente, preparaba botana y cerveza para Manuel y para mí, y gritaba *¡Goooool!* cuando el equipo al que él le iba anotaba. Sí. Soy un camaleón. Me ha costado Dios y ayuda aceptarlo. Pero soy mimética. Adopto gusto por la música de mis parejas, por sus restaurantes, por sus películas, hasta por sus posturas sexuales. Al principio, ellos se maravillan de tener tanto en común conmigo y me aman, me adoran, me miman. Hasta que, como en los cuentos de hadas, se rompe el encanto. En realidad, no termina ningún encantamiento, sencillamente comienzo a ser yo misma. Me canso de moverme al son que me tocan. Y lo que nace siendo un reflejo condicionado de quién sabe qué complejo, empieza a cansarme. Poco a poco empiezo a mostrarme tal cual soy y la magia se acaba. No es que no me amen tal cual soy, es la decepción de saberse engañados lo que les molesta. O al menos, eso he llegado a pensar. Pero por más que me digo que en la próxima tendré el coraje de ser transparente, me encuentro siempre adoptando los colores de sobre quien me poso. Me pregunto si algún día alcanzaré la seguridad necesaria para no tener que cambiar de color. No he tenido muchos amantes. Aunque mis amores no se cuentan con los dedos de una mano. Soy de relaciones largas. Busco la estabilidad que jamás tuvo mi madre. Sé que no busco a mi padre. Entre otras cosas porque fui a terapia y por más freudiana que se puso la loquera, yo sabía que lo último que ansiaba para mí era el modelo de hombre que representó mi padre. Ella argumentaba que aun así, inconscientemente, una busca al padre en cada relación. Por eso dejé de ir a terapia: no sólo resultaba muy cara sino cansina. Para psicoanalizarme ya estaba mi madre, que resultaba igual de exasperante, pero gratis.

De momento, estoy sola, extrañando, muy a mi pesar, a Manuel. Mi Manuel. El único hombre con quien imaginé llegar a vieja. El único hombre con quien pensé tener las fuerzas de fingir por siempre. Pero se fue. Yo lo eché. Le eché el día que supe que ya no sabía vivir sin él, y que, sin embargo, él sí podía vivir sin mí. Fue mayor mi temor a su abandono que el amor que le profesaba. Y empecé, deliberadamente, a buscar la ruptura.

Cuando se fue me miró con ojos desconocidos. Me miró triste, y por un momento pensé que iba a quedarse, que iba a decirme que se había equivocado. Pensé que a última hora, con las maletas en la puerta, se daría cuenta de lo mucho que me amaba y entonces, como en las películas en las que el novio corre tras el tren para decirle a la novia que no se vaya, él tiraría las maletas y me abrazaría. No harían falta palabras, un beso sería suficiente. Pero si lo pensó, no lo hizo, y se subió al elevador con el corazón acongojado. Yo tampoco le pedí que no se fuera. Muchos años aprendiendo a dejar marchar a quienes amo sin que se me note en la cara el corroer de la angustia. Después, el orgullo me susurró que volvería, y yo le creí. Lo esperé una semana, tres, un mes, dos. Hasta que pasaron cinco meses y me resigné a que Manuel tenía tanto orgullo como yo. Vaya par de imbéciles orgullosos.

Llevé mi sándwich a un escritorio que tengo a modo de despacho junto a la sala. Como no tengo mucho espacio, he dividido la sala en dos por medio de un librero que hace de muro divisorio y, de paso, tapa el desorden del despacho desde la puerta. Poco a poco he ido acumulando libros. Son mi capricho. No tengo para la renta, pero sí para un ejemplar al mes. Más si compro en las librerías de viejo del centro. Entrar ahí, para mí es como entrar en un casino Yak para mi madre. Me encanta pasar allí la tarde de los sábados. Esas librerías emanan la dignidad del libro olvidado, y me recuerdan la escena de *La historia sin fin*, en donde un viejo cascarrabias guarda un secreto oculto en un libro. Cuando de niña vi esa película, deseé en silencio encontrar una librería como ésa, recé para que algún día un señor me diera un libro en el cual poder sumergirme y al terminar salir volando sobre Falcor. Y curiosamente lo encontré. Descubrí el poder de la lectura, y en ella me refugié durante mi infancia y mi adolescencia. Los libros me dieron la paz que no encontraba en casa, y cada vez que mis padres discutían, corría a mi habitación y me ponía a leer con los audífonos bien ajustados en los oídos para no escuchar los gritos en el cuarto de junto. Leer me dio la posibilidad de vivir otras vidas, de sufrir otras tristezas, envidiables por no ser mías, de reencontrar la dicha buscada. Al final, salí volando sobre mi Falcor y desde entonces me escapo de vez en cuando a las librerías de viejo a buscar el olor de los libros que no tienen los soportes digitales.

Abrí mi computadora y creé una nueva entrada para mi blog titulada «Memoria del Sr. Castells». Durante unos segundos, la rayita parpadeante para empezar a escribir se detuvo en el mismo renglón. No sabía cómo empezar. Le di un bocado al pan, que empezaba a desmoronarse por culpa del jitomate y luego, con la lengua, me despegué un pedazo de pan de molde pegado a los dientes. Después, con la ceremonia de un pianista a punto de iniciar un concierto de Chopin, coloqué las manos sobre el teclado y empecé a escribir.

No supe cuánto tiempo estuve escribiendo, pero cuando levanté la vista, el reloj de pared marcaba horas de madrugada. El tiempo siempre giraba más rápido cuando me ponía a escribir. Me estiré. Un par de vértebras tronaron en mi espalda. Pensé que, en cuanto saldara mis deudas, compraría una silla de escritorio. Nueva y decente. Y tiraría de una vez por todas esa silla de mimbre que había recogido de la calle. Tenía la mala costumbre de reciclar objetos que otros desechaban por obvias razones, pero yo siempre tenía la esperanza de restaurarlos y dotarlos de un nuevo aura de dignidad que, a pesar del esmero, muchas veces no conseguía. Aun así, de vez en cuando llegaba a casa con un objeto ajeno desechado, y durante ese instante en el que imaginaba lo precioso que quedaría después de lijarlo, pintarlo y tapizarlo, yo era feliz. Pero cada vez que me levantaba de esa silla, evidentemente, recordaba que los dueños tiran las cosas por alguna razón. Era la silla más dura e incómoda del planeta. Las nalgas se me aplastaban tanto que se me dormían. Sí, debía sustituirla, por el bien de mis posaderas. Pensándolo mejor, me compraría un escritorio completo, qué chingados. Apagué la luz y me fui a mi cama. No me puse el pijama. Hacía frío y no quise desvestirme. Me eché sobre la cama con ropa, y esperé que el sopor me invadiera despacio. Coloqué el despertador a las ocho en punto. Tenía unas cinco horas para lograr un sueño en donde, si aparecía Manuel, sería tranquilo. Pero entonces sacudí la cabeza. Debía intentar no pensar en Manuel. Tenía que enseñarme a vivir sin su recuerdo. Recuerdos. Ironías de la memoria. Unos intentando recordar para seguir viviendo. Y yo, ahí tumbada, forzándome a olvidar.

4

A la mañana siguiente me despertó un sonido de olas del mar rompiendo en la costa. Más que espabilarme, me invitaban a seguir durmiendo, pero —por desgracia— conocía el sonido del despertador de mi teléfono: era hora de levantarme. Me duché con la esperanza de que el agua se llevara el sueño. El sueño resbalando por mis piernas, el sueño escapándose por la coladera junto al jabón. Me depilé las piernas con esfuerzo. Atrás quedaban los tiempos en que podía levantar la pierna a noventa grados, y convertir la escena de la depilación en una delicia erótica de la novela rosa que alguna vez me animé a leer y que ahora yacía polvorienta en el entrepaño del librero. Ahora, sin coquetería, subía la pierna en cuarenta y cinco grados, apoyaba la planta del pie en la pared del baño, agradeciendo a mi soledad que nadie pudiese descubrirme en tan bochornosa posición. Con la velocidad suficiente para que mi mala circulación no me jugara una mala pasada, me rasuré las corvas, las rodillas y las espinillas. La necesidad de no cortarme hizo que el sueño se fuera poco a poco. Iba a depilarme el pubis cuando sentí que el agua caliente se acababa, y pensé, total, para qué depilarme como un pollo si nadie iba a asomarse a esa parte de mi anatomía. Al menos no era algo que estuviese contemplado en la agenda del día. Dejé la cuchilla, y salí del baño haciendo que la toalla me enrollara como un capullo. Hay momentos que tienen la capacidad de activar la memoria. Momentos como ése, el de enrollarme en dos toallas, una para el cuerpo y otra para el pelo como un turbante, son así. Cada vez que me envuelvo para secarme, pienso en mi niñez. No sé por qué, pero al secarme vuelve a mí cierta inocencia infantil. Nos veo a mí y a mi madre, las dos chorreando agua, envueltas en toallas de colores. La de ella es azul, la mía rosa. Ella me seca bruscamente, y yo me quejo porque me tira del cabello. Me da un beso en la frente y me abraza fuerte, como si quisiera secarme entre sus brazos. Su abrazo me hace sentir segura, tranquila. Estar seca es lo de menos. Su abrazo aleja el frío. Su abrazo es cálido. Después, aún envuelta en la toalla rosa, me desenreda el pelo largo. Hay momentos felices sin razón aparente. Recordar cómo mi madre me seca tras el baño es uno de ellos.

Me pregunté si el señor Eduard tendría recuerdos de éstos. Momentos como éstos. Me pregunté si se acordaría de todos, o si los habría olvidado ya. Me pregunté qué sería lo que quería contarme. Y entonces, me quité las toallas y me vestí veloz. Me invadió un sentimiento de urgencia, como si de pronto, al evocar su nombre, hubiera sentido prisa por atesorar su memoria.

Cuando llegué a su casa de la colonia Del Valle, él estaba esperándome en la sala blanca, bebiendo té blanco. «Un hombre de costumbres fijas», pensé. Verónica ya me había preparado café y galletas y entonces dudé. Tal vez, la de las costumbres fuera ella. Agradecí el café igualmente.

—Buenos días, ¿cómo está usted hoy?

—Bien, bien, Soledad. ¿Lista para trabajar?

—Lista.

—Pero nos tomaremos esto primero, ¿quieres? Después me pongo a hablar y se me enfría.

Asentí con un gesto.

Tomamos las bebidas en silencio. Yo no sabía cómo tratarlo. Me sentía torpe, como quinceañera en su primer baile. No sé por qué pero la presencia de Eduard me intimidaba. Me hacía sentir como virgen de pueblo. Pensé que lo mejor sería tratarlo como si el señor Eduard fuera colega del trabajo, y olvidarme de remilgos. Esa decisión, he de reconocer, me trajo cierta tranquilidad. Él debió percibirlo enseguida.

De pronto, Eduard pareció sentir una repentina curiosidad sobre mí.

—¿Cuántos años tienes?

—Treinta y cuatro.

—¿Casada?

—No, no… —me apresuré a contestar un tanto ruborizada—. Soltera.

—¿Mexicana?

—Sí… chilanga. Pero mi madre es española. Llegó a México hace muchos años, conoció a mi padre y aquí se quedó.

—No me digas. Yo soy catalán.

—Me lo imaginé por el apellido. Y por el acento, claro.

—El acento no se me quita. Y mira que hace muchos años que vivo aquí. Soy mexicano de adopción.

—¿Cuándo llegó?

—Uuuuh. Tenía yo veinte años.

No quise dejar pasar la oportunidad y le pregunté:

—¿De qué año es usted?

—Del cuarenta y cinco.

Di un trago a mi café, echando cuentas.

—Pero entonces… —agregué tímidamente— a usted no le tocó la Guerra Civil.

—No… me tocó la posguerra.

Esperé unos segundos a que él dijera algo. Parecía que pensaba. No dijo nada.

—Entonces, ¿soltera? —dijo retomando el tema sobre mí.

—Sí.

No sé si fue mi forma de contestar, o mi manera de mirar, pero algo debió percibir, porque sin pestañear siquiera añadió:

—Ya volverá.

Y dio un sorbo al té. Me tomé unos segundos antes de preguntar:

—¿Por qué dice eso de que «volverá»?

—Ya lo verás.

—Ah, ¿también es adivino? —dije burlona.

—De lo mejorcito que hay por aquí.

—Ah, ¿sí?

—Pregúntale a Verónica. Jamás fallo. Es un don —y me guiñó un ojo.

Le miré. Me miró. Sonreímos.

—Bueno, don Oráculo, creo que es mejor poner manos a la obra y dejar las artes adivinatorias para más adelante, ¿no cree?

—Por supuesto, chiquilla. Vamos al despacho.

Se incorporó sin esfuerzo, y mientras caminábamos por el pasillo del trampantojo, me tomó del brazo, yo sentí un leve cosquilleo en el estómago. Luego, me dijo bajito:

—Escoge un cajón de los grandes.

5

Recuerdo 2: El pecado

La guerra marcó a nuestros padres, sin excepción. No discriminó raza, color, sexo ni condición social. La guerra es lo más democrático que existe. Ya lo sabes. Los horrores de la guerra se fueron destapando poco a poco. Mis padres fueron confirmando temores intuidos, sospechados, que al principio se negaban a creer. Uno de los pocos recuerdos que guardo de mis padres juntos es el de una conversación en la mesa. Mi madre apenas prueba bocado. Mi padre le dice algo así como que el farmacéutico ha sido condenado por crímenes de guerra. Soy muy pequeño, pero intuyo la seriedad del asunto y clavo los ojos en el plato, sin atreverme a interrumpir, a participar, a preguntar qué son crímenes. A mi madre se le escurre una lágrima que se apresura a secar. Después de ese día hubo más lágrimas, más historias, más amigos asesinos. Hoy pienso que mis padres sospechaban, si no es que sabían perfectamente, de la existencia de los campos de concentración, de los fusilamientos, de las torturas, de los desaparecidos, pero prefirieron mirar hacia otro lado mientras la mierda no les salpicara. Y claro, después no pudieron con el cargo de sus conciencias. Quizás por eso mi madre rezaba tanto. Era muy devota. La recuerdo siempre con un rosario saliéndosele del bolsillo del vestido. No sé si lo hacía adrede o si los misterios se escapaban con insolencia. El caso es que la recuerdo siempre sobando esas pequeñas cuentas.

Mi madre, naturalmente, me inculcó su fe cristiana. Una fe que, estoy seguro ahora, después de haber visto cómo su Dios había abandonado a tantos a su suerte, se sostenía con alfileres, pero su fe era lo único que la hacía soportar lo insoportable. Así pues, yo creía en Dios.

En el Dios cristiano. Mi madre me transmitió su fe en nuestra corta vida juntos y me la reforzaron en el colegio. No sabía manejar mi espiritualidad sin la trinidad, sin cruces, sin los dones del Espíritu Santo. Rezaba el rosario, iba a misa, me santiguaba al pasar frente a las iglesias. Jamás me cuestioné mi Dios ni mi fe. Creía, y no había vuelta de hoja. La religión me ayudó a sobrellevar la pérdida de mi madre. Me ayudó a soportar la ausencia, el miedo a morir de pronto. Creer que había un cielo donde nos reencontraríamos me daba paz. Algún día volvería a verla. Hermosa, joven, radiante. Sin embargo, a medida que fui creciendo, fui olvidando su rostro. No podía recordarla si no veía alguna foto, y sólo tenía unas pocas que no le hacían justicia. No recordaba sus rasgos a la perfección, pero sabía que, en conjunto, mi madre había sido bella. Años después, cuando vi a Mónica Bellucci en *Malena*, pensé que así debió haber sido mi madre. Sí. Mi madre era Malena. Al menos así aprendí a recordarla. Así de hermosa y voluptuosa. Así de mujer.

Es difícil crecer sin madre. Pero uno tiende a idealizar a los muertos. Mi padre, sin embargo, estaba vivo. Y a los vivos se les ve con todas sus imperfecciones. Él siempre estuvo ahí, terrenal y mundano. Y de alguna manera siempre lo culpé por no haber estado conmigo esa mañana. Trabajaba en un hospital de pobres. Los pobres siempre fueron más importantes que nosotros, al menos eso sentía yo. No era cariñoso. Sólo lo recuerdo dándome órdenes. Ni siquiera cuando enterramos a mi madre fue capaz de darme un abrazo, de arrimar el hombro para llorar la pena juntos. Recuerdo que entró a mi cuarto, me inspeccionó de arriba abajo para cerciorarse de que cumpliese con el luto y luego me dijo flojito: «Fájate bien la camisa.» Después, salió de mi habitación. El mío era un padre autoritario que más parecía militar que médico. En esa época los padres eran más silenciosos que ahora. Aunque apenas hablábamos, tampoco lo extrañábamos. No se puede echar de menos lo que nunca se ha tenido. Nos acostumbramos a lo protocolario. Yo le trataba de «usted». Y él a mí también. Mi relación con él se basaba más en la supervivencia que en el afecto. Pero la tristeza que me embargó al morir mi madre me exigía encontrar culpables, y en él siempre descargué la angustia de su pérdida. Le juzgué. Y él tuvo que aprender a vivir con mis reproches. Supongo que él la amaba, aunque mi corta edad o mi rabia me impidieron entenderlo. La muerte de mi madre lo sumió en la depresión y el alcoholismo. Cuando no estaba llorando, estaba bebiendo y entonces se ponía violento. Me daba terror. La menor causa podía hacerlo estallar en cólera. Si sobrio me inspiraba respeto y desconfianza, ebrio me daba pánico. No reconocía a aquel hombre. No comprendía por qué mi madre, tan dulce, tan amorosa, había podido darme a ese borracho por padre. Cuando bebía, alzaba la voz, rompía cosas, blasfemaba, hasta que perdía el control y salía en busca de pelea cantinera, la que fuera, buscando —quizás— la muerte. Aprendí a evitarlo. Aprendí a reconocer la euforia del vodka minutos antes de que apareciera. Entonces salía de casa, me echaba a correr hacia el columpio y subía a un árbol en el que, sabía, él no podría alcanzarme. Pasé muchas tardes subido a ese árbol, viendo el paisaje desde arriba. Aquel árbol fue mi refugio. Mi campanario. Fue mi María[1]. Ahora, cuando al meditar quiero pensar en un lugar de paz, mi remanso es ese árbol. Otros imaginan el mar, la arena caliente, el bosque. Yo pienso en esa rama fuerte que hizo las veces de madre. Muchas veces pensé que allí habitaba ella.

Prefería verlo llorar. Sólo entonces se me presentaba más humano, más frágil, y podía ver al hombre detrás de la botella. Alguna vez estuve tentado a acercarme y abrazarlo, pero no sabía hacerlo. Nunca había abrazado a nadie más que a mi madre, y ya no me acordaba. Así que, desde cierta prudencia, observaba a aquel hombre que tanto temor me infería, deshecho, en jirones, hecho trizas, pero jamás interferí con su sufrimiento. Ni para aligerarlo ni para apaciguarlo. Incluso, a veces, pensaba que no sufría bastante. Después, corría a mi cuarto a darme golpes de pecho y rezaba el rosario, con la esperanza de borrar el remordimiento. Cada uno de nosotros sufrió a su modo. Vivimos juntos sin estorbarnos. Hasta que me fui de casa para cuando empezaba, según me dijo él mismo años después, a volverme interesante.

—Pero, Soledad, escribe... ¿por qué paras? ¿Estás apuntando todo...?

—Sí, sí, todo, don Eduard —contesté con un rictus de tristeza y el alma encogida.

Recuerdo haber sentido cierta empatía. Sacudí mis telarañas y me puse a teclear.

[1] Campana favorita de Quasimodo, en *El jorobado de Nuestra Señora de París*, de Víctor Hugo.

43

… Me fui de casa a los dieciséis. A esa edad no había muchas salidas. Era el ejército o el seminario. Y yo estaba más cerca de Dios que de las armas.

Al oír aquello, levanté la vista.
—¿En serio, don Eduard?
—Claro, chiquilla. ¿Acaso crees que estoy inventando?
—No, ya sé que no… es sólo que no tiene pinta de cura.
—No… —dijo. Nunca la tuve. Escribe, escribe… que pierdo el hilo.

El seminario al principio llenó el vacío. No. Fue más que eso. Fue el universo. El todo. La tierra bajo mis pies dejó de ser endeble. Allí no había alcohol, ni vicios, ni blasfemias a voces. Resultó tranquilizador convivir con chicos de mi edad que, de alguna manera, buscaban lo mismo. ¿Huíamos todos? No lo sé. Pero sé que todos parecíamos reflejar en el rostro la paz experimentada tras una huida. Teníamos también cara de duda. Mirábamos todo con los ojos bien abiertos, como si apenas descubriéramos el mundo. Como si descubriéramos el color en una realidad en blanco y negro. Algunos para bien, otros no tan bien. Yo compartía cuarto con otros dos muchachos. Joaquín venía de un pueblo pequeño. Su madre, que era muy piadosa, había jurado a Dios ofrecerle un hijo a cambio de salud y otras bendiciones. Y él, que era el menor de cinco hermanos, fue el cordero del sacrificio. Recuerdo que era muy fervoroso. De él aprendí a rezar por las noches arrodillado a los pies de la cama, hincando el alma sobre los codos, murmurando a gran velocidad toda clase de peticiones. Creo que era un poco más joven que yo, pero estaba tan convencido de su vocación como de que Dios lo había hecho varón. Y luego estaba Ramón, que era mucho más ambicioso. En realidad, quería ser político, pero le dio por acceder al poder por vía religiosa. Algún día sería obispo, nos decía. Y si se afanaba bastante, tal vez, algún día, llegaría a ser Papa. Ramón rezaba menos que Joaquín, y parecía cargar con pocos remordimientos en la conciencia.

Ellos fueron mis hermanos. No sólo porque nos decíamos así, sino porque con ellos descubrí el amor fraterno. Nos acompañábamos, nos cuidábamos y nos ayudábamos en la necesidad. A veces escuchaba a Joaquín llorar dormido. Pero al despertar no recordaba nada, se arrodillaba y de nuevo hincaba su conciencia para pedir perdón por sus debilidades, fueran cuales fueran.

Meses después, descubrí por qué lloraba. Lo deduje lentamente. La misma causa que me hizo dejar los hábitos fue la que me hizo darme cuenta de una verdad que mantuvo a Joaquín angustiado durante todos sus meses a mi lado. Pero eso te lo contaré después, que me adelanto. Ramón, sin embargo, cojeaba de otro pie. A él le traían loco las faldas. En su opinión, el celibato era una especie de tapadera para la santidad, algo así como el sombrero para un mosquetero, un disfraz, un atuendo que colaboraba en la representación de un papel, pero no algo por cumplir a rajatabla. Mientras representaras bien el papel, no había nada que temer. Así que, ni corto ni perezoso, Ramón se echó novia. Se llamaba Clara y era tan inocente como hermosa. Trabajaba como cocinera. Los demás sólo veíamos su cara, la única parte de su cuerpo que se dejaba ver, pero Ramón, la primera noche que durmió con ella, sin poder reprimir las ganas de contarlo, me dijo que bajo el mandil se escondía un cuerpo recio, joven, terso y bien proporcionado. Yo le reñí. Le dije que no era cristiano lo que estaba haciendo con Clara y que mejor honrara a Dios formando una familia. Ramón se rio de mí. Aún recuerdo la conversación que tuvimos:

—Ay, Eduard. Qué ingenuo eres.

—¿Perdón?

—¿Acaso crees que todos los curas son célibes hasta la muerte?

—Estamos aquí para renunciar a lo mundano, Ramón.

—Pues yo no pienso renunciar a nada. Y mucho menos ahora que sé que puedo tenerlo todo.

Esas palabras me han retumbado en los oídos hasta la fecha. La vocación de Ramón no respondía a la fe, sino al poder. Quería ser líder, pastor de almas, y si la religión podía proporcionarle esa cuota de poder, la aprovecharía. Tan necesitado de protagonismo estaba Ramón.

Llegados a este punto, me detuve un momento, carcomida por la curiosidad.

—Don Eduard, y este tal Ramón… ¿llegó a ser obispo?

—Pues claro, niña —me dijo él—. Quien la sigue, la consigue.

Yo abrí los ojos de par en par.

—Estuvo en el Cónclave para elegir al papa Francisco. ¿De qué te extrañas? —me preguntó, haciéndome sentir pueril.

45

—No, pues… —trastabillé—, es que no se ve muy buena persona…

—¿Y eso qué? Buena persona era Joaquín, y al pobre le fue como en feria.

Lo miré. Eduard tosió.

—¿Quiere que lo dejemos por hoy?

—No —me contestó—, hay que terminar esta historia. Pero dile a Verónica que nos traiga algo de comer. Me está dando hambre.

Salí a la cocina en busca de la muchacha. Los dedos me dolían de tanto escribir y me troné las manos hasta que crujieron los huesecillos. Las tenía heladas. Cuando entré en la cocina (blanca a base de limpiar con cloro hasta la extenuación), Verónica me echó unos ojos de pistola. Por lo visto pisaba territorio enemigo. Así debieron mirar los polacos a Hitler al invadir Varsovia. Cuidé mis palabras para que no pareciera que le estaba dando órdenes. En mi casa, mi madre y yo, por su herencia española, nos hablábamos golpeado sin que eso nos abollara lo más mínimo la dignidad. Pero en México, cuando se trataba de hablarle al servicio doméstico, había que hacerlo con pinzas.

—Disculpe, Verónica… el señor me dice que le pida por favor si puede llevarnos algo de comer.

Ella, sin sonreír, asintió con la cabeza.

—Sí, señorita.

Era la primera vez que escuchaba su voz. Sonaba mucho más aguda de lo que hubiera esperado. Al oírla hablar, me di cuenta de que era más joven de lo que aparentaba.

—Gracias, muy amable —respondí. Y emprendí camino hacia el despacho.

Cuando me di la vuelta, oí que Verónica me decía:

—¿Usted también va a querer que le prepare algo?

Me pareció intuir un dejo de resignación en su voz. Respiré hondo…

—Si no es mucha molestia —dije intentando disimular el sarcasmo.

—¿Y como qué se le antoja?

—Lo que sea estará bien, gracias, Verónica —dije. Y abandoné Polonia.

Cuando regresé al despacho, me encontré a don Eduard revisando mis notas.

—Vas bien, vas bien… —me dijo al verse sorprendido. Quería confirmar que no estuvieras cambiando nada.

—¿Y por qué iba a yo a hacer algo así?

—Aah. Quién sabe… razones para hacer cosas insospechadas hay muchas, tan sólo hay que esperar el contexto apropiado.

Yo fruncí levemente el ceño.

—Vamos, don Eduard… sígame contando —dije.

Ramón y Clara se veían a menudo. Tanto, que era evidente que entre ellos había más interés por lo humano que por lo divino. Pero nadie dijo nunca nada, a pesar de que el celibato sacerdotal era indispensable si se quería llegar a ser cura. Ya no digamos obispo. Pero Joaquín y yo solapábamos a Ramón, le cubríamos las espaldas y hasta le hacíamos coartadas para que pudiera ver a su noviecita. En el fondo, a pesar de los hábitos, ansiábamos para nosotros lo mismo que los otros jóvenes. Queríamos romanticismo. El pecado no obstante nos asustaba más. En mi caso, aunque me impresionaba su descaro, el hecho de que el pecado lo cometiesen otros tenía sus ventajas. Algo así como ver los toros desde la barrera. Recuerdo que por aquella época, Joaquín y yo nos hicimos muy amigos. Pasábamos los días juntos, caminando por los huertos, rezando en bancos contiguos, compartíamos los alimentos. Y por las noches nos aguantábamos los ronquidos. Él empezó a hablarme más de su origen, su familia, su pueblo. Yo no solía prestarle demasiada atención, mientras él divagaba, yo prefería perderme en mis propios vericuetos. Sabía que a él le reconfortaba ponerle voz a los pensamientos, así que de vez en cuando asentía para hacerle ver que seguía el hilo. No es que nunca le hiciera caso, pero no sabes cuánto hablaba ese muchacho, Soledad. Si le hubieran impuesto votos de silencio, hubiera dejado el seminario. Pero esos ejercicios ignacianos no eran del común hacer en nuestro entorno, así que él se libró de la ruina y yo me condené a escucharlo. Sin embargo, me acostumbré a su compañía. Saberse en común posesión de un secreto une bastante. Más tratándose de muchachitos aislados del resto del mundo. Ramón representaba la falsedad que no queríamos para nosotros, la falsa moral, la mentira. Aunque bien que escuchábamos, morbosos, cada detalle de sus encuentros con Clara. Bajo secreto de confesión; por supuesto que aún no éramos curas pero sabíamos muy bien lo que aquello significaba. Las historias que Ramón nos contaba me erizaban la piel por las noches. En el fondo, deseaba para mí aquellos placeres. En otras épocas, a la pobre Clara la habrían quemado por bruja, por hacer caer en la tentación a un hombre santo, que de santo tenía muy poco. Pero para Joaquín la tortura debió ser aún mayor, precisamente porque a él ni se le erizaba la piel, ni las tetas de Clara le tentaban en lo más mínimo. A veces pienso que Ramón nos contaba sus quereres para ponerlo a prueba. Así de maquiavélico era él. Recuerdo vagamente haber pillado a Joaquín mirándome por el rabillo del ojo, pero muchas veces lo atribuí a simple complicidad. Hasta que esas miradas, esa verborrea suya, empezó a encender mis luces rojas. Yo le gustaba. Sencillamente empecé a sentirlo. Jamás me dijo nada, jamás hizo algo para que sospechara de sus intenciones conmigo. Eso era lo peor: que a veces sentía que me lo estaba imaginando todo, otras me reñía por ello, muchas tantas me castigué por tener falsas sospechas hacia un chico inocente y parlanchín. Hasta que un día, de pronto, me dio un beso.

Me quedé helada. Recuerdo por un segundo haberme detenido. Eduard... ¿gay? No podía ser. No podía ser verdad. Lo que me faltaba para perder la esperanza en los hombres. Él debió intuir mi desconcierto, porque enfatizó:

Sí, sí. Me besó. No sé cómo pasó. Recuerdo que estábamos hablando y yo, como tantas otras veces, hacía como que le escuchaba. Creo que ésa debió ser la ventana de oportunidad que Joaquín abrió para besarme. Como en una travesura, como un quinceañero enamoradizo, se abalanzó sobre mí y me plantó un beso sonoro sobre los labios. Yo reaccioné sin pensar. Cuando me di cuenta de lo que acababa de suceder, Joaquín yacía sobre el suelo con un labio ensangrentado. Muchas veces he recordado sus ojos llorosos, su mirada de sorpresa ante mi reacción violenta, y no puedo con el cargo de conciencia. Lo veo ahí, tumbado, con ojos de cordero sacrificado. Yo aún con los puños cerrados. Apretados. Cuando me veo así, recuerdo a mi padre. Todo lo que no quería ser, de lo que venía huyendo desde Barcelona, estaba ahí, presente, en esa celda monasterial. Por un segundo, me convertí en mi padre. Sentí su rabia, su frustración, su miedo. Si hubiera tenido una copa me la hubiera empinado de un trago. Me avergoncé de mí. Me avergoncé de él. De pronto, sólo me rodeó vergüenza. Y la mejor autodefensa siempre es culpar al de enfrente.

—¿Pero qué haces? —le pregunté con asco en la boca.

Él, humillado como un perrito faldero al que se le acaba de asestar una patada, se arrastró hacia mis piernas y me las abrazó. Sólo repetía:

—Perdóname, perdóname. No volverá a pasar, te lo juro.

—¡Suéltame! —grité.

Y dejé ahí, tirada, sangrante, avergonzada, a la única persona que me quería.

Después de eso decidí que no podía tomar los hábitos. No podía. Me asusté de mi violencia. No fue sólo aquel beso espontáneo, fue el conjunto de la imagen. Joaquín había llegado allí buscando cierta paz, y sólo había encontrado mayor confusión. ¿Eso era la vida? Pues sí, eso era, pero entonces yo era muy joven, y creía que era algo distinto.

Eduard calló. Parecía agotado. Sin preguntarle, le serví un vaso de agua. Él se la bebió toda. Después, como si recordara que yo estaba ahí, me miró. Me miró por primera vez en un buen rato. Durante todo el tiempo que narró su historia, no había dejado de mirar un punto fijo de la pared, como si en ese espacio vacío pudiera revivir las escenas rememoradas. Sin saber si sentía más timidez que curiosidad, temiendo despertar a un sonámbulo, me atreví a preguntar:

—Don Eduard… usted… ¿lo quería?

—¿Quieres decir que si soy gay?

Creo que enrojecí, porque me acaloré como si estuviera cerca de una estufa.

—Discúlpeme, don Eduard

A él no pareció importarle demasiado.

—No tuve tiempo de quererlo, chiquilla. Cuando quise quererlo, ya era tarde.

Con esa respuesta ambigua también soltó un pesar nunca antes liberado. Pero luego, añadió:

—Pero no. No soy gay. Siempre me gustaron las guapas. Y más si saben escribir —dijo con una sonrisa.

Me ruboricé hasta las orejas. Intenté guardar la compostura y pregunté:

—¿Y nunca más volvió a verlo?

—¿Para qué?

—No sé… para hablar… disculparse…

—No… —dijo—. Nunca más.

Después, me tocó la mejilla con sus manos. Su tacto huesudo delataba unos años que su apariencia ocultaba. Sin embargo, había algo en sus manos. Eran firmes, seguras, acostumbradas a acariciar despacio, sin brusquedad. Al girar mi rostro, su mano acarició el aire entre nosotros.

—Los ausentes siempre son eternos, chiquilla.

«Los amores ausentes», repetí para mí.

El recuerdo de Manuel me azuzó de pronto.

6

Antes de conocer a Manuel decidí adoptar un modelo de vida varonil. No en vano, el privilegio de nuestra generación era haber nacido en una época en donde las feministas habían picado mucha piedra, para que nosotras pudiéramos no sólo estudiar y participar de la vida política, sino incluso entrar en un *sex-shop* a comprarnos un vibrador de colores fosforescentes sin enrojecernos al pagar. Jugar el rol de soltera casadera en busca de marido me horrorizaba. Como si encontrar marido fuera lo único que garantizara la felicidad. Eso estaba bien para una heroína flaubertiana (y mira a la pobre Emma cómo le fue), pero, sin lugar a dudas, resultaba caduco para mí. Morir de amor, el príncipe azul y demás cuentos de la niñez no iban conmigo. Quería lo mismo que los hombres. Sexo sin amor y libertad de compromiso. ¿Qué necesidad tenía yo de estar cocinando, planchando y cumpliendo horarios de dormir ajenos a los míos? No, gracias. ¿Para qué tener uno para siempre si podía aspirar a muchos temporales? Si pasaba con los empleos, ¿por qué no con los amantes? A mi madre, desde luego, le fue mejor sola que mal acompañada, y eso que tuvo que batallar como espartana para mantenernos a flote. A pesar de que no había sido una perita en dulce, ni nada que se aproximase a lo almibarado, a veces sentía en sus conversaciones cierto reproche, como si el hecho de haberme parido le otorgase una autoridad moral de la cual carecía a mi edad. Que si ya no tenía veinte años, que si se me iba a pasar el arroz. Una vez me preguntó asustada, aunque intentando disimular bajo un manto de anchura de mente, si no sería yo lesbiana, porque ya sabía yo que a ella todo se lo podía contar. Me iba a querer igual, me aseguraba; otras, más melodramática, me decía que le encantaría ver a un nieto antes de morir. Ahí, mira tú, derrapaba en curva, porque hacía tiempo que había decidido no reproducirme. Y ésa era una decisión tomada. ¿Quién en su sano juicio querría traer hijos al mundo? Si con sólo ver las noticias el alma se caía a los pies: calentamiento global, crímenes, pobreza, miseria. Y todo por culpa del ser humano, el virus del planeta. Nos estábamos cargando el mundo. No. Eso lo tenía claro. Yo nunca quise ser madre. Prefería ser hija. Ser siempre una hija con madre a quien cargarle las culpas. Era más cómodo y menos arriesgado así. Una de mis psicoanalistas me dijo que el déficit parental salpimentado con el miedo al fracaso me impedía progresar en mis relaciones amorosas. ¿Miedo al fracaso? Qué confundidas estaban algunas especialistas. Tanto estudio para tanto desatino. Yo no tenía miedo al fracaso, sino al éxito. Miedo a establecerme, a formar una familia. Miedo a que alguien pudiera ver en mí un modelo. Miedo a la foto navideña en donde todos, incluido el perro, salen con gorros de Santa Claus. Miedo a la enajenación de mis deseos. No, yo sabía muy bien que no quería llegar a ese punto y por eso me boicoteaba. Así era libre. Como el viento. Con mis subidas, bajadas y remolinos. Pero eran míos. De nadie más.

Y cumplí veinticinco, veintisiete, treinta, treinta y dos, sin escuchar el dichoso reloj biológico. Mi *tic tac* estaba echado a perder, porque ni daba la voz de alarma, ni marcaba la hora. Dejé de frecuentar a mis amigas cuando empezaron a tener hijos. Por alguna extraña razón, mujeres capaces, preparadas y modernas, al tener hijos parecía fundírseles un bulbo y cambiaban los CD de Coldplay por los grandes éxitos de Cri-Cri. No hablaban de otra cosa que no fueran pañales, dormidas o cagadas, y podían entablar discusiones campales sobre biberones vs. leche materna durante una tarde entera. No es que no me gusten los niños, ni que no me alegrara de sus maternidades, pero ¿todo el día con la misma cantaleta? La gota que colmó el vaso fue cuando me entregaron un folleto para congelar mis óvulos. En ese momento entendí que, a sus ojos, yo era una mujer a medias, y ninguno de mis logros, del tipo que fuera, se equipararía jamás con la grandeza de ser madre. A partir de entonces, dejé de ir a las pequeñas y esporádicas reuniones a las que me invitaban y decidí juntarme únicamente con solteras por convicción. Para mi sorpresa, me encontré con que, en mi círculo, prácticamente no había ninguna. Y me fui aislando.

Fue entonces cuando declaré al mundo mi revancha y me metí a una página de contactos en Internet. En estatus puse: «Sólo por diversión. No busco compromiso ni relación estable.» Curiosamente, me empezaron a llover solicitudes. Tenía la agenda llena. La mayoría eran hombres casados que, como yo, no querían nada que les alterara el statu quo. Fue divertido durante un par de meses. Salía, bailaba, me invitaban a copas y cenas que no podía pagar, y si el tipo estaba potable y me apetecía, pues nos dábamos un paseo por algún hotel de Viaducto. Después, si te he visto no me acuerdo, y todos tan contentos. Pero precisamente por lo fácil y cómodo que resultaba todo, se tornó aburrido. Predecible. Incluso sórdido. Empecé a sentir lástima por esos hombres que, como yo, buscaban anónimamente la chispa que faltaba en sus vidas. En el fondo, no sabía distinguir quién me daba más lástima. Qué patético resultaba todo. Un día, harta de recibir invitaciones de puro cabrón, me di de baja del servicio y Emma2020 desapareció para siempre, aunque la culpa y la vergüenza tardaron en quitárseme un poco más.

Ya no iba a bares, ni a restaurantes de moda, pero a cambio, redescubrí las librerías del centro. Ahí, pensaba yo, estaba a salvo de las páginas de contactos, de las aventuras de media tarde. Los libros me protegían de la soledad. Me iba a Donceles y la recorría entera, en busca de alguna edición especial a precio de saldo. Nada me ocasionaba más placer. Si no era feliz, al menos me sentía tranquila. No extrañaba la compañía de un hombre. Y creo que, precisamente por eso, él llegó a mí. Lo descubrí tomándome una foto, a lo lejos, mientras yo me comía un helado sentada en la banqueta. No sé qué mosca me picó, pero enseguida me levanté y, como había visto a hacer a los famosos tras pillar a un *paparazzo*, le exigí al fotógrafo que me diera su rollo. Él se rio de mi ocurrencia.

—Lo haría encantado, pero es digital.

Tras un gran estira y afloja, en donde conseguí que borrase mis fotos, me invitó a una Coca-Cola en un bar cercano. Tampoco sé por qué mosca, pero accedí.

Así, con una Coca-Cola y una cámara de fotos, entró Manuel en mi vida. El Manuel que me hizo tirar por la borda un proyecto de vida en solitario. Quien me hizo creer que con él me bastaba y sobraba, que no necesitaba más hombres, ni más acostones robados en los hoteles de Viaducto. Que igual, quizás, no era tan descabellada la idea de tener un hijo. ¿Cómo sería un pequeño con su cara y con mis manos? Junto a él parecía posible pasarse al bando de las mamilas y las carriolas. Maldita llamada de la selva. Quizás esos mismos instintos maternales fueron los que le hicieron alejarse poco a poco, tan sutilmente que ni él mismo se dio cuenta de lo lejos que estábamos uno del otro. Ni con un teleobjetivo se libraría la brecha que se abrió entre nosotros. Tal vez, la chica independiente y sin amarras que fotografió desde lejos aquella tarde se fue desvaneciendo ante sus ojos igual que la imagen de una Polaroid.

Y ahora heme aquí, llorando su ausencia, llorando por los hijos que no tuvimos ni conoceré jamás, maldiciendo el día en que me tomé aquella Coca-Cola y empecé a enamorarme de una ilusión, como la Emma Bovary que tanto desdeñé.

7

Desde el momento de su nacimiento, su llanto hizo pensar en un estruendo. Lloró tan fuerte que se le reventó un pulmón. Su madre ignoraba que tal cosa podía sucederle a un recién nacido y fue el doctor quien le explicó que aquello se conocía como *neumotórax espontáneo* y, aunque extraño, tenía remedio. El pulmón, espontáneamente también, se regeneraría. Así pues, Eduard vino al mundo con un pulmón roto incapaz de soportar los decibelios de su propio chillar.

—Este niño tendrá voz en el mundo —sentenció su madre, como toda madre capaz de vislumbrar buenaventura en las desgracias.

Aquella historia la había escuchado Eduard desde su más tierna infancia. Cada vez que se lastimaba un codo o se ensangrentaba una rodilla, su madre se sacaba el as de la manga y le recordaba que aquello no era nada, comparado con un pulmón rajado. A pesar de sus tres años, tuvo que aprender a contener lágrimas, a no llorar demasiado fuerte, a no quejarse más de la cuenta, porque había nacido con el estigma del superviviente.

No tuvo, aun con el espontáneo remiendo del pulmón, ningún impedimento para correr, bucear, saltar la cuerda. Pero los niños de su barrio le llamaban *debilucho*. Y es que a lo ojos de los demás, el cuerpo de Eduard no era capaz de aguantar ni su propio llanto. Normalmente estaba solo, excluido de juegos que parecían ser demasiado peligrosos. La infancia se le pasó lenta, arropado por los arrullos de su madre cada noche y por la polvorienta brisa de su barrio, en las laderas de Montjuic.

Hasta lo que después todos llamaron *el día de la bañera*. Alguien dejó tirada en un descampado una vieja bañera de cerámica. Estaba llena de manchas negras, quién sabe por qué, pero suponían que ésa era la razón de haberla desechado. Los niños encontraron en la bañera la diversión del verano, no sólo porque les permitía refrescarse, sino porque jugaban, alejados de las miradas de adultos, a aguantar la respiración hasta ponerse morados. Todos se retaban entre sí, menos Eduard, demasiado débil para algo así. Pero pudo más el hartazgo de espíritu que su condición física. Ni corto ni perezoso se fue hacia el más grande y le dijo:

—Eh, tú. Te reto.

El niño, unos dos años mayor que él, soltó una risa.

—¿Pero qué dices, chaval? ¿No ves que no aguantarías ni dos segundos sin respirar? Deja de hacerte el gallito, Debilucho, y abre paso a otro.

Eduard sintió que le palpitaba la vena en la sien.

—A lo mejor el debilucho eres tú, que no te atreves.

Para entonces, un corrillo de niños se había formado ya a su alrededor.

—¿Pero quién te crees, chiquillo?

—Te reto —insistió.

—Vale. Pero luego no digas que no te lo advertí.

—Vale.

El corro de niños empezó a apostar canicas. Las apuestas iban uno a diez. Se quitaron las camisas y se zambulleron. Cuando Eduard aspiró a fondo, sintió que junto al aire, los pulmones se le llenaban de libertad.

Tuvieron que tocarle un hombro para sacarlo. Eduard no sólo había vencido, sino que había llevado al otro niño a la extenuación. Un poco más y se hubiera ahogado. Los pulmones de Eduard, al parecer, no sólo estaban sanos, sino que tenían mayor capacidad que cualquiera, como si la cicatriz los hubiera fortalecido. Parecían haberlos remendado para aguantar más.

Eduard siempre pensó que ése, realmente, fue el día de su nacimiento. Había nacido del útero de una bañera.

Sin embargo, ése fue el primero de tantos recuerdos que no le contó a Soledad…

8

Hoy es la dichosa cena de cumpleaños de mi madre. Tengo tres llamadas perdidas suyas en el celular. En cada una ha dejado mensaje
en el buzón de voz. La primera, a modo de recordatorio: ha grabado
la dirección por si se me ha olvidado el número de su casa; la segunda, en plan manipulación ideológica: pidiéndome que no vaya a faltar, que soy su única hija; y la tercera, en tono amenazante: que no
vaya a hacerle un feo como ése el día en que cumple sesenta y cuatro
años. Todos los mensajes cierran con un *besos mil.*
    Lo peor es que, aunque me tienta la idea, no tengo excusa para
no ir. He repasado la lista de inconvenientes de último minuto que
me libren de asistir, pero creo que los he quemado todos ya. No me
queda más remedio que hacer acto de presencia y luego salir pitando con algún tipo de reacción alérgica al marisco. Mi madre siempre pone marisco, lo cual me hace prever una estrategia de escape.
No soy alérgica a nada, pero ya se sabe que estas cosas siempre pueden desarrollarse espontáneamente. He metido en mi cartera un
delineador de labios rojo por si, desesperada, tengo que pintarme
puntos rojos a media cena. Aunque sólo pensar en el drama que será
que yo no asista hace que desista de cualquier fuga. De regalo le llevo la trilogía de *Cincuenta sombras de Grey.* No es el libro que a mí me
hubiera gustado regalarle, pero es el que ella quiere leer. Mi madre
es lectora de *bestsellers.* Si está en las listas no sólo lo lee, sino que lo re-
comienda como la octava maravilla del mundo. A veces me pregunto
cómo podemos ser tan distintas mi madre y yo. Por ejemplo, jamás
leo un libro cuya portada sea el cartel de la película. Me gustan los libros muy literarios y las películas muy cinematográficas. Así de senci-

llo. Así de complejo. A ella, sin embargo, le gusta todo lo que huela a Hollywood, a Julia Roberts y a George Clooney. No tengo nada en contra de este par de guapos, pero me repatea que el séptimo arte al que ella alude responda únicamente a burdas estrategias comerciales. Alguna vez, cuando le he intentado poner un documental o película argentina, me dice cosas como «menudo rollo», «pues mejor me echo una siestecita», y comentarios de ésos que me hacen ir corriendo a poner el DVD de *Pretty Woman,* un «clásico», según ella, y así tenemos la fiesta en paz. Como ya nos sabemos la película de memoria, mi madre se la pasa comentándola en voz alta. Es como verla con los comentarios del director.

—Qué escena más maravillosa ésa cuando cierra la caja del collar y ella ríe. ¿No crees? Esa risa es espontánea. El otro día en un programa dijeron que esa escena no estaba en el guión, por eso su risa es natural.

—Sí. Ya lo sé, mamá. Me lo recuerdas cada vez que nos vemos.

—Me encanta esta película. Cien veces que me la pongan, cien veces la veo.

Y cosas como ésa.

En fin. Cogeré las *Sombras* debidamente envueltas en papel de regalo e iré a su casa. Al mal paso, darle prisa, dicen por ahí.

Hice mi mejor intento por aguantar la cena. Puse buena cara, le di un abrazo a mi madre y hasta saludé de beso a Arturo, pero no puedo, no puedo. Es más fuerte que yo. Nada más terminar el postre me disculpé con mi madre y le dije que tenía que madrugar porque el señor Castells me había citado mañana temprano. Mi madre me ha puesto cara de disgusto porque me hagan trabajar en domingo, pero Arturo ha venido al rescate para decir que la responsabilidad es primero, sea el día que sea. En el fondo es un alivio saber que él se siente tan incómodo como yo. Le he deseado que cumpla muchos más y me he ido rauda, aprovechando el momento en que irrumpía un mariachi entonando *El son de la negra.* ¿Soy una egoísta? ¿Tanto me cuesta compartir una noche de rancheras con mi madre y su joven marido? Pues sí. Me cuesta un chingo.

Con la culpabilidad y una extraña sensación amarga debajo de la lengua, salí de su casa en la Cuauhtémoc y me crucé hasta la Juárez. México tiene esas cosas. A veces cruzar una calle es cruzar a otro mundo. A pesar de los intentos por recuperar la Zona Rosa y regresarle la dignidad arrebatada en las últimas dos décadas, aunque en el día los cafés y restaurantes de moda parecen vestirla de gala, por la noche aún puede percibirse en el aire un olor rancio de antro de quinta. Me metí en un bar con luces de neón en la marquesina. «Música Viva», rezaba el letrero, y me pareció un lugar tan malo como cualquier otro para tomarme un trago. A pesar de ser la única mujer en la barra, nadie se me acercó. Los hombres allí presentes no tenían interés alguno en mí. Me di cuenta entonces de que en ese bar, dos tetas no tiraban más que dos carretas. Pensé en salirme, pero luego me dije que sin moscardones alrededor tendría libertad para beber tranquila y dejarme en paz con mi disgusto. También había mujeres, poco femeninas en su mayoría. Una pareja de chicas bailaba acaramelada aquello de *Acércate un poquito, Salomé*, cantada eso sí, por un grupo que no supe definir si era cubano o jarocho. Pero a pesar de eso, tampoco se me acercó ninguna, lo que después de un par de chupes empezó a herirme el orgullo. Ya ni las viejas me tiraban la onda. ¿Acaso estaba yo tan mal? Cuando me sorprendí escuchando mis pensamientos, me di lástima. Cogí mi teléfono y tuiteé:

Soledad Sandoval
@Ssol
1501 tweets
356 siguiendo
27 seguidores

Cómo me convertí en esta mujer que bebe sola en un bar de la Zona Rosa? #llévamepronto

51 Tweet

Me empiné el tequila «de Hidalgo» y dejé un billete sobre la barra.

Salí a caminar. Aquello era un hervidero de parejas ocasionales. Se notaba a leguas. Las parejas de nueva creación no se reconocen por su juventud, sino porque aún no han aprendido a compartir el hastío. Se ríen de las bromas más tontas, todo es novedad, jolgorio, besos largos. Yo caminaba sin rumbo entre las risas ajenas de un sábado por la noche. Vagando, sin nadie que me echara un brazo sobre los hombros. Ni amigo ni enemigo. «Eso te sacas por imbécil, Soledad», me regañé. No llevaba prisa, pero caminaba como si me persiguiera la policía. Sentía una urgencia terrible por salir de allí. Pensé en Manuel. Cómo no. De nuevo Manuel, acompañándome como el penar de un muerto. Manuel estaba siempre presente. Más presente, incluso, que cuando vivía conmigo. Manuel en el menú, en la música, en las sombras.

A Manuel le encantaba salir de noche por la ciudad a tomar fotos. Cuántas veces no nos peleamos por eso. A mí me gustaba sentirlo en mi cama, junto a mí, aunque tan sólo dormitáramos. Él, sin embargo, se sentía como un perro atado al poste. Necesitaba aire, decía. Quería tomar fotos de la noche, de edificios iluminados. Sentir ese tipo de libertad.

—La ciudad es otra de noche —repetía cuando yo le hacía ver mi inconformidad.

Con sus ahorros, se había hecho de un equipo fotográfico profesional y con algún aguinaldo pujó por unos tres o cuatro teleobjetivos que ofrecían en Mercado Libre. Se aficionó a la fotografía a tal grado que en algunas páginas de profesionales de la web le tomaban por uno de ellos. Le gustaba fotografiar cosas que nadie quisiera tener inmortalizadas en papel fotográfico. Fotografiaba retretes de todos los restaurantes y lugares públicos que frecuentábamos, fotografiaba autos en movimiento a media noche, prostitutas con caras lánguidas. Pero su mejor colección eran las fotografías de indigentes. Algún día, me dijo, haría un libro. Tenía ya unas cuantas. Algunas muy buenas. Una vez, incluso, un indigente le cobró cuarenta pesos por dejarse tomar una foto. Era, decía él, el único posado de un sintecho. Las demás fueron «robadas» desde el coche, o tomadas con disimulo a paso rápido, cuando los pobres hombres yacían dormidos o ebrios, imposible distinguir una cosa de la otra, sobre el asfalto. Incluso conservó una (por más que me empeñé en que la desechara), de uno con el pito parado. Sí. Él no hubiera estado incómodo en medio de aquella gente. Él hubiera disfrutado, acechando desde el teleobjetivo a la fauna urbana. Le hubiera encantado sentarse bajo la palmera para tomar fotos de gente anónima. De haber estado aún juntos —tal vez—, yo le habría acompañado. Yo le susurraría al oído entre foto y foto, intentando persuadirlo de volver a la cama. Ahora sé que él jamás hubiera permitido que le acompañase. Seguramente ya había aprendido a desenmascararme, porque sola, como estaba ahora, sólo pensaba en marcharme a dormir la cruda. Ni fotos, ni historias. Siempre me pregunté por qué Manuel no me tomaba fotos a mí. Cuando abro las pocas carpetas de fotos que dejó en los archivos compartidos de mi computadora, no hay ninguna foto nuestra. Ni de ninguno de nuestros amigos, ni de fiestas, ni de los viajes. Hay paisajes, edificios a medio construir, voladores de Papantla a contraluz, perros callejeros o con dueño custodiándolos con celo, como esos indígenas que no se dejan fotografiar por miedo a que les robes el alma. Pero ni rastro mío. Ni suyo. Quizás no ocupábamos el lugar necesario en su obturador.

En ésas estaba cuando pensé en Eduard. Él debía tener buenas fotos. Podría pedirle que me enseñara fotos de su juventud. ¿Qué mejor manera de avivar los recuerdos? Sí, aquella era sin duda, la mejor idea de toda la noche.

Una chica vino directa hacia mí y se sentó a mi lado.

—¿Quieres compañía? —me dijo.

Yo pegué un brinco, sobresaltada por cómo la realidad desvanecía el ensimismamiento.

—No, gracias, ya me voy.

Apresuré el paso sin mirar atrás.

—Si quieres, puedes invitarme un trago. ¡No cobro barato, pero merezco cada peso!

—¡No, gracias! —grité sin detenerme, como cuando paso veloz entre los vendedores de tarjetas de crédito de las tiendas departamentales.

9

Sentado, bebiendo una taza de té, Eduard esperaba. La esperaba a ella. A Soledad. Nunca un nombre solitario había infundado tanta compañía. Hacía años que no sentía curiosidad por nadie, y eso le hacía creer que aún tenía esperanzas. Quizás, pensaba entre sorbos, no todo estaba perdido. Quizás.

Verónica irrumpió en la habitación.

—Don Eduard, ¿va a querer que le sirva otro té?

—No, gracias, Verito, que luego me anda del baño.

Verito sonrió de medio lado.

Verónica era una niña que hacía no mucho había dejado de serlo. Su madre, Dios la tuviera en la gloria, la había llevado de la mano hasta las puertas del departamento blanco de don Eduard, cuando Verito aún no aprendía a saltar bien la cuerda y su madre, una chiquilla también, añoraba poder hacerlo. Acudían cada quince días para hacerle a Eduard diversos arreglos de ropa. Petra Aldeano, una veinteañera modista del teatro, también cosía ajeno. Hacía de todo: disfraces, vestidos de primera comunión, trajecitos de boda. Don Eduard llegó a ella por causalidad, cuando trabajaba escribiendo guiones para obras teatrales. Desde que la conoció, jamás dejó de hacerse trajes y camisas a la medida. Se acostumbró a las manos de Petra, y ya no quiso otras. Pero no eran sólo sus manos.

A pesar de ser el único hombre con quien Verito se relacionaba rutinariamente, Eduard nunca asumió labores de padre, ni de tío, ni de amigo. Sin embargo, el afecto con el que su madre lo trataba hacía intuir una relación que iba más allá de la camaradería. Verito empezó a comprender qué era la felicidad cuando cada tarde, tras abandonar el departamento blanco, observaba a su madre sonreír. Ser niña no significaba ser idiota, y pronto entendió por qué los trajes, los arreglos, las camisas, empezaron a desvanecerse para dejar espacio a charlas interminables sin hilo ni aguja. Muchas veces, la dejaban viendo televisión, o leyendo historietas, mientras Petra se introducía en la recámara del señor Eduard para tomarle medidas de pantalones, o hacerle algún tipo de apaño. Los encierros duraban horas, pero Verito jamás preguntó nada. La prudencia, desde entonces, se convirtió en el armazón que le permitía subsistir. No sólo callaba por ser una niña prudente, el señor Eduard le infundía un respeto semejante al miedo. Temía que un día fuera ella a quien se tragaran las paredes. Aunque nunca se lo contó a su madre, en sus pesadillas, veía al señor Eduard llevándola a su cuarto para hacerle coser un dobladillo. Despertaba asustada, aterrorizada, y rezaba para que nunca, por Dios bendito, al señor se le pasara por la cabeza querer verla coser. Y es que a pesar de sonreír, siempre creyó que don Eduard tenía una mirada altiva, e incluso —le parecía— algo extraña. Y es que había algo en su forma de mirarla, como si la reconociera de otro tiempo. Cada Navidad y Día del Niño, el señor, como lo llamaba ella, le regalaba juguetes, muñecas e incluso ropa fina que de tanto guardar para ocasiones especiales, se le quedaba nueva en los cajones. Su madre nunca dejó de insistir en que la acompañase, aun cuando fue creciendo y prefería quedarse en casa. Petra siempre quiso que fuera, saludara al señor Eduard, le contara de sus avances en la escuela, para después marchar con la promesa de volver en dos semanas. Así había sido durante los últimos quince años. Quince años en los que Verito había asistido al envejecer del señor Eduard dentro de ese departamento que no era sino el barril de un aceite macerado, el refugio de un mundo al que apenas le interesaba ver a la cara.

Siendo aún muy joven, Petra murió de manera repentina. Un coágulo se le fue a la cabeza, y eso fue todo. El apagón de una vida injustamente corta. Verito, que ya para entonces había dejado de ser una niña y había cambiado las cuerdas de saltar por los quehaceres, pensó entonces que se habían acabado las visitas al departamento blanco. Hasta ahí llegaba su relación con el amigo de su madre. No volvería a cruzarse con ese señor. Era inevitable: él era un ermitaño y ella no sabía coser. Nunca quiso aprender, perseguida en su fuero interno por el pavor de la pesadilla infantil. Por eso fue la primera sorprendida cuando don Eduard se presentó en el entierro de su madre vestido de un blanco impoluto. Se sentó hasta adelante, junto a ella, y lloró desconsolado como un fiel marido. En la iglesia, no hubo corona más grande que la que él mandó, en parte porque el resto de la gente no estaba en posibilidades de costear arreglos grandes, en parte porque nadie la había querido tanto. Una cinta morada de nazareno abrazaba las flores con una petición. No decía ni «Descanse en paz», ni «Con admiración y dilección», ni ninguna frase sacada del catálogo de la funeraria. Verito sintió la música de un bolero retumbar en su alma, cuando leyó compungida desde su banca: «Espérame en el cielo, corazón.»

Con la complicidad de saberse coartada de un amor clandestino durante demasiado tiempo, Verito fue en su búsqueda. Él le abrió la puerta. Al verla, fue como si un azote le hubiera pegado en la cara, como si con ella hubiera entrado una ráfaga del viento del oeste.

—Don Eduard…
—Vero… has vuelto.
—¿Puedo pasar?
—Ésta es tu casa— le dijo él.

Y no fue simplemente una frase hecha.

Eduard se hizo cargo de la orfandad de ambos. La instaló en su casa y la acogió como a una hijastra. Verito era todo cuanto le quedaba de Petra. Ella, por su parte, cuidó y se encargó de atender a Don Eduard con esmero. Pero la dedicación de la chiquilla nada tenía que ver ni con la gratitud ni con el compromiso. Sentía que se lo debía a su madre. Verito lo tuvo claro el día que entró a su recámara. Casi se le saltan las lágrimas. Qué fácil hubiera sido vivir allí, los tres juntos. Respiró hondo y pensó en lo rápido en que uno se acostumbra a una vida de comodidades. Tenía una cama matrimonial, una ventana desde la que podía verse el capirucho del World Trade Center y un armario lleno de ropa, zapatos y ropa de cama del mejor algodón. Verito nunca había tenido una recámara propia, ya ni hablar de una cama matrimonial para ella sola. De pronto sintió que el mundo era más ancho. Injusto, sí. Pero ancho. Y por curiosos azares, llenaría la ausencia de su madre con el confort que le ofrecía aquel hombre. Dejaría de sufrir por el pan de mañana. Por el techo que le cubriría el futuro. Muchas veces se preguntó por qué su madre nunca se había ido a vivir con él. Hubieran sido tan felices, las dos, juntas, viviendo sin las penurias de la inseguridad económica. Eduard las hubiera querido. Al menos, había amado a su madre. ¿Qué habría pasado? ¿Prejuicios? ¿Miedos? No podía entenderlo. Quizás, algún día, llegaría a saberlo. Pero por el momento, dejaría triunfar a la comodidad frente al orgullo abanderado por su madre y se instalaría en esa casa. Cuando cierta vergüenza la visitaba a traición, corroyéndola sin aviso, justificaba su presencia con otras lides.

—¡Sólo cobro lo que nos pertenece! —clamaba a una madre omnipresente.

Ojalá —pensaba—, esa cama matrimonial hubiera sido ocupada por Petra. El vacío que dejó su madre, no obstante, no pudo llenarse con nada. Ni con todo. Qué injusto que Petra nunca supiera que había valido la pena tanta chinga. Tanta joda. La lucha. Se enjugó una lágrima y se apoyó en las sábanas dobladas. Después, tomó aire y abrazó esa nueva vida como si el destino la hubiera alcanzado.

Muchos años llevaban así, compartiendo secretos y rutina.

Hasta que Soledad vino a alterarlo todo. Y es que Soledad no entendió cuál era el papel que Verito desempeñaba en la vida de Eduard. No era su sirvienta. Era su Cosette y él su Jean Valjean.

Sin embargo, Verito, cuyo rostro empezaba a abrazar los surcos de la madurez, descubrió en don Eduard una mirada que no había vuelto a ver. La mirada altiva, arrogante y retadora que tanto temor y respeto le habían infundido en la niñez. Una mirada vieja, olvidada incluso por él mismo. Eduard parecía haber rejuvenecido. De nuevo lo intuía vital, y aquello, lejos de tranquilizarla le provocaba urticaria. Estaba celosa. Celosa como nunca. El recuerdo de Petra venía a susurrarle al oído. La atormentaba. Le clamaba justicia. La tal Soledad era muy joven, y seguramente sería una cazafortunas de cuarta, una vieja que no sabía nada de Eduard, ni de su pasado, ni de su futuro, y que sin embargo venía a engatusarlo con su vaivén de caderas. ¿Qué sabría ella de Eduard? Ella no lo quería, no lo conocía. No. No lo permitiría. Ninguna desconocida iba a venir a meter sus narices, alterándolo todo. La vigilaría de cerca. Se lo debía al recuerdo de su madre, a su memoria. Su madre se había jodido en vida, pero de su cuenta corría que la muerte la descansara en paz. Esa Soledad estaría vigilada y con la cuerda bien corta. Porque sabe Dios las locuras que hacen los hombres mayores por recuperar parte de la vida gastada. Sabe Dios.

10

—Buenos días —dije a Verónica cuando me abrió la puerta.

—Buen día —me contestó ella en singular.

Esa modita de dar los buenos días en singular, por más afrancesada que pretendiera sonar, me parecía ridícula. En español los buenos días siempre se habían dado en plural. Faltaría más.

—¿Está don Eduard?

—Sí... está bañándose. ¿Gusta esperarlo en su despacho?

—¿No hay problema?

—No. Pásele. La estaba esperando.

—Gracias —dije. Y pasé.

Esta vez, Verónica no me ofreció ni café, ni galletas. Empecé a intuir que mi presencia le resultaba impositiva. ¿Le intimidaba? ¿Le caía gorda? ¿Le era indiferente? Quién sabía. Verónica se mostraba impasible. Su rostro no dejaba entrever nada más allá. Era fría y hierática. Pero muy guapa. De rasgos «exóticos», diría mi madre. De esas mujeres que de repente son descubiertas por una agencia de modelos mientras compran el pan. Para mis adentros, empecé a llamarla *Nefertiti*.

Me dirigí hacia el despacho. A pesar de llevar un par de semanas frecuentando aquel departamento, empezaba a sentirme como en mi casa. Me movía más segura, más cómoda. E incluso me atrevía a tocar los adornos sobre las mesas. El departamento olía a libros leídos, como si fuera un lugar acondicionado para gozar el estar a solas. Todo estaba acomodado exactamente igual que como lo había dejado hacía un par de días, aunque no podía verse ni una mota de polvo. Verónica limpiaba a conciencia, cuidándose mucho de no mover los objetos sobre la mesa. «Aplicada esta Nefertiti —me dije—. Ojalá tuviera un lugar como ése para trabajar a mis anchas.» Con una Nefertiti incluida, claro. De pronto, reparé en una puerta al fondo a la derecha. Qué curioso, no me había dado cuenta de que allí hubiese una puerta. ¿Sería un baño? ¿O comunicaría a otra estancia? Me dirigía hacia ella cuando oí a Eduard carraspear detrás de mí:

—Hm. Buenos días.

—Buenos días, don Eduard.

Como prácticamente tenía mi mano sobre la manija de la puerta, pregunté:

—¿Qué es esto, don Eduard? ¿Un baño?

—No, no. Es un pequeño cuarto. Lo uso de trastero porque hace años que no lo ocupa nadie.

Trastero. Al escuchar la palabra automáticamente pensé en mi madre. Ella de vez en cuando utilizaba también palabras castizas, a pesar de llevar viviendo aquí desde el año de la Tana. *Trastero* era una de esas palabras que cualquier español afincado en México seguiría utilizando por los siglos de los siglos, amén, aunque los demás le llamaran *bodega*.

—¡Ah! Ya veo. ¿Y qué secretos guarda ahí? —dije con sorna.

Una especie de sombra cubrió a Eduard. Se puso muy serio.

—Sólo tonterías —contestó—. Debería tirarlas todas, la verdad.

Y dio por zanjada la conversación. Pero antes de sentarse en su sillón de cuero negro, me advirtió:

—No quiero, bajo ningún motivo, que entres ahí. ¿Entendido?

Sorprendida, se me encendieron las mejillas.

—Sí, sí, descuide, don Eduard.

Me senté frente a la computadora, sin saber qué me daba más rabia, la desconfianza o que Eduard me prohibiera entrar en un cuarto como si tuviera siete años. No me gustó en absoluto sentirme como una niña regañada. Yo era una mujer hecha y derecha. ¿Acaso Eduard no lo veía? Además, ¿qué tanto podría haber allí que quisiera ocultarme? ¿No me estaba contando los retazos de su vida, exponiéndome su alma como un mejillón se abre al calor? No entendí a qué venía tanto misterio. Pensé en cuán aprensivas pueden llegar a ser las personas mayores, miedosas hasta la médula al revolver sus pertenencias. Como si fuera a descomponerle la existencia, cuando seguro que lo que Eduard allí atesoraba con tanto recelo no eran más que papeles viejos y cojines raídos.

—Por cierto —dije para romper el hielo entre nosotros—, he pensado que a lo mejor, si tuviera algunas fotos, podrían servirnos... Ya sabe, todas las fotos cuentan una historia o, cuando menos, activan la memoria.

—Conque fotos, ¿eh?

—Si le parece bien, por supuesto.

Eduard se me quedó mirando. Luego dijo:

—No, fotos no tengo.

—¡Qué lástima! —me lamenté—. ¿Seguro que no tiene alguna perdida por ahí? ¡Vamos! Seguro que tiene fotos, de ésas en sepia. Fotos antiguas, de sus padres, sus novias…, no sé… seguro que tiene muchas. Muchas fotos, no novias.

Al decir esto me encendí como un farol. «Qué tonta eres, Soledad… cuida tus palabras», me dije, pero guardé la compostura como un judío en una sinagoga.

—Lamento desilusionarte, pero no tengo.

—¿Cómo es que no conserva fotos?

—No me gustan las imágenes. Prefiero las letras.

«Eso me quedaba claro», pensé, sarcástica.

Don Eduard pareció pensar lo que me dijo después.

—Tengo cartas.

—¿Cartas? ¡Qué bien! ¿De quién?

—De mucha gente, querida. En mi época aún éramos epistolares. Qué pena que los e-mails hayan dado al traste con esa costumbre.

—Pero eso es estupendo, don Eduard —dije obviando el comentario romántico. Si quiere, se las puedo capturar y guardar en cajas. Las cartas también son recuerdos.

—Pues… no es mala idea, no —dijo suavemente, como si pensara en voz alta.

—Y seguro que entre las cartas, aparece alguna foto.

—Qué manía con las fotos, chiquilla.

Eduard sacó una antigua lata de Chupa Chups que por su tamaño fácilmente podría haber servido para enfriar una botella de champagne. La abrió y al hacerlo la lata emitió un fuerte *puf*, como si se descorchara. En ella había cartas amarillentas, dobladas de manera irregular. Se veía que estaban revueltas, sin un orden preciso ni mucho menos cronológico. Ni siquiera estaban organizadas por remitente. Por la variedad de tamaños y colores pensé en un surtido de nueces.

—A ver qué tenemos aquí.

Eduard sacó una al azar, como si fuera una pelota del bombo de la lotería.

—Mmmm —rumió—. Ésta es de mi padre. Mira tú qué coincidencia. Más que carta parece un telegrama. Así era él: parco.

Leyó en silencio y la volvió a guardar.

Tomó otra. Era de un seminarista queriendo saber de su paradero. Eso fue lo único que reveló, el contenido de la carta se lo guardó para él. Leer aquello parecía perturbarlo.

Yo me moría por asomarme a la intimidad de la lata, pero me contuve. Disimular la impaciencia me costaba más que contener la respiración bajo el agua. Eduard leía en voz baja, sin atreverse a ponerle sonido a las palabras. De pronto, sin decir ni pío, cerró la tapa. Yo fui incapaz de romper el silencio. Esas cartas, aparentemente irrelevantes, removían demasiado por dentro. Para mi sorpresa, Eduard resbaló la lata hacia mí.

—Léelas tú, querida. Si hay alguna interesante, me lo dices. Yo no tengo ganas.

Me gustó la manera en que decía *querida*.

—Claro, don Eduard. No se preocupe.

—Hoy no me siento con ánimos. Me voy a recostar.

Nos levantamos al mismo tiempo, como si un párroco hubiera ordenado un *oremos*. Abandonó la habitación arrastrando las plantas de los pies. Al verlo así, de capa caída, pensé en un puñado de años asestados de un mazazo. A veces se veía derrotado. Y entonces tenía que reprimir el impulso de salir tras él y abrazarlo, de pasarle mis dedos entre su abundante pelo cano y decirle con ternura *tranquilo, todo estará bien*. Sin embargo, siempre me quedaba clavada, como una estaca. Incapaz de dar un paso en falso.

En cuanto me supe sola cerré la puerta.

Abrí la lata y la vacié sobre la mesa. Al menos habría allí medio centenar de cartas, algunas más gordas que otras y también muchas postales. Agarré una al azar. Era una postal parisina, con una ilustración que, sin serlo, recordaba a los carteles de Toulouse-Lautrec. El matasellos era de 1970. Leí:

Querido Mío:

París sin ti duele demasiado.
Sé que puedes lograrlo.

Tuya siempre,
OLVIDO

P.D. Hoy visité las fuentes de Versalles y pensé en tu Esther.

Ahí estaba. El pasado revelándose en tres frases. Las manos me sudaban. Sabía que Eduard había tenido un amor. ¿Acaso no lo tenemos todos? A Eduard le había amado una mujer. O al menos, deduciéndolo por la postal, lo habían extrañado desde París. ¿Quién sería esta tal Olvido? ¿Y a quién se refería con *su* Esther? ¿Una hija? ¿Otro amor? Podía ser cualquiera, pero sin duda tenía que ser alguien muy cercano a Eduard para que la tal Olvido se refiriera a *su* Esther… No… no podía ser una amante… porque, ¿quién en su sano juicio se refiere al amor de su amor con tanta vehemencia?

Buceé entre la correspondencia. Ahora buscaba el nombre de Olvido con obsesión. Otra postal, otra estampa. Otra vez Olvido. En todas mandaba besos y abrazos desde París. Y firmaba «Siempre tuya». Qué manera esa de firmar. ¿Qué se debe sentir para afirmar poder amar por siempre a la misma persona, o —en el peor de los casos— amar a otro, aunque en el fondo sientas que siempre pertenecerás a aquél? El jodido sentido de pertenencia del amor.

Por más que me empeñé, no encontré ninguna carta de Olvido. A pesar del cariño que inferían sus palabras, sólo envió un par de postales. Y con el pequeño espacio que dejaban para escribir en la parte de atrás, apenas alcanzaba para un mensaje tipo telegrama. «Te quiero.» Stop. «Te extraño.» Stop. «Besos desde París.» Stop. Pero nada más. Ni una pista de la Esther ésa, ni ningún hilo del cual poder tirar para desenmarañar la madeja.

Levanté la vista y me topé con la puerta del trastero. La puerta. Mis ojos se posaron en ella como Eva debió haber mirado la manzana. Me levanté lentamente. Aún sin dar un paso, ya lo sabía: estaba a punto de sucumbir ante lo prohibido. Iba a desobedecer. Un hormigueo me electrizó las palmas de las manos. ¡Pero claro! Era tan evidente que resultaba pueril: ¡no era yo la niña de siete años, sino él! Un hombre mayor defendiendo su timidez. Me había equivocado: Eduard no guardaba allí telas viejas y papeles rancios. Ese trastero resguardaba algo más. ¿Por qué otra razón no quería a nadie hurgando allí? Seguro que las cartas «importantes» estaban en alguna caja del trastero. Sin darme apenas cuenta, ya había avanzado un par de metros. Volví mis pasos hacia la entrada del despacho y pegué la oreja para cerciorarme de que nadie merodease cerca. A veces, Rubén, el escolta, se paseaba por la habitación. Silencio. Quietud. Ni un paso por las cercanías. Me di media vuelta. Comencé a pisar con cautela, consciente de mi propia perfidia. Giré la manija intentando no hacer ruido, como Tippi Hedren abriéndose paso bajo la mirada de pájaros asesinos apostados en los tejados. Tal y como temía, la puerta estaba cerrada a cal y canto. Los nervios no evitaron que pensara rápido. Ni corta ni perezosa, me fui hacia la mesa de Eduard. La llave o bien estaba lejos o muy cerca, y pensé que, con un poco de suerte, podría estar en uno de los cajones. La gente confiada no esconde las cosas. Y yo sabía —pensaba— que Eduard confiaba en mí. Abrí el primero. Abrí el segundo. En el tercero encontré un manojo de llaves atadas en una trenza de alambres. Un buen puñado. Me tomaría un tiempo dar con la indicada. De todos modos, corrí hacia la puerta y empecé a probar. De vez en cuando volvía la mirada hacia la entrada, por si acaso. Sabía que no podían verme hurgando así. Si me agarraban en aquel renuncio sería el fin. Por suerte, no tuve que usarlas todas. Cuando la cerradura empezó a girar, me ericé como un gato asustado.

Al cruzar la puerta, no di crédito. Esperaba toparme con un mar de cajas de cartón clausuradas con cinta canela, desorden, sábanas cubriendo muebles, un árbol artificial de Navidad arrumbado en una esquina. Pero aquello no era una bodega ni nada parecido: ¡era otro despacho! ¿Era un despacho? Más bien, parecía una sala de lectura perfectamente ordenada, aunque olía a polvo y a aire viciado. Una botella de *whisky* casi vacía coronaba la mesa junto a un libro de tapa dura al que se le había despegado el lomo. Por el curvear de las hojas en las esquinas, supuse que debía tratarse de un libro de consulta. En medio del lugar, un sillón de terciopelo con borlas verdes, de los setenta, sin duda, destacaba insolente junto a una *chaise longue* a la que le faltaba una pata. La pared estaba tapizada de libros viejos. Todos empolvados hasta la comezón. Evidentemente, a Nefertiti también se le tenía vedado escombrar allí. Mis ojos tardaron un rato en habituarse a la penumbra. Poco a poco, fui descubriendo que las paredes estaban revestidas de artículos de periódicos viejos y, cómo no, de fotos. «Con que no, ¿eh?» Ahí estaban los recuerdos que Eduard prefería olvidar. «Tal vez —me dije— en alguna salga Olvido.» No la conocía, pero pensaba que podría descubrirla. Quizás una foto de París, una chica mirando a la cámara con ojos de amor… Pero cuando mis ojos pudieron fijar la vista, no fue la prueba de una relación amorosa lo que me dejó boquiabierta. En medio de la pared, una foto mostraba a un chico muy joven, quizás de unos veintipocos años, recibiendo un premio. Soplé para quitar el polvo que tapaba el pie de foto, pero éste empezó a volar en mis narices y se me metió en los ojos. Cuando las lágrimas me libraron de la polvareda pude leer: «Joven de 25 años gana el Premio de Narrativa.» Volví a fijar la vista en la foto. Entorné los ojos, como si al achicarlos pudiera ver con mayor claridad. Acaso ese muchacho, podía ser… ¿Eduard?… Continué mirando los recortes en las paredes. En todas ese chico. Fotos con periodistas, fotos en foros repletos de gente, posando con un libro en sus manos. Sí. Ese chico era Eduard. No cabía duda. Los mismos ojos, la misma expresión hermosa de su sonrisa. Eduard, en efecto, había sido un hombre guapísimo. Pasé la yema de mis dedos sobre su rostro, entre orgullosa y enternecida. Y luego, como loca, empecé a buscar un pie de foto. Algo donde dijera el nombre del joven escritor. Y de pronto, leí en el artículo: «Darío Cienfuegos, autor de *Lágrimas en el océano*». Me desinflé como un globo mal anudado. Pero ¿quién demonios era ese tal Darío Cienfuegos? ¡No podía ser! ¡Si a todas luces se veía que era Eduard! Con muchos años menos, eso sí, pero se trataba de la misma persona. Estaba segura. Pensé rápido: «¿*Lágrimas en el océano*?» Sí, ahora recordaba. En la facultad, una vez me encargaron un trabajo sobre esa novela, aunque yo me limité a bajar un poco de información de *Wikipedia*, sacándome un seis pelado y eso porque le eché de mi cosecha, que si no me hubieran clavado un cinco por plagio. Sí, ahora recordaba. Esa novela había sido ganadora de varios premios, gozó del prestigio internacional, fue traducida a veinticinco idiomas, y de su autor nunca más se supo. ¿Acaso Eduard, el mismo hombre afable que me contaba retazos de su historia, podría ser ese autor olvidado, oculto tras un pseudónimo? ¿Sería eso cierto? Me quedé perpleja. Tenía que saber. De pronto, escuché que me llamaban. Aterrorizada por ser descubierta, salí del supuesto «trastero» lo más rápido que pude. Con las ideas echas un nudo en la cabeza o en la garganta, ya no supe distinguir, eché llave, las aventé al tercer cajón y me aplasté en mi asiento.

Verito asomó la cabeza, dándome un mensaje:

—La esperan para comer.

—Ah, sí, sí. Voy enseguida —dije fingiendo acomodar mis papeles.

Tardé un buen rato en reaccionar. Los pensamientos eran un enjambre. Zumbaban. Tenía que averiguar si Eduard era Cienfuegos, o al revés. Durante toda la comida, me sentí como Angela Lansbury en *Reportera del crimen*.

Eduard tomó la sopa en silencio. Y yo sentía que con cada sorbo, se aceleraba el ritmo de mi corazón. Estaba tentada a preguntarle por Cienfuegos, pero eso sería delatarme a cielo abierto. Confesar que había hurgado entre sus escombros, traicionado su confianza. No. Tenía que aguantar.

Al volver al despacho, devoré las cartas una a una, leyendo con otros ojos. Las capturé e hice un respaldo en el disco duro. Luego, tentada por una voz maliciosa resonando en mi interior, saqué de mi bolsillo una USB y me llevé una copia.

Durante el camino a casa no pude pensar en otra cosa. Me fui corriendo a comprar el libro, pero estaba descatalogado en todas partes, así que corrí a mis librerías de viejo, que jamás me fallaban. Compré el único ejemplar que tenían, manoseado y doblado, pero salí orgullosa como si acabara de adquirir el último grito de la moda en plumas Montblanc. Tomé un camión sólo para poder ir leyéndolo en el camino. Al llegar a casa me tumbé en el sofá y no me levanté hasta que me lo hube devorado página a página. Subrayé párrafos, memoricé frases y al cerrarlo lo estrujé contra mi pecho como si pudiera abrazar a Eduard —o al tal Darío— en esas páginas. Así estuve un par de minutos. Luego, me metí a Google. El autor de *Lágrimas en el océano*, Darío Cienfuegos, era famoso, no sólo por haber escrito una obra maestra, según decían, sino por ser un eremita, por huir del éxito. Lo llamaron *el Salinger de habla hispana* y muchos decían que de haber seguido escribiendo hubiera sido un Vargas Llosa. Elucubraciones todas, claro, imposibles de corroborar. Nunca más pudo leerse otra novela del gran Cienfuegos. Se recluyó con tanto empeño que se convirtió en una sombra del escritor que pudo haber sido. No podía quedarme así. Tenía que llegar al meollo del asunto. ¿Eran Eduard y Cienfuegos la misma persona? Y, de serlo, ¿por qué ahora, precisamente, estaba contándome sus recuerdos? ¿Estaría recopilando material para su segunda y esperada novela? ¿Podría ser eso? Supuse que, quizás, después de años de silencio, tal vez querría contar su historia jamás contada, sin pseudónimos ni pantallas. Romper, acaso, con el silencio impuesto. El azote de vanidad me hizo sonreír. Yo era simplemente el artífice, el medio elegido para lograr un fin. Yo sería quien le ayudaría a escribir «la gran novela mexicana». Ésa fue la primera vez que sentí mi ego despertar, desperezándose como si llevara encogido mucho tiempo. Y me gustó. Disfruté con la certeza de que, entre todas las candidatas, Eduard me hubiera escogido a mí. A mí. Y sólo a mí. No a una aspirante a escritora, no a una novata cultureta. Sino a mí. Y la soberbia me besó en la boca con su lengua húmeda.

A partir de ese día, escribí con suspicacia cada detalle de lo que él me dijo. A pesar de la sinceridad con la que hablaba, empecé a escudriñarlo. Sus historias, sus movimientos, su manera de andar y de tratarme, todo, sonaba a novela. Esperaba su confesión en cualquier momento. Que interrumpiera su dictado para decirme: «Soledad: yo fui un gran novelista.» ¡Qué momento sería aquél! Escucharle decir, de viva voz, que él era aquel famoso escritor perdido. Que extrañaba la sensación de escribir y que ahora, por fin, lo haría junto a mí. Sí. Yo le ayudaría a resurgir de las cenizas. Pero pasaban los días y nada. Ni un guiño, ni una pequeña pista que pareciera dirigirlo a la confesión. Me limité a capturar lo que él me dictaba, escenas de la juventud, del abandono del seminario, de la pérdida. Empecé a sospechar que nada de lo que me contaba era cierto. Que inventaba. Imaginaba. Sólo cuando confesara que era un escritor que no escribía volvería a creerle. Y esperé y esperé. Con la esperanza de que algún día, se quitara la máscara y se mostrara tal cual era, con sus temores, sus imperfecciones y miedos. Como hice yo con Manuel. Sólo que entonces, cuando él se mostrara en toda su vulnerabilidad, cuando él alzara los brazos mostrando sus manos vacías, le abrazaría. Yo no escaparía. No huiría como enemigo al que se le tiende un puente de plata. Todo lo contrario.

Por las noches, me gustaba imaginar cómo sería aquel momento, y de puntitas venía a mí una escena de *El secreto de sus ojos*, la película del gran Campanella. Una de las pocas adaptaciones cinematográficas que me gustaban, sin duda por ser de un argentino y no de un gringo. Al igual que mi tocaya la actriz Soledad Villamil en esa hermosísima secuencia que me provocaba abrazarme y taparme la boca con las manos cada vez que la veía en YouTube, al igual que ella, digo, saldría corriendo tras él para tenderle mi mano abierta sobre el cristal del vagón.

http://www.youtube.com/watch?v=9KDY4dRxpKQ

II

Un escritor nunca olvida la primera vez que acepta unas monedas o un elogio a cambio de una historia. Nunca olvida la primera vez que siente el dulce veneno de la vanidad en la sangre y cree que, si consigue que nadie descubra su falta de talento, el sueño de la literatura será capaz de poner techo sobre su cabeza, un plato caliente al final del día y lo que más anhela: su nombre impreso en un miserable pedazo de papel que seguramente vivirá más que él.

CARLOS RUIZ ZAFÓN en *El juego del ángel*

Eduard

Dos años atrás, con los nervios taladrándole las muelas, Eduard esperaba, sin impaciencia, que el doctor Herrera regresara con los resultados. El consultorio era pequeño, color madera clara. Sobre la mesa un complicado móvil que semejaba un átomo daba vueltas sin parar. Eduard se levantó de la silla y se asomó a la ventana. Pensó en lo ordenada que la Ciudad de México parece cuando se observa desde arriba. Las copas de los árboles cubren los puestos ambulantes, los cables del tendido eléctrico y, en algunos casos afortunados, los techos con bidones Rotoplas.

—Listo, don Eduard —interrumpió sus pensamientos el doctor Herrera. Acto seguido, le indicó a Eduard tomar asiento.

—Ya tenemos los resultados de las pruebas que le hicimos.

—¿Y bien?

—Bueno, don Eduard, seré sincero. No son buenas noticias.

—Ya.

—Lo siento mucho.

Eduard pasó saliva. Pareció doblarse un poco hacia la izquierda al apoltronarse en su asiento.

—Y entonces, ¿qué procede?

—Bueno, lo ideal sería que empezara a hacer preparativos. Las enfermedades degenerativas son así. No digo que le quede poco tiempo, ni mucho menos. Algunas personas viven en la primera fase de la enfermedad con relativa normalidad durante un par de años. Pero en cuanto ésta empieza a manifestarse, la caída es vertiginosa. Va a necesitar ayuda. Alguien que lo cuide, don Eduard. No puede estar solo.

—Entiendo.

—Lo lamento, don Eduard.

Quiso decir algo, pero no logró articular palabra.

—¿Ha venido solo?

—Sí.

—¿Lleva la pulsera?

Eduard se miró la muñeca. Desde hacía días, llevaba a regañadientes una pulsera irrompible, como las que ponen en los hoteles «todo incluido», con su nombre, dirección y teléfono de contacto.

—Es por su seguridad.

—Sí.

—No se preocupe, don Eduard, todo va a estar bien.

Eduard arqueó una ceja al escuchar la mentira blanca que acababa de propinarle su doctor. El doctor Herrera no era ese tipo de médicos. Durante los años que llevaban de conocerse, varios años ya, siempre le había pedido que le hablara sin flores y sin rodeos.

—Al pan, pan y al vino, vino, doctor —le había dicho entonces—. Demasiada faena tiene uno que aguantar cuando está pachucho como para que encima le cuenten a uno las verdades a medias.

Y el doctor Herrera, que aún no era inmune al dolor ajeno, le había hecho caso.

La única ventaja de su enfermedad, si había alguna, era que él no sería consciente de padecerla. Todo quedaría en el limbo, perdido en la nebulosa de la Nada. A su juicio, el alzhéimer era una enfermedad que padecían los cuidadores. Eran ellos quienes tenían que asistir al deterioro físico y mental del enfermo. Los cuidaban como a un recién nacido, les seguían hablando como siempre, hasta que llegaba un momento en que ya no reconocían en el cuerpo tendido sobre la cama al ser querido, al padre, al hermano, al amante. Ése era el dolor más grande. El peor sufrimiento era el de terminar cuidando a un extraño, sin rastro del hombre o la mujer que alguna vez conocieron. Por suerte o por desgracia, pensó él, sus cuidadores no serían conocidos y así les evitaría la pena y el dolor. Nada de hijos, mujeres, exmujeres ni nadie que cargara con su cruz. Además, aunque hubiera querido, no contaba con nadie. Contrataría solamente a profesionales.

Parecía mentira que todo lo vivido fuera a borrarse de un plumazo.

—La vida es la que recuerdas —le habían dicho una vez citando a un escritor.

A lo que él contestó con un tajante *no*. La vida, y eso lo sabía cualquiera con dos dedos de frente, es la que nos falta por vivir.

Sin embargo, ahora, acechado por la sombra de desvanecerse, estaba decidió a recordar lo que llevaba una vida entera intentando olvidar. Él, un hombre empecinado en mirar hacia el futuro en lugar del pasado, pensó que había llegado el momento de enfrentarse a los recuerdos, igual que Ebenezer Scrooge se enfrentó a los fantasmas del pasado, presente y futuro en una sola noche. Fue entonces cuando decidió dejar constancia de lo que rondaba por su cabeza. Qué ironía. Ahora que su cerebro, por fin, aniquilaría todo, como un virus los archivos de un disco duro; ahora que su cuerpo se ponía en sintonía con su alma; ahora, precisamente, quería preservar su memoria. «Qué necio es el ser humano —pensó—. Tiene lo que no desea y desea lo que no tiene.» Eduard hizo de tripas corazón y nada más salir del consultorio puso manos a la obra.

En cuanto el doctor Herrera le confirmó la noticia, llamó a una agencia de asistencia a la tercera edad y pidió un enfermero. Varón. Nada de mujeres. No por una razón sexista, sino por sentido común. Necesitaba gente fuerte que pudiera aguantárselo para bañarlo, vestirlo y moverlo en la cama. Y la idea de una mujer de cien kilos junto a él no le hacía muy feliz. A él siempre le habían gustado las mujeres con cintura de violín. Un par de días después, llegó un enfermero enclenque con huesecillos de pollo, y nada más verlo Eduard le cerró la puerta en la nariz. La agencia insistió en mandárselo porque atribuyeron su comportamiento a los devaneos de la enfermedad, a lo que él contestó que no estaba senil y que, enfermo o no, aún sabía reconocer perfectamente la diferencia entre cien y cincuenta kilos. El enfermero se marchó ofendidísimo, de nada sirvió que le mostrara un maletín lleno de diplomas en geriatría. Tras varios intentos fallidos, al final le mandaron a Rubén, un cuidador fuerte, más cerca de los cuarenta que de los treinta años, macizo como plastilina seca, con los brazos como muslos y que le sacaba una cabeza. A pesar de su aspecto de luchador, Rubén se hacía la manicure.

Por consejo del doctor Herrera, temeroso de que en cualquier momento fuera a perderse y cosas por el estilo, dio instrucciones a

Rubén de acompañarlo a todas partes. Eduard accedió de mala gana, pues jamás había tenido niñero, sin embargo le prohibió vestirse de enfermero. Bajo ningún pretexto quería verlo de blanco. Iría de paisano, como cualquier civil. Y si podía ser, de preferencia pantalones de mezclilla y suéteres de cuello en V. Nada de trajes, que no estaban en una oficina de gobierno, por Dios. Rubén fungiría de chofer. A los ojos de los demás, sería su escolta. No quería ir dando lástima por ahí. Si tenía que darla, mejor sería cuando no fuera consciente de las miradas de conmiseración.

Sin decírselo, abrió una cuenta de inversión a plazo fijo, a nombre de Verónica Aldeano, su fiel Verito, que tantos años llevaba junto a él. Y después de ocuparse de las cosas meramente logísticas, procedió a organizar lo más difícil. Sus recuerdos. Lo más sencillo sería escribirlos en un diario. Escribir. Algo tan simple como eso, y sin embargo, tan complicado. Empezó a sentir que no sería capaz. La idea empezó a aturdirlo. Le dio gastritis nerviosa. Se sentaba frente a la computadora y se le aflojaba el esfínter. ¿Cómo era posible que letras en un papel blanco le trastornaran físicamente de aquella manera? Él sabía por qué: estaba a punto de exorcizarse. Tenía que pensar muy bien en cómo darle forma a la masa que habían amalgamado sus remordimientos, sus sueños y sus fantasmas.

Durante algunos años, lo único que hizo salir a Eduard de la concha en la que se había refugiado fueron las clases de Escritura Creativa. Las impartía en una escuela para escritores del centro de la ciudad. Sus talleres eran los más concurridos y, aunque nadie sabía que él era el autor de *Lágrimas en el océano* (atribuida lógicamente a Darío Cienfuegos), normalmente la lista de espera era larga. Todos querían tomar clases con el profesor Castells. Infundía respeto y admiración a partes iguales. Y es que la Academia era lo suyo. Enseñar era su zona de confort. Se sentía a gusto dando a sus alumnos fórmulas mágicas para escribir. Como si escribir, pensaba él, fuera resultado de una receta de cocina. Sus estudiantes, ajenos a esos demonios, adoraban los ejercicios que solía ponerles para evitar el bloqueo y el miedo a la página en blanco.

—A lo que hay que tener miedo es al negro sobre blanco, muchachos —solía decirles.

Durante las clases, leían arranques de Paul Auster, de Leopoldo

Alas, Clarín; pasajes de Víctor Hugo. Creaban personajes con las características de los asistentes al salón de clase, les daba dos o tres palabras dispares entre sí, como *tenedor, ferrocarril* y *armario*, y con ésas tenían que escribir un cuento. Inventaban guiones para una historia, trabajaban diálogos. Los alumnos salían del aula en auténtico éxtasis literario, y la mayoría, temerosos a perder la inercia de la inspiración, se ponían a escribir allí mismo, sentados en las banquetas.

Pero Eduard volvía a casa invadido por la sensación opuesta. Cuanto más sabía, más incapaz se sentía. Veneraba tanto a los grandes autores que sabía que jamás podría llegar a los talones de ninguno. Sólo pensarlo le provocaba náuseas. ¿Cómo pretender estar a la altura de Stendhal, de Joyce, de Hemingway? Una vez, siendo muy joven, rozó la punta de esos talones. Pero había pasado mucho tiempo ya. Con apenas veintitantos años —aunque con pseudónimo— había conseguido publicar una novela, para sorpresa de muchos. Incluso de él mismo. Sorpresivamente también, la novela fue acogida por la crítica con bombo y platillo. Se hizo llamar *Darío Cienfuegos* y a nadie reveló jamás su verdadero nombre, abrumado por el éxito repentino. Los ejemplares se vendían como pan caliente. Le hicieron entrevistas, preguntas, reportajes. Y en todos le preguntaban sobre el proceso creativo. ¿Cómo había sido? ¿Cómo había dado con tan geniales ideas? ¿Era consciente de haber descubierto un nuevo arquetipo? Por supuesto que no, pensaba Eduard. No tenía ni idea de cómo lo había hecho. Esa novela le salió como un conejo de la chistera. La disfrutó, la escribió de un tirón en tres meses en una vieja máquina de escribir que había rescatado de la basura. Una máquina sin cinta, por lo que tenía que tantearla a ciegas. Para resolver el problema había colocado una hoja de papel blanco, en medio otra de papel carbón, y encima otra hoja blanca. La hoja superior acabó marcada por la violencia de las teclas como una vaca sellada por un hierro candente. No podía leer lo que iba escribiendo hasta que sacaba la hoja del rodillo. Sin embargo, así había aprendido el verdadero oficio del escritor, que escribe con la cabeza y no con las manos. Escribía de memoria, mientras comía, mientras se bañaba, cuando se iba a acostar. Escribir era leer en una voz que sólo él escuchaba. Y esa liberación le había hecho —ahora lo sabía— escribir una gran novela. Una sola. Después pudo más la inseguridad. El monstruo hizo su aparición. Intentaba buscar un tema, uno universal, que encerrara la gran belleza del mundo, y se daba cuenta de que todo estaba escrito ya. Aquella certeza le mermó la autoestima. No se sentía realmente un escritor. Tan sólo un chico que había escrito un libro. Cada vez que se ponía a escribir, se topaba de bruces con esa certeza. No había nada nuevo desde *Ana Karenina* hasta *Historia de dos ciudades*. «La primavera de la esperanza. El invierno de la desesperación.» Ahí vivía él: en un desesperante invierno. ¿En qué momento se había instalado el invierno para quedarse? ¿Quién, como cantaba Sabina, le había robado el mes de abril? Eduard, en la intimidad de su propia vergüenza, decidió entonces abandonar a Darío Cienfuegos en un cajón vacío y se dedicó a ser quien en realidad era: Eduard Castells: un escritor con pánico al negro sobre blanco. Prefería ver la hoja así, vacía, impoluta, y dedicarse a leer y a corregir los manuscritos de otros.

Pero ahora, a sus sesenta y seis años, sus miedos se habían materializado. Su cerebro pronto sería también una página en blanco. Su vida se desvanecería poco a poco. Y entonces, como por arte de magia, vino a él una idea. Como si el miedo a perderlo todo por fin se hubiera marchado, tal vez ante la certeza de lo inevitable, de pronto Eduard sintió, por primera vez en cuarenta años, ganas de escribir. Pero no fue sólo eso. Sintió que necesitaba redimirse.

Tenía que actuar. Y puso manos a la obra. Necesitaba a alguien que le ayudara a escribir y fuera capaz de sacarlo de ese vacío al que se precipitaba. Una persona que le tendiese un cable para seguir escalando, con las agallas de asumir la escritura de una novela sin miedo a llenar páginas. Necesitaba a un verdadero escritor. Pero si algo conocía bien Eduard era la complejidad de los egos literarios. No podía ser alguien con experiencia. Tampoco alguien con credenciales. No quería verse envuelto en peleas de plagios, ni en pleitos por derechos de autor, ni en broncas del tipo «creador original». Tras sopesarlo mucho, decidió que sería un alumno suyo. Alguien tendría que haber entre sus pupilos capaz de emprender junto a él una misión de ese calibre. Tendría que quitarse la máscara y mostrarse con todas sus imperfecciones. Pero ¡qué demonios! Valía la pena.

Los escudriñó a todos. Los observó y analizó como si fueran sapos en un frasco. Los imaginaba diseccionados sobre su mesa. Pero ninguno cumplía con los requisitos, los mínimos indispensables, para cubrir esa vacante. O eran demasiado naifes, o demasiado planos, o demasiado ambiciosos. Ninguno tenía la estatura moral ni literaria para poder ofrecerle su cabeza en una charola. Para él, todos ellos jugaban a ser escritores en lugar de ponerse a leer, que era lo que debían hacer.

Pero no cejó en su empeño y continuó buscando. Primero lo hizo en otras aulas, a las que se colaba como oyente. Nada. Ninguno destacó entre la marea de alumnos. Después decidió buscar en otros centros, aunque no había muchos que se dedicaran a la creación literaria. Talleres había, eso sí, pero ninguno le dio la certeza de que allí fuera gente con el talante necesario. ¿Prejuicio? Sin duda, pero no tenía tiempo para ser abierto de mente. Además, presentarse de oyente en las clases de la escuela siendo docente era una cosa, y meterse a husmear en talleres privados que vivían de cobrar al prójimo, otra muy distinta. Pensó en poner un anuncio en el periódico, cuando se dio cuenta de lo anticuado y estúpido que aquello podía resultar: si quería savia nueva no debía buscar precisamente entre las moribundas páginas de la prensa escrita. Fue entonces cuando lo vio claro. Las redes sociales. Ahí estaba. Desde la comodidad de un sillón, podía asomarse a la intimidad de mucha gente. Aquel pensamiento le recorrió la punta de los nervios. Le gustaba mirar. Espiar. Ver sin ser visto. Ni corto ni perezoso, encendió su computadora y abrió la página de Twitter. Navegó durante unos segundos hasta dar con el lugar indicado. Después, se abrió una cuenta.

Tuvo que reconocer que le gustaba. Le costó un poco entender de qué iba todo aquello, pero acostumbrado a las teclas y a la informática, pronto entendió cómo funcionaba. En ciento cuarenta caracteres había que poner una idea. Y había algunos muy creativos. Otros eran torpes y usaban Twitter para chatear entre ellos y mandarse mensajes. Algunos lo usaban para besarse el culo o besárselo a otros. Y unos pocos lo usaban como una excelente herramienta de intercambio de información. A Eduard le pareció inteligente. Nunca había sido simpatizante del Facebook, por más que sus alumnos se lo sugirieran todo el tiempo, entre otras cosas porque pensaba que no quería que sus «amigos» supieran qué hacía, ni qué pensaba, ni su estado emocional, así como tampoco le interesaba en lo más mínimo el estado de los demás. Sin embargo, Twitter le pareció distinto. Era mordaz, más anónimo, incluso. Tuitear era como hacer el amor. Al principio todos eran arrítmicos, incluso los que creían tener más idea. Pero poco a poco, la práctica los iba volviendo maestros de lo breve, y empezaba a notarse un pulido manejo del tuit. Los había para todos los gustos. Populistas, ególatras, cursis, propagandísticos, creativos, sensuales, barrocos, desenfadados, estercoleros, troleros, narcisistas. Y, lo mejor de todo según Eduard, no había que llenar páginas y páginas. Había que sintetizar. Ser breve. Al pensar esto, Eduard recordó a Chéjov. El primer cuento que escribió Chéjov, rechazado por los periódicos a los que lo mandó, se titulaba *Más corto que el pico de un gorrión*. Breves píos de gorrión. «Algunos visionarios intuyen el futuro», pensó. Y recuperando la concentración, volvió hacia su teclado para tantear la aguja en el pajar. Con suerte, hallaría a alguien lo suficientemente interesante como para llamar su atención. Pero la búsqueda parecía interminable, y ya no le quedaba mucho tiempo.

Una tarde, desesperado, Eduard azotó la puerta de su despacho con tal fuerza, que la muñequita de Lladró de la repisa bailó durante un par de segundos sobre su eje. Cerró los ojos. *Saturno devorando a un hijo*, la pintura negra de Goya que tanto impacto le había causado siendo un niño, muchos años y kilómetros atrás, se le aparecía una y otra vez en una pesadilla recurrente. El tiempo lo devoraba igual. Los abrió asustado.

—Vamos, Eduard —se dio ánimos.

Se pegó dos cachetadas en la cara, como si acabara de ponerse loción para después del afeitado.

Y luego se obligó a navegar por la red. Llevaba por lo menos tres horas cuando la vio, emergiendo entre la gente como un girasol en un campo de amapolas. Allí, desnuda, estaba ella. No fueron los tuits los que finalmente le ayudaron a encontrarla. Fue un blog. Día a día, noche a noche, una persona se mostraba ante el mundo desprovista de maquillaje. Tan sólo palabras. Pero había algo en ella. Eduard empezó a leer todas sus entradas. Y con cada una la sentía más cerca. Como si pudiera verla tras una mirilla. Siempre le había gustado espiar tras las mirillas. Eduard se llevó las manos tras la nuca y soltó una exhalación. «Por fin», se dijo. Aún quedaba una pequeña ventana por la cual escapar. Sí. Ella sería su victoria. En ella depositaría el epílogo de su vida. Había dado con su cierre, aunque ella no pudiera darse cuenta. Al menos, no de momento.

1

Recuerdo el escalofrío que sentí, cuando Eduard me dictó esa mañana:

Recuerdo 3: Olvido

No sé si percibió la torpeza de mis dedos, pero tuve que volver sobre mis pasos varias veces hasta que logré escribir la frase correctamente. Llevaba días esperando que hiciera mención de ella; de esa especie de fantasma epistolar. Olvido. ¿Su amor? ¿Su amante? ¿Su hermana? ¿Quién carajos era ella? Estaba a punto de descubrirlo. Aunque no era eso lo que me cosquilleó en la yema de los dedos, sino algo más inexacto, más morboso. Sentí que Eduard estaba a punto de desgranarse como una granada en explosión. La fruta, no el arma de destrucción.
—Vamos allá.
Y troné las falanges de los dedos.

Olvido llegó a mí cuando acababa de convertirme en un seminarista prófugo. Sólo que entonces ella tenía otro nombre. Tras dejar el seminario, estaba en la búsqueda de un trabajo, de la vida adulta, de la estabilidad que siempre me había hecho falta. Tuve varios empleos, viví en varios hostales y tuve disímbolos horarios laborales. Me daba lo mismo trabajar de noche o de día. Estaba bastante perdido. Me convertí en una especie de judío errante. No sabía qué quería hacer con mi vida ni cómo hacerlo. Al final, mi amigo Ramón, el cura mujeriego, que para aquel entonces ya era consejero del obispo, fue quien me ayudó a encontrar un trabajo. Un director de cine recurrió a él para pasar la censura de su película, y entre copa y copa de coñac, le comentó que necesitaba a alguien que le hiciera escaletas. Cuando le comenté a Ramón que necesitaba trabajar «de lo que fuera», se acordó del director. A cambio de contratarme, Ramón prometió hacerse de la vista gorda en una escena en donde durante el beso de los protagonistas se dejaba al descubierto un hombro desnudo con la indecorosa tira del sujetador.

Gracias a mi nuevo empleo conseguí pagar un cuarto en una pensión de la calle Aribau. Allí conocí a Olvido. Mejor dicho a Irene. Porque entonces aún no se vislumbraba a la Olvido que habitaba bajo su piel. Era hija de los dueños, joven, bonita, inocente. Su familia era de origen polaco. Todo eso se tornó imperceptible cuando después se convirtió en actriz.

—¿En serio? —interrumpí.
—Sí. Era actriz. Bellísima.

Era muy rubia, casi albina, de un blanco ario. En España pensábamos que de Francia para arriba todo era Alemania, que todos eran rubios de ojos azules, y no se nos hacía raro que los extranjeros tuvieran pelos amarillos y decolorados. De haber sido morena hubiera podido pasar por una actriz de Visconti. Pero ella era una Claudia Cardinale pasada por un baño de lejía.

—Bellísima —susurró.
Eduard cerró los ojos, como si pudiera verla mejor en aquella oscuridad. Volvió a hablar cuando escuchó el silencio de las teclas. Recuerdo haber sentido algo incómodo que, entonces, no supe definir.

Vivíamos juntos —prosiguió—, pero no revueltos. Sus padres la cuidaban como a la última virgen gitana. Al cruzarnos en el rellano, su padre o madre, daba igual, la empujaban sin disimulo como quien tira de un perro que quiere olisquear una mierda ajena. Como dos tontos, nos enamoramos al vernos, como se enamoran los adolescentes. Sin palabras. Apenas unas miradas. Y sin embargo, bastaron esos instantes para querer cazarla. Agudicé el oído como los perros entrenados para responder a un silbato, e hiciese lo que hiciese, cuando oía cascabeleo de llaves o pasos en el pasillo corría hacia la mirilla.

—¿Su habitación tenía mirilla?

—Sí, sí, tenía mirilla. Todas tenían. Era una casa de huéspedes.

Yo entorné los ojos, dubitativa. Pero seguí escribiendo. Él siguió contando:

Algunas veces era Irene. Ella sabía que yo la miraba desde la brevísima oquedad de mi puerta, porque mientras su padre o madre, daba igual, se asomaban a la cerradura para atinar a meter las llaves en las habitaciones contiguas, ella se colocaba de frente, derechita como soldadito, para que pudiera verla, a pesar de la distorsión del gran angular. Aquella osadía se me antojaba erótica y cada vez que la veía se despegaba una erección bajo mis pantalones.

Me detuve en seco. *Erección* no era precisamente una palabra que esperaba escuchar en el relato. Me acaloré. Un tanto incómoda, aunque excitada, fingí no inmutarme y continué escribiendo.

Era verla ahí, de pie frente a mi mirilla, y sentir salir en desbandada un montón de deseo. Me obsesioné. Tenía que hablarle, verla, besarla. Abarcarla. Comérmela entera. El momento de verla era sólo mío, parada tras la puerta, luciéndose y mostrándose con cierta altanería me despertó un instinto voyerista. Desde entonces necesité espiar a mis amantes.

Levanté la vista buscando la mirada de Eduard. Quería cerciorarme de lo que acaba de escuchar. De lo que acaba de decir. De lo que acaba de sentir.

Él me dio la estocada cuando añadió:

—Atrás quedan esos tiempos. Hace mucho que no espío a nadie haciendo el amor.

Noté que me sudaban las manos. Sentí el ritmo acelerado de mi respiración. No me atrevía a mirarle a la cara. Aunque hacía años que lo había dejado, sentí ganas de salir a la terraza a fumarme un cigarro. Aquél era un buen momento para retomar el hábito, pensé. Sí, necesitaba un pitillo. Algo que mantuviera mis manos lejos del teclado unos minutos. Pensaba de dónde sacar uno, si hacía meses que no llevaba ninguno en la cartera, cuando noté que la mirada de

Eduard estaba perdida. Intenté descifrar sus pensamientos. Intenté, por un segundo, dilucidar si la sensación de angustia que transmitía sería una amalgama de nostalgia, melancolía o reproche.

—Eduard, ¿se encuentra bien?

Pero Eduard no respondió.

Se me erizaron los vellos de los brazos.

—Eduard… —volví a llamarle.

Tras un par de segundos en donde estuvo perdido en el limbo, volvió a mirarme.

—¿Eh? —me contestó.

—¿Se encuentra bien?

—Sí… querida —mintió.

—¿No tendrá por casualidad un cigarro?

—No, querida. No fumo desde antes de que tú nacieras.

Sonreí de mala gana. No me gustaban esas referencias a nuestra diferencia de edades.

Esas ganas de fumar de pronto ¿las tendría también él? Ganas de salir a la terraza a chingarse un cigarro, chingue su madre, a la chingada con la vida sana de «coma frutas y verduras». El cigarro era un placer abandonado por imposibilidad de costearlo más que por convencimiento salubre.

«De algo habría que morirse —me dije—. Sí. Qué bien me vendría un cigarro ahora.»

Empecé a frotar mis manos contra mis pantalones para controlar la ansiedad. Volví a concentrarme en la historia. En la de Olvido, e intenté sacudirme la idea de Eduard, el afable, el escritor frustrado, espiando por las distintas mirillas de su vida amorosa. Me imaginé a Eduard haciendo el amor. Me sacudí entera, como un labrador retriever saliendo de darse un baño en el lago de Chapultepec. Contaba con ventaja porque sabía que esa Olvido inalcanzable, después de un tiempo, quizás no mucho después, le había mandado postales desde París, firmando «Siempre tuya». Aquel conocimiento, he de confesar, me aportó algo de control. Me crucé de piernas. Inconscientemente, tomé un inerte «boli bic» del escritorio y lo coloqué entre mis dedos como si sujetara un Marlboro Light.

—Pero al final Olvido y usted acabaron juntos —volví al tema.

Eduard me miró.

—¿Cómo lo sabes?

Noté un dejo de sospecha. Estaba a punto de descubrirme, ¿o era mi conciencia? Pensé rápido. Lo mejor sería responder con lo más evidente:

—Leí sus postales. Las de París.

—Ah, sí, las postales.

Pareció serenarse. Volvió a tomar aire antes de proseguir.

—Pues sí, al final acabamos juntos.

—¿Y cómo le hicieron?

—Un día me pasó una carta por debajo de la puerta.

—¿En serio? Qué mujer más atrevida, ¿no? Digo, para la época... no era muy común.

Intenté penetrar en sus recuerdos. Había algo que no me contaba. Me pareció intuir que ocultaba algo bajo la historia tipo *Memorias de África*. Parecía pensar en que había sido ella, y no él, quien había dado el primer paso. Pero no. Era algo más.

—¿Y qué decía la carta? —forcé como un fiscal.

—Me citaba, claro.

—¿Y usted qué hizo?

—¿No es evidente? Leíste las postales, ¿no?

—Sí, sí, pero quiero detalles.

Detalles, detalles eran justamente los que estaba intentando recordar. Parecía como si recordar el color de un vestido fuera un proceso doloroso. Infame. Un escupitajo lanzado a la cara.

—*Dellates* —repitió equivocándose. Como si la palabra, de pronto, le resultara desconocida. Medusa mirándolo con todas las serpientes de su pelo.

Fue entonces cuando sucedió.

Tras permanecer un momento en silencio, Eduard se perdió.

—¿De quién estamos hablando?

Palidecí. Me asusté como si un desconocido me sacara una navaja en un callejón. Desde que lo conocía, era la primera vez que perdía el hilo de la conversación. Hasta ese momento no fui consciente de que su aparente lucidez era más artificial que sus olvidos. El silbato de un carrito de camotes sonó a lo lejos como una lastimera premonición. Me incorporé en mi asiento antes de recordarle:

—De Olvido. Su novia.

Él me miró como se mira a un indigente pidiendo monedas en un semáforo. Ante sus ojos, me convertí en una vendedora de Clorets. Yo no era nadie.

Lo llamé.

—¿Eduard?

Él buceó dentro de mí. Intentaba reconocerme. Yo tampoco lo reconocía. Ese hombre frente a mí era un enigma.

—Soy Soledad —le ayudé.

Entonces sonrió. Todo su gesto cambió. Me miró con impaciencia, como si me esperase al pie del altar y yo fuera una novia vestida de blanco que irrumpe en la iglesia del brazo de su padre. Me tomó la cara con ambas manos, sus ojos parecían querer reconocerse en mi alma. Me estremecí. Jamás me habían visto de esa manera. Ni siquiera Manuel me había mirado así, como si no existiera nadie más en el mundo. Luego, susurrándome como una madre para no despertar a su recién nacido, me dijo:

—Olvido. Mi vida. Has vuelto.

Temblé entera. Fue una ráfaga, pero pensé que iba a besarme. No me atreví ni a respirar. Me quedé inmóvil, como en las películas de terror en donde el asesino entra al mismo cuarto en donde se esconde la víctima. Incapaz de moverme un ápice. Estaba hierática, aunque no por miedo. No me moví porque quería seguir sintiendo esos ojos posados en mí. No era a mí a quien veía, sino a Olvido. Pero me daba igual. Durante un segundo muy corto, me sentí amada. Quise ser ella.

Otra ráfaga de cordura me hizo romper el encanto:

—Eduard —dije—, soy Soledad.

—¿Quién es Soledad?

—Soledad… —tragué gordo—, estamos escribiendo sus recuerdos para meterlos en un banco. ¿Se acuerda?

Aparté sus manos con delicadeza.

—¿Se acuerda? —repetí.

Mi reflejo bailaba en sus ojos. Y entonces volvió a verme. A mí. A la Soledad de siempre. A su escribana. Y al hacerlo, sentí su profundo pesar. Como un niño al que le dicen que hay que irse del parque. Como si quisiera decirme: «¿Cinco minutos más? Cinco minutos más con ella, por favor, te lo suplico, sólo cinco minutos más y ya.»

—Soledad…

—¿Sí, Eduard?

—No me siento bien. Me voy a mi recámara, discúlpame por favor.

Lo ayudé a levantarse. Su cuerpo pesaba como un muerto. Tuve miedo de que me fuera a vencer el peso de los años de aquel hombre, apoyado sobre mí como en un reclinatorio. Llamé a voces a Rubén. Normalmente estaba cerca, en la sala, en el comedor, o frente a la puerta del despacho por si se ofrecía algo.

—¡Rubéeeeen! —¿dónde está la gente cuando se la necesita?—. ¡Rubéeeeeeen! —volví a gritar.

Rubén apareció corriendo, como si viniera de muy lejos y no desde la habitación conjunta. Nada más verme extendió sus brazos de culturista y se hizo cargo. Cuando Eduard desapareció entre los músculos de Rubén y abandonó el despacho rumbo a su habitación, mis tripas serpenteaban en mi interior, tratando de recuperar su posición. Toda yo era un batallón sin general. Me abracé fuerte, conteniendo en ese gesto el revoltijo de agruras y sentimientos recorriéndome. Desenfoqué sin mirar a ningún punto. Rubén avanzaba despacio, cobijando a Eduard. Cuando enfoqué de nuevo, me pareció, por un segundo, percibir una leve mirada, tenue y de soslayo. Rubén me estaba mirando.

Eran aproximadamente veinte para las ocho cuando Rubén volvió al despacho.

—Hola —me dijo—. ¿Estás bien?

—Pues más o menos. ¿Qué le pasó a don Eduard? ¿Está bien?

—Bueno, todo lo bien que se puede estar en su situación —dijo.

—¿Cuál situación?

—¿No te lo imaginas?

—¿Imaginar qué?

—Eduard tiene alzhéimer.

—Alzhéimer —balbuceé—. ¿Alzhéimer?

—Sí.

A pesar de la sorpresa, reconozco que todo adquirió sentido. Como un cuadro impresionista cobra forma al alejarse. El banco. Los recuerdos. Empecé a entenderlo todo.

Nos miramos durante un instante. Hubo un silencio. Después, pregunté:

—¿Desde cuándo lo sabe?

—Ya tiene un par de años.

—¡Un par de años! —repetí asombrada—. ¿Pero por qué no me dijo nada?

—No quiere que nadie sienta lástima por él —contestó tristemente.

Hablamos largo rato. Me contó cómo había entrado a trabajar con él y cómo no era su escolta, si no su enfermero. Poco a poco, intenté descifrar quién era yo en el tablero de ajedrez. No era un peón. Ninguno de nosotros lo era. Me asustó pensar que todos desempeñásemos un papel en una jugada pensada y meditada por un Eduard tan manipulador como maquiavélico.

Ya en casa, cuando me hube calmado, decidí abrir una entrada en mi blog para escribir. Aquello era como lanzar pensamientos al ciberespacio. Lanzar botellas al mar con la esperanza de que alguien, quien fuera, las recogiese. Abrí la aplicación, pero no se me ocurrió nada. Estuve un buen rato leyendo entradas pasadas. Pensaba si debía contar al mundo lo que pensaba, o callarme y guardar mis pesares más íntimos, y aprender a mascullar el sabor de la tristeza hasta forzarme a digerirla. Opté por lo segundo y cerré la pantalla. Me quedé viendo mi Blackberry, como si así pudiera hacer que se iluminase el pajarito de Twitter que avisaba una mención nueva. Miré y miré durante minutos sin obtener respuesta. Fingí desinterés dejando el teléfono sobre la encimera de la cocina. Un montón de mosquitos diminutos parecían flotar sobre una penca de plátanos ennegrecidos. Me abrí una Coca-Cola. Estaba helada y tuve que sujetarla con las uñas para no entrar en hipotermia manual. De reojo miré la Black.

—Va —me dije.

Y aventé el teléfono en la encimera, fingiendo que aquel aparato no me causaba dependencia.

No pude. Tras unos minutos frente a la televisión volví a la cocina, cogí el puto teléfono y me lo llevé al sofá. Lo arrumbé a mi lado de mala gana. Ese aparato hacía tiempo que había dejado de ser un móvil para convertirse en mi *roommate.* Un compañero de piso que no es santo de tu devoción, pero con quien convives porque si no, no puedes pagar la renta. Era también mi ventana al mundo, mi conexión con el exterior. Mi terapeuta, mi compañía. A través de su pantalla me conectaba con los desconocidos amigos de las redes, ésos que me leían y palomeaban un «me gusta» a cualquier babosada que pusiese. El teléfono era la prueba de que no era una completa antisocial. Conocer los *trending topics* y despertar sabiendo que un día cualquiera era el día del gato, el de la ensalada o el de las causas más nobles de la humanidad, causas inventadas por algún ocioso para que infelices como yo tuviésemos algo que tuitear, arrobar o hashtaguear desde la solitaria espuma mullida de un sofá de *sky,* hacían que mi soledad pesara menos, siempre y cuando pretendiese que todos lo que estaban arrobando y hashtagueando al otro lado eran tan miserables y solitarios como yo. Cansada de verificar cada cinco minutos que hubiera alguna mención, me fui quedando adormecida. No sé por qué, pero mi último pensamiento antes de conciliar el sueño fue para Rubén.

Desperté triste. En mi celular había dos correos de Groupon y un aviso de WhatsApp. Los correos los eliminé sin abrirlos. Como cada día, me recordé darme de baja de la susodicha suscripción. Me valían un carajo las promociones por cupones y sin embargo, ahí estaba, pendiente de alguna ganga de la que únicamente yo me beneficiaría, como si medio México no recibiera diariamente el mismo bombardeo de ofertas. Estiré los brazos como bailarina de flamenco antes de revisar de quién era el whatsapp, aunque podía imaginármelo. Mi madre no sabía mandar ni SMS's, así que sólo había una opción. Doble contra sencillo a que era de Fernanda.

Fernanda y yo habíamos sido compañeras de carrera en la universidad. No nos habíamos vuelto a ver desde entonces, pero gracias al Facebook nos habíamos reencontrado, como salmones pretendiendo reconocerse al llegar río arriba. Y era, para mi mala fortuna, la única de mis examigas que insistía en vernos y convivir. Más dura que una tapia. O no entendía las indirectas o no quería entenderlas, lo que la hacía aún más anodina. De vez en cuando quedábamos para tomar un café. Ella estaba casada con un diputado federal, tenía tres hijos y vivía en Virreyes, con los extras que aquello implicaba: camioneta del año, muchacha de planta y zapatos de tacón con plataforma de vértigo para ir al súper. Sin embargo, vivía quejándose. Cada vez que quedábamos para desayunar (no para comer ni cenar porque sus labores de abnegada madre se lo impedían), era un continuo lamento por las vidas que había dejado de vivir. Al principio le di cancha. Y hasta me hizo sentir que mi vida de libertades, de amantes furtivos (como si hubiera tenido muchos en los últimos tres años) y la capacidad de hacer y decidir lo que se me viniera en gana fuera el paraíso terrenal frente a tener que pasar todos los viernes de sus treinta y tantos rompiendo piñatas. Algún día, me prometía, dejaría de ser tan autocomplaciente y mandaría todo a Chihuahua a un baile. Pero al final tuve que admitir que tenía hacia ella la misma indulgencia que con la suscripción de Groupon. Quizás la optimista que vivía en mí aún esperaba encontrar en ella un atisbo de dignidad, de oferta soñada a la cual poder sacarle provecho. Sin embargo, con el paso de los desayunos esa posibilidad se vislumbraba más irracional. No sólo era imposible rescatar algo en ella sino que —y eso era lo peor— cada uno de nuestros encuentros me arrastraba un poco más hondo, hacia un abismo de nada. Fernanda se quejaba de su vida, de su rutina, de las múltiples clases de karate, lima lama, fútbol y piano que la traían como chofer por toda la ciudad; se quejaba de que sólo viajaban a lugares con parques acuáticos o de diversiones, de que ir a la nieve con niños era un cuete porque se batallaba más que Jonás dentro de la ballena, quitando y poniendo overoles de plumas para que a los diez minutos quisieran irse a jugar con la X-Box; se quejaba de su marido porque nunca estaba en casa, encima sólo cogía cada Corpus y San Juan, y para colmo siempre de la misma manera, con la luz apagada y sin gritar porque despertaban a los niños. «No sabes, amigui, los niños tienen un radar para aparecerse en la habitación justo cuando va el cántaro a la fuente, *you know what I mean*». Se quejaba de que la hija de la chingada de su muchacha se preparaba las quesadillas con jamón Peñaranda y no con el Fud, comprado especialmente para ella; se quejaba de no tener tiempo para nada, porque todo lo hacía para los demás. Cada vez que ella me contaba los dramas que regían su vida sin apenas darme tiempo para respirar, me daban ganas de mentársela y salir del restaurante por siempre jamás, dejándola con su boca de dientes blanqueados abierta. Qué gran momento sería ése. Ojalá —deseaba— tuviese el valor. Intentar hablar sobre mí resultaba inútil. Causa perdida. Más difícil que la intervención de un palestino en la ONU. Por más que intentara contarle algo, lo que fuera, la más leve anécdota, por no sé cuál poderoso influjo, Fernanda se las apañaba para volver a llevar el agua a su molino.

—He pensado que igual deba marcharme de la ciudad un tiempo, unos meses, para escribir un libro…

—¿A poco? ¿Cómo crees? Como cuando mi marido me propuso irse a vivir un año a la India, él «solo», amigui, para encontrar su lado espiritual… ¿Te imaginas? ¡UN AÑO! Yo le dije: «Sí, sí, cómo no. Si tú te vas un año cuando vuelvas ya no me encuentras.»

Y de vuelta a sus dominios. En silencio, mientras deglutía mis chilaquiles verdes con pollo, pensaba que el marido, tras volver de la India, lo que estaría esperando, sin duda, sería no encontrarla. No sé por qué seguía viéndola. Afortunadamente, no sucedía muy seguido. A veces, y gracias a la velocidad con la que pasa el tiempo en la adultez, podían pasar años sin vernos, aunque por las redes sociales estaba al tanto del crecimiento de sus hijos, de las caídas de los dientes de leche, bodas, bautizos y comuniones a las que asistía, hasta de los platillos que se comía. Fernanda, al parecer, no tenía tiempo de nada, pero su Facebook estaba más al día que la página de sociales del *Reforma*.

Tras tomarnos una foto con su iPhone 5 con la promesa de etiquetarme en el Face, bajo alguna leyenda que exudase amistad eterna e incondicional del tipo «Con mi queridísima amigui de toda la vida, Soledad, en un extraordinario desayuno en donde hubo risas, recuerdos y la misma complicidad de siempre», o alguna cosa por el estilo, nos despedíamos con besos y abrazos. Al marcharme, apenas si podía aguantar la enorme sensación de vacío. Yo era Yona, el triste cochero de *La tristeza*.

Abrí el icono verde con el entusiasmo con el que abría los anuncios de Groupon.

«Qué ondiux, amigui? Quedamos para desayunar?», rezaba el mensaje.

«No puedo: chamba», contesté.

Tras unos segundos, llegó la respuesta:

«Where r u working, amigui?»

Pensé en varias respuestas, pero no tenía ganas de enfrascarme con ella. Especialmente con ella. Le di la que quería escuchar:

«Estoy ayudando a un escritor a escribir una novela.»

«Wow! Qué increíble! Por fin algo en donde usemos el título! Jajajaja…»

Puso así, «usemos», en plural. Como si fuéramos siamesas. ¿En qué momento había permitido unirme a los plurales de esta mujer? Sí. Yo era la pendeja.

«Me da mil gusto. Pues a ver cuándo te dignas a bajar con los mortales y nos vemos, zas?»

«Zas.»

Luego mandó el emoticon de una cara amarilla con los morros de rojo.

Qué hueva de mujer. Me prometí firmemente no volver a verla. Me levanté de un salto y me metí en la regadera.

El vapor de agua empañó los cristales. Coloqué las manos sobre la pared adoquinada y bajé la cabeza como en un confesionario para dejar que el agua de la ducha resbalara por mi espalda hasta las nalgas. Cerré los ojos para evocar los de Eduard, mirando a otra mujer en mí. ¿Vería así Manuel a otras mujeres? ¿Vería mi cara en las otras? ¿Mi rostro? Me fijé en el pubis. «El monte de Venus», decía mi madre. Sacudí la cabeza para alejar la imagen de mi madre. Tenía semanas sin depilarme y no podía verse carne bajo esa cantidad de vello. Cogí la cuchilla Gillete for women (*women* según los mercadólogos por el color rosa, porque igual tenía la doble cuchilla de Prestobarba), amenazando ya con oxidarse. Me enjaboné a conciencia, como los niños que fingen hacerse una barba con el champú. Empecé a segar. Con cuidado de no cortarme, fui dibujando un triángulo diminuto. Al tacto, el pelo recién cortado pinchaba. Mis labios aparecieron entre la espesura, redondos, recios, rosados. Con la otra mano me ayudé para rasurarlo todo. La imagen de Eduard me traicionó. No sé qué sentía por ese hombre. ¿Era deseo? ¿Lástima? ¿Instinto protector? No sé por qué pensar en Eduard me excitaba tanto, pero me humedecí. Levanté el muslo para quitar el rastro de pelo que llegaba ya a las nalgas y rasuré hasta dejarme lampiña. Un riachuelo de vello negro navegaba hacia el desagüe. El agua se llevaba los restos de la esquilada. Abrí a tope la regadera, a máxima presión y me tumbé con las piernas abiertas, apoyando las plantas de los pies sobre el muro como si fueran los estribos de las planchas de ginecólogo. Dejé que el chorro de agua rebotara sobre mi clítoris, asomándose con timidez a la superficie tras meses de entierro. Y empecé a moverme. Imaginaba que Eduard me espiaba desde la mirilla. Deseaba tenerlo encima, empujándome hasta dentro; deseé abarcarlo entero con mis piernas. Cuando de pronto, ya no era la imagen de Eduard quien me prendía sino la de Rubén. El cuerpo recio, joven y fuerte de Rubén. Me ayudé con las manos, me moví hacia delante y hacia atrás, besé las gotas de agua que salpicaban mi rostro, me penetré sin decoro con el índice y el anular, todo, con tal de venirme antes de que se acabara el agua caliente, porque eso sí, el frío me quitaba las ganas de coger.

Llegué a casa de Eduard con un nuevo semblante. Me sentía, cómo decirlo, más coqueta. Y debía de ser verdad, porque en el camino había sentido las miradas de todos, hombres y mujeres, posadas en mí. Parece mentira lo bien que hace saberse bien por dentro, y no me refiero precisamente a los anuncios de yogur con fibra, sino a que ese día había combinado el brasier con los calzones. Me abrió Nefertiti. Me dio el *buen día* y me hizo pasar al despacho. Me avisó que el señor Eduard tardaría unos minutos porque Rubén aún no terminaba de hacerle sus ejercicios.

—No se preocupe… Verito. Aquí lo espero.

Estuve haciendo tiempo. Revisé dos o tres revistas viejas, nivelé el cuadro blanco, y me senté, deseando que Eduard entrara cuanto antes, si podía ser, acompañado de Rubén.

Eduard llegó al despacho solo, por su propio pie, arruinándome la diversión.

—Bueno, querida —me dijo como si nada—, ¿cómo estamos hoy?

—Bien, Eduard… ¿y usted?

—Bien, bien, guapa.

Guapa. Él también lo ha notado.

—¿Dónde nos quedamos ayer?

—En Olvido… O Irene…

—Sí. Olvido.

Eduard guardó silencio. Fue entonces cuando, tras reflexionar un instante, soltó:

—¿Sabes?… yo quería ser escritor.

Me paralicé en mi asiento. Por fin, se estaba abriendo.

Nos miramos en silencio. Al ver que no lo interrumpía, continuó:

—Pero me faltó valor. ¿Sabes, Soledad?, el mayor enemigo es uno mismo.

Eduard hizo una mueca que no supe interpretar si de dolor, de angustia o de sospecha. Se arrellanó en su sillón. Me impacienté. La laguna mental de ayer evidenciaba que esperar era un lujo que no podíamos darnos. Así que disparé a bocajarro:

—Pero usted es Darío Cienfuegos, ¿no?

—¿Cómo dices?

Tragué saliva. Tenía la boca seca y me costó trabajo.

—Hmmmmm —carraspeé— que si usted es el autor de *Lágrimas en el océano*…

Se reclinó en su asiento y cruzó los brazos sobre su pecho.

—¿Desde cuándo lo sabes?

—Un par de semanas.

—¿Cómo?

—Entré al trastero.

Cuando confesé, instintivamente bajé la mirada.

—¿No te prohibí que entraras ahí?

—Sí.

—¿Y luego?

—Pensé que podría encontrar papeles, fotos…

—Ya.

—No fue mi intención, no podía imaginarme…

—Ya.

Sus monosílabos silbaban como balas perdidas. No sabría decir quién se sentía más incómodo.

—Estoy muy decepcionado. No tenías derecho.

Eso sí me molestó.

—¿Que no tenía derecho? ¿«Decepcionado»? Decepcionada yo, que no me dice la verdad, con sus historias de amores y seminarios, y no me cuenta lo más importante.

—¡¿Qué sabrás tú lo que es importante en mi vida?! Yo te cuento lo que considero oportuno. No tengo por qué darte explicaciones.

—¿Por qué no me ha dicho que padece alzhéimer? —solté a bocajarro.

Eduard clavó sus ojos en mí y luego se dejó caer en el asiento como si acabara de recibir un balazo.

—¿Cómo lo sabes? ¿Quién te lo dijo?

Su voz sonaba triste. Profundamente triste.

—Rubén —acusé. Ayer, tras el incidente… le pregunté y él, bueno, él me contó todo.

—Bueno —dijo—, no podía pretender que no te enteraras. Aunque esperaba que se manifestara hasta más tarde —dijo sin mirarme.

Yo me senté a su lado.

—Lo siento mucho —le susurré. Al hablar, se me quebró la voz.

Eduard estiró su mano y me acarició el pelo, como si aquél fuera un gesto repetido a lo largo de muchos años de vida en común. Nos acercamos tanto que nuestras frentes se rozaron. Yo respiraba despacio, y cerré los ojos. Hubiera sido el momento perfecto para un beso. En lugar de eso, Eduard dijo:

—No vayas a dejarme.

Su voz sonó joven. Como de comentarista de radio nocturna. Grave, pero firme. Rasposa. La figura del enfermo se hizo a un lado para abrir paso al hombre que aún habitaba en él.

Desde ese momento supe que ésa sería una petición inquebrantable.

Permanecimos sin mencionar palabra durante quién sabe cuánto tiempo. Quizás segundos. Tal vez minutos. No me atrevía a abrir la boca ni para jalar aire. Ésa fue mi manera de decirle *Puede contar conmigo, Eduard*. Paulatinamente, recobré el valor para romper el silencio.

—¿Por qué le avergüenza tanto decir que es escritor? Medio mundo quisiera lograr lo que usted. Escribió una novela que fue un exitazo. ¿Qué pasó?

Eduard desató los brazos. Se tocó las rodillas.

—Fue complicado, Soledad. Me asusté.

—¿De qué?

—No estaba seguro de poder volver a escribir algo bueno.

Bajé el volumen de voz. También me recliné hacia delante.

—Eso nadie lo sabe, Eduard… No puede saberse.

Hizo una pausa antes de decir:

—Olvido siempre me motivó a escribir —Me echó una mirada de súplica, como un toro al que van a estocar—. Pero fui… soy, ¿cómo dicen ahora?, un rajao.

—No diga eso.

—Es la verdad.

Volvió a fraguar un silencio helado.

Intenté retomar a Olvido. Carraspeé un poco.

—¿Y qué fue de ella? De Olvido…

—Bueno, Olvido y yo nos fugamos. Vivimos juntos un tiempo. Después, me abandonó.

—¿Nunca más supo de ella?

—Nunca. Sólo supe que murió.

Eduard bajó la cabeza.

«Muerta», pensé.

—Lo siento muchísimo… —contesté azorada.

No dijo nada más. Ni yo tampoco. Tan sólo reclinó su pesar sobre mis manos.

De alguna manera, su sufrimiento también era el mío. Aquel hombre se convirtió en un espejo y yo en su reflejo. Yo tampoco me atrevía a vivir, a amar, ni a escribir. No tenía los ovarios. Siempre era más fácil echar la culpa del fracaso a los demás. A mi padre por abandonarnos. A mi madre por amar a destiempo. A Manuel por *huevos tibios*. Era más fácil ser víctima que verdugo. Recargué mi frente sobre la de él, como si en vez de un hombre tuviese frente a mí a un perro lazarillo. Cómo, me pregunté, dos personas tan distintas podían comulgar tanto.

Estuvimos un buen rato así. Tuvimos tiempo suficiente para reprocharnos en silencio nuestra cobardía.

2

Un frente frío trajo el invierno a principios de marzo. Tuve que sacar bufandas olvidadas y suéteres de cuello de tortuga, cuando hacía tan sólo una semana andaba en mangas de camisa. Por más que me abrigaba, las manos heladas delataban mi disconformidad con la temperatura exterior. Mi departamento era frío y dentro iba tan tapada como cuando estaba afuera. «Manos frías, corazón caliente», solía decirme Manuel. Qué sabría él.

Después del fracaso con Manuel abracé mi soledad. Me hice el firme propósito de vivir mi vida, sola, sin cumplir con nadie. Intenté exorcizar el camaleón que me hacía cambiar de colores, sabores y texturas. Ser yo misma. Descubrir quién era yo realmente. Fue entonces cuando empecé a mirarme en todos los espejos. No era narcisismo, era la necesidad de saber quién era esa mujer adulta mirándome con atención desde el otro lado. Me miraba en los reflejos de las paradas de autobús, en los escaparates de las tiendas, en las cucharas de las mesas. Necesitaba reconocerme. Durante un tiempo jugué a recuperar la libertad, mi santa voluntad, perdida en quién sabe cuántas poses. Tenía que perderle el miedo a ser políticamente incorrecta. No tenía ninguna obligación con nadie, salvo conmigo. Lo intenté, de veras. Incluso me corté el pelo a coco para no esconderme tras los flecos y melenas. Pero no pude. Necesitaba mi coraza. Durante un tiempo casi lo conseguí. Pero cuando veía a esas parejitas en el parque, enseñando a sus hijos a guardar el equilibrio en la bicicleta, paseando al perro o entrenando para quién sabe cuál maratón, en el fondo deseaba algo así para mí. Yo, que tanto renegué de todo aquello, que tanto me dije que una vida así sería insulsa. Veo a mi madre, con su Arturo, tan joven, tan meloso, y a veces, sólo a veces, pienso si algún día tendré un Arturo en mi vida, alguien que me ame a pesar de las arrugas, de los traumas, de los defectos. A pesar de mí. ¿Por qué será tan jodidamente difícil encontrar el amor? ¿Por qué no me atrevo a ser amada? ¿Por qué carajo tuve que romper con Manuel? ¿A qué le temo? ¿A qué le huyo? Mi vida junto a él no sería peor que la soledad que vivo ahora.

Llegué a casa de Eduard antes de lo normal. No quería estar más tiempo en mi departamento. La oscuridad de mis muebles me oprimía. Necesitaba aire, luz, y el departamento de Eduard resultaba el escape perfecto: rebosaba blancura en cada esquina. Era como estar en medio de un anuncio de Ariel y sus blancos refulgentes. Al entrar, siempre pensaba en los comerciales de limpiadores de hogar, en donde las mujeres (por lo general son siempre mujeres) se ponen a bailar sobre el suelo recién trapeado, con unos giros y piruetas que sacarían los colores a la mismísima Ginger Rogers. La casa de Eduard olía a Fabuloso, y a pesar de todo, se sentía igual de vacía que la mía. Un estertor se paseaba por los cuartos, pero «de los males, el menor», me decía, y hacia allí partía.

Durante el trayecto había estado pensando: hablaría con Rubén. Tenía la sensación de que nos esquivábamos, no sé si consciente o inconscientemente, pero desde el día en que me había contado sobre la enfermedad de Eduard, no podía dejar de pensar en él. Ya no quería evitarlo (o que él me evitara) por más tiempo. Más bien al contrario. Ansiaba poder compartir un momento junto a él. Charlar. Éramos adultos compartiendo la pena de cuidar y acompañar a un hombre en sus mejores-peores momentos. Teníamos que hablar. Esperaría a que Eduard me contara la historia del día y luego, si es que no se presentaba la ocasión, iría a buscarlo.

Escogí un cajón que tenía una manija de bronce, a decir por el acabado virtual. Era, como todos los que me pedía Eduard, grande y oblongo. Antes de abrirlo, me percaté de que varios de los recuerdos de Eduard habían sido apadrinados. Sentí alegría. Me daba gusto ver que alguien estaba leyendo lo que yo había escrito, aunque fueran textos dictados por otro.

—Mira, Eduard, ¡alguien ha apadrinado tus recuerdos!

—¿Cómo lo sabes? —preguntó asomándose por encima de mi hombro.

—Aquí, mira. Alguien donó veinte euros.

—Veinte euros —dijo para sí.

Pareció pensar un segundo. Luego, con sorna, dijo:

—Qué raro que le pongan precio a las vivencias, ¿no crees?

—Bueno, no es eso exactamente.

—¿Ah, no?

—Claro que no, esta gente dona lo que puede, lo que quiere, a una causa.

—Sí... —volvió a decir para sí—. Yo no soy causa para nadie.

Guardó silencio. A veces hay que dejar a los fantasmas pasearse a sus anchas por la conciencia.

—¡Bien! ¡Apunta!

Recuerdo 4: México

—¡Vaya! —le dije—, hasta que llegamos a México.

—México —repitió él.

Supongo que uno puede vivir muchas vidas, y cada vida elegida implica por fuerza desechar las otras. No sé qué hubiera sido de mí de quedarme en España, pero lo que sí sé es que agradeceré hasta que me muera... hasta que recuerde —corrigió— el día en que tomé la decisión de venirme a vivir aquí.

Eduard me miró. Pude notar sus ojos aguados. Por primera vez, sentí que algo lo emocionaba.

Empecé a hacer escaletas. Ayudaba a escribir guiones de películas. Así fue como me aficioné a la escritura.

Al decir esto, Eduard enrojeció, como si fuera un chiquillo puesto frente al pizarrón en su primer día de colegio.

—Hacía estas escenas, decía. Y sí, tengo que admitir que hacerlo me ayudaría a escribir *Lágrimas*... pero eso es otra historia que no te voy a contar hoy.

Pasé de la euforia a la calma en un segundo. Me puso el dulce en la boca y luego me lo arrebató. No obstante, quería saber cómo había llegado a México, así que no le interrumpí.

—Y no sabes qué pasó.

La vida es una sucesión de coincidencias. Hay quien dice que los accidentes no existen. Tal vez sea cierto. Otros lo llaman destino. El caso es que mi destino, pienso ahora, estaba cruzado con el de ella.

Alcé la vista, intuyendo.

—¡Noooo! —interrumpí. Al escucharme, pensé en Fernanda y en mi mugre mimetismo—. Pensé que nunca más había sabido de ella.

—Mentí —dijo él—. En los platós, me reencontré con Irene.

Se había cambiado su nombre polaco por un nombre artístico. Ahora era Olvido Montealegre. Y con el nombre, pareció cambiarle también el carácter. Ya no era la vecinita que se ponía frente a mí en la mirilla. Olvido era una mujer. En París se había preparado concienzudamente. Sabía cantar, bailar. También se había refinado, quitándose ese aire de virgen de pueblo. Estaba de dulce. Tenía un tipazo. Tipazo, tipazo. Yo nunca había visto a una mujer tan monumental. A pesar de conocer ese cuerpo, Olvido era distinta. En verdad se había transformado en otra. Pisaba diferente, hablaba diferente, miraba diferente. Tenía, como decíamos entonces, mucho poderío. Olvido entraba en el plató y se hacía el silencio. No es que se callaran al verla, es que enmudecían. Conteníamos la respiración al verla pasar. Pero todos sabíamos, incluido yo, que estaba fuera de nuestro alcance. No sólo hipotéticamente: Olvido se había casado.

Levanté la vista. Él me estaba mirando. Pensé en decir algo, pero decidí cerrar el pico y seguir escribiendo. No quería interrumpir.

—Sí, como lo oyes —dijo él adivinando mi desconcierto—. Normal, claro, una mujer como ella, era previsible que no durara soltera mucho tiempo. En aquella época, no como ahora, como tú por ejemplo, las chicas sólo querían casarse. Salir de casa del padre a casa del marido. Pero Olvido no se casó por eso. Ella siempre fue mucho más maquiavélica. Su marido fue una plataforma, un trampolín desde el cual saltar a la piscina.

—Pues, ¿con quién se casó? —pregunté curiosa.

—Se casó con un director de cine americano. Él era mucho mayor que ella, le llevaba unos dieciocho años. Olvido, por supuesto, ambiciosa y manipuladora, mangoneó y se dejó mangonear. La historia de siempre en plan Sara Montiel. Y todo hubiera estado bien, de no haber sido porque este hombre era un bruto. Desde la mañana ya estaba con un *whisky* en la mano y era mujeriego. Pero Olvido no lloraba mucho, al menos no delante de alguien. A veces estuve tentado de darle consuelo, pero en estas cosas uno no se mete. O no debe meterse.

—Vaya —dije—. ¿Y qué hizo ella cuando lo vio? ¿Lo reconoció?

—Pues claro, niña, qué pregunta.

—¿Y?

—Bueno.

Llegados a este punto, Eduard enmudeció. Se levantó de su sillón de cuero para ponerse detrás de él. Lo sujetó por las orejas.

—¿Está bien? —pregunté temiendo que se hubiera perdido en algún pasadizo de la memoria.

Él, por toda respuesta, sólo dijo:

—Déjame que piense, Soledad… necesito pensar un momento.

Pensar. Pensar. Pareció decidir si quería contarme lo que iba a contar. Como si escogiera lo que iba a servirse en el *buffet* de un restaurante.

Como es natural, le di su tiempo. No me atreví ni a moverme para no distraerlo. Los ruidos provenientes de la cocina podían escucharse con total claridad, como si el ruido del despacho se hubiera evaporado. Podíamos escuchar el *tictac* del reloj de pared. Tal vez pasamos diez minutos en silencio. Diez minutos largos, pesados, estirados hasta lo imposible. Varias veces tuve que darle *refresh* a la computadora para que no se me cerrara la pantalla. Cuando de pronto, Eduard respiró hondo, y de un tirón, empezó a contar tan desbocado que tuve que escribir a toda prisa:

Un día, a la hora de la comida, cuando se vació el plató, me quedé a terminar de corregir unas escaletas que estaban mal. No me percaté de que Olvido también se había quedado hasta que me llamó para que la ayudara a cargar un arreglo de flores de un admirador. El arreglo era grande y pesaba mucho. Me acuerdo del descaro con el que me habló:

—Cielo, ¿me ayudas con esto? —me dijo.

Yo no podía creerlo. A veces pensaba que seguía siendo la misma chiquilla frente a mi mirilla para dejarse ver.

—¿Ahora soy tu «cielo»? —dije, dolido más que sarcástico.

—Siempre lo has sido, cariño.

Cogí las flores con una sensación de extrañeza. Presentía. Pero por más intuitivo que hubiera sido, jamás, jamás hubiera podido imaginarme lo que pasó después.

La acompañé hacia su camerino y dejé las flores junto a un espejo rodeado de bombillas.

—Gracias —me dijo. ¿Era gracias por haberla dejado ir a París, gracias por recibirla sin rencor, gracias por estar ahí, o gracias por qué carámbanos? Ya iba a marcharme con un *de nada, señorita, para eso estamos,* cuando me sujetó de la mano.

—No te vayas, Eduard. Quédate.

Recuerdo haber sentido muchas cosas que no soy capaz de nombrar, pero sentí. Intenté hacerla a un lado, pero no pude. Sentía que el tiempo no había pasado, que aún era ayer. Pero ella se veía tan distinta. Olvido no era Irene. Ni Irene era Olvido. Estaba confuso.

Dio dos pasos y me plantó un beso en la mejilla. Me quedé helado. Olvido sabía que una mujer como ella, despampanante, ponía nervioso a cualquiera sin necesidad de ninguna aproximación física, así que te imaginarás cómo me puse. Yo ya había estado con ella. Ya habíamos hecho el amor, ya conocía a la mujer, no al personaje. Se retiró y sonrió. Recuerdo su sonrisa. No sonreía como Irene. Irene apenas sonreía, a pesar de su belleza, siempre tenía esa expresión de conejo enjaulado. Olvido no. Olvido siempre se colocaba en el precipicio de un beso.

Lo próximo que recuerdo fue un empujón que me lanzó contra las bombillas y el sonido de un golpe que dejó la cabeza de Olvido como puerta giratoria. Uno de sus dientes salió volando.

—¡Pero mira que eres golfa! —le gritó el marido. Estaba muy borracho—. ¡No puedo irme dos minutos porque ya estás abriéndote de piernas!

—La escena removió mucho por dentro, Soledad, mucho. Fue como si mi padre irrumpiera en esa habitación, bebido hasta las trancas. No sé qué se apoderó de mí, pero te puedo garantizar que nunca más volví a sentir tanta ira.

—¡Déjala en paz, cabrón! —grité.

Eduard guardó silencio, sopesando si debía contar lo que estaba a punto de contar. Yo me detuve. Esperando. Uno intuye cuando están a punto de revelar algo importante.

Eduard aspiró profundamente. Llenó tanto sus pulmones que su pecho brincó dos veces, incapaz de jalar tanto aire de una sola bocanada. Bajó la cabeza. Parecía un penitente. Entonces, también bajó el volumen de su voz, como hacemos todos al contar un secreto:

Me abalancé sobre él con la furia de un espartano. Recuerdo haber apretado los puños hasta emblanquecer mis nudillos. Lo levanté por las solapas y lo zarandeé como a un títere. Lo aventé contra el espejo. Al impacto, se rompió en forma de estrella, reproduciendo un sinfín de imágenes nuestras. Algunos pedazos cayeron al suelo. Yo sólo oía los gritos de Olvido, pidiendo que nos detuviésemos. Pero ni él, ni yo, le hicimos caso. Estábamos enfrascados en la pelea como dos perros. Ninguno pensaba. Sólo lanzábamos puñetazos intentando hacer el mayor daño posible.

—He pensado mucho en eso, Soledad, no sabes cuánto. He intentado reflexionar qué fue lo que me pasó, qué furia me poseyó de esa manera, cuánto rencor tenía guardado sin saberlo. Lo he pensado. Porque no entiendo cómo fui capaz de hacer aquello.

Yo intenté quitarle hierro.

—Bueno, Eduard, todos los jóvenes se agarran a golpes alguna vez, y más por un tema de faldas. Vamos, no sea tan duro. ¿Estuvo mal que le pegara?, sí. ¿Estuvo bien que la defendiera?, también.

Y entonces, soltó lo que llevaba ocultando una vida en el desván:

—Lo maté, Soledad.

—¿Qué?

—Lo maté.

—¿Cómo que lo mató? ¿De la golpiza?

—No.

—¿No?

—No —dijo—. Lo maté a sangre fría.

Silencio.

Recuerdo haber sentido un miedo atroz que me heló los dedos, entumeciéndolos. No podía ser. No. No podía ser cierto. ¿Qué me estaba contando?

—Lo maté —repitió. Como si aquella letanía liberara la culpa—. Lo maté.

—Pero… —me atreví a preguntar—, ¿cómo?

—Le rebané el cuello de lado a lado con un pedazo de espej…

Me llevé ambas manos a la boca, abandonando la frase a medias. Si las circunstancias hubieran sido otras, yo una niña de diez años, y mis ojos no hubieran reflejado el horror, aquella hubiera sido la imagen de una postal de primera comunión. Cerré los ojos un instante.

Después de unos segundos, los abrí. Casi me voy de espaldas cuando me topé con los suyos. Eduard sonreía. Parecía estar disfrutando enormemente con el momento. Con disimulo, me alejé un par de centímetros. No sabía qué decir. Pregunté:

—¿Lo escribo?

—Escríbelo, escríbelo.

Y luego, con una malicia desconocida, sentenció:

—Nadie irá a la cárcel por esto.

Giré el asiento y me puse a escribir. Las manos me temblaban y me equivoqué en un par de letras. Él prosiguió:

Ante los gritos horrorizados de Olvido, le rebané el cuello. Aún puedo escucharla gritar en mis pesadillas. Ella intentó salir corriendo del camerino, pero no pudo porque yo estaba justo frente a la puerta.

—¡Asesino! —me gritó—. ¡Asesino!

De verdad no lo entendía. Aquel hombre la trataba como si fuera un trapo, y ahora ella se horrorizaba de que alguien le hubiera parado los pies.

¿Los pies?, pensaba yo. ¿Parado los pies? ¡Si se lo había echado! Pero ¿quién era este loco?… Debía salir corriendo en ese instante, como Olvido, antes de que fuera demasiado tarde.

La detuve antes de que pudiera llegar a la puerta.

Al oír esto, dejé de escribir. Estaba aterrorizada. Miré hacia la puerta. Desee, por el amor de Dios Todopoderoso, que Verito o Rubén, quien fuera, viniera a rescatarme. Él siguió hablando.

Sabía que ella me delataría, que saldría corriendo hacia la primera comisaría. Me acusaría y yo me pudriría en la cárcel. Pasaría el resto de mi vida, o lo que era lo mismo, la vida entera, tras las rejas. No podía permitir que se fuera. Nadie, salvo ella, me había visto. Nadie sabía que yo estaba en el plató. Era la hora de comer y todos habían salido. No había testigos. Sólo ella.

Estaba a punto de echarme a correr. De nuevo miré en dirección a la puerta en busca de una salida de emergencia.

—No tenía opción —repitió en voz alta algo que seguramente se había dicho hasta la saciedad—. No tenía opción.

Maquillé la locación. Fingí que se habían matado entre ellos. A Olvido le puse el espejo en la mano. Incluso le hice un par de cortes en la palma para hacerlo creíble. Ella tenía un diente fuera y un pómulo reventado de la hostia que le había propinado aquél infeliz, así que no fue difícil crear la escena. Una pelea marital, él se había pasado con el correctivo y ella se había lanzado sobre él con el pedazo de espejo. Después, se había cortado las venas con el mismo espejo, al comprobar su locura. Crimen pasional. Cierre de escaleta.

Llegué a México huyendo de los asesinatos. No fue difícil. El cine mexicano estaba en boga. Muchos españoles se habían embarcado rumbo a México tras la Guerra Civil, como sabes, pero también hubo otros que vinieron para probar carrera aquí, lejos de la censura, en busca de guiones en donde pudieran decir algo más que *alza pa' arriba, Polichinela*.

—Qué curioso —dijo de pronto Eduard pensando en voz alta—. *La violetera* también se llamaba Soledad.

Yo no gesticulaba. Eduard acababa de transformarse en un loco ante mis ojos. Él prosiguió:

Unos meses después del escándalo del asesinato de Olvido, inventé que quería irme de España a probar fortuna en el cine mexicano. Y eso hice. Aquí inicié una vida nueva, alejado de todo.

Yo jalé aire hasta las entrañas. Eduard dio una palmada que me hizo saltar en mi asiento.

—¡Y eso es todo! Hala. Ya está. Ya te lo he contado. ¡Pero si no has escrito nada, Soledad! ¡Te has quedado petrificada, mujer! Ya sé que no es una pera en dulce, pero tienes que escribirlo. Anda, anda.

No le quité los ojos de encima.

—No puedo hacerlo.

—¿Cómo que no? ¡Anda, escribe!

—No puedo, Eduard… ¿se da cuenta de lo que esto significa?

Eduard se puso solemne de nuevo. Me pregunté si todo él era fachada o si sería obra del escudo bajo el cual se refugiaba.

—¿Por qué no? ¿Nunca has hecho algo de lo que después te arrepientas? —me preguntó.

«Hombre, sí —pensé—. Quería comprarme un perro y nunca lo hice por floja, por no tener que pasearlo en las mañanas, tardes y noches.» Pero no estábamos hablando de eso. Lo suyo era un doble crimen, ya podría tener podrida la conciencia.

—Claro —contesté indulgente.

—Voy a morir sumido en las sombras. Voy a olvidar mi nombre, mis pecados. Mis alegrías. Voy a morir habiendo pasado por la vida como un cobarde miserable y no podré ni acordarme de eso. Seré un cuerpo sin alma. Ése será mi castigo. Quiero que esto quede guardado en el Banco.

—Pues no quiero hacerlo. Ya no quiero hacer más de su escribana.

—¿Eso quieres?

—Eso quiero.

—Entonces no hay nada más que decir. Ya puedes irte.

Me levanté. Con mano temblorosa agarré mi bolsa. Y salí de ahí pensando no regresar jamás.

3

No pude dormir. Me levanté a medianoche a darme un baño. Tal vez, el agua podría llevarse la mugre de mi conciencia. ¿Por qué me sentía como si el asesinato lo hubiera cometido yo? Ese hombre me había contado su secreto. Me había abierto las puertas de sus mazmorras para enseñarme su inmundicia, la mierda de sus cloacas. Además, me había contratado para ello. ¿Quién era yo para juzgarlo? Una parte morbosa en mí quería saber detalles, qué había pasado, cómo había rehecho su vida. Quería saberlo todo. Quería entender al hombre que había sido capaz de tasajear a dos personas pero era incapaz de enfrentarse a una página en blanco. ¿Quién demonios era realmente Eduard Castells? No sabía nada de ese hombre. Nada. Cero. Lo que se había dejado ver tan sólo era la punta del iceberg. Recordé sus palabras: «No vayas a dejarme».

Cubierta por un albornoz amarillo que en sus mejores épocas había sido blanco, con el pelo enrollado en una toalla de playa azul marino, me senté en la cama y llamé a mi madre. Sentí la necesidad de hablar con ella. El teléfono timbró tres veces antes de que yo escuchara la voz adormilada de Arturo al otro lado.

—¿Bueno?

—Arturo, hola, soy Sole.

—¿Qué onda, Sole? ¿Todo bien?

—Sí, sí, perdona la hora.

—¿Quieres hablar con tu mamá?

—Por favor… gracias, Arturo.

—…

—¿Soledad? ¿Qué pasó, mi amor?

—Hola, mami.

—¿Qué pasa, Soledad? ¿Estás bien?

—¿Me tiene que pasar algo para querer hablar con mi madre?

—¿A las doce y media de la noche? Pues sí… ¿Ya te pilló el alcoholímetro? ¿Estás en el *Torito*?

—Ay, mamá… qué cosas dices… claro que no.

—Entonces ¿qué te pasó?

—Me pasó algo con el señor de mi trabajo.

—¡Ay, hijita! ¿Se quiso pasar de vivo contigo? Es eso, ¿no? ¿Te acosó?

—Ay, mamá, de veras, qué imaginación. Noooo. No es eso.

—¿Es gay?

—¿O sea que si no me acosa tiene que ser gay?

—Ay, no sé, flaca. Ya ves cómo está el patio.

—¿Podemos vernos mañana?

—¿Mañana?

—Sí. ¿Puedes temprano, para desayunar?

—Tenía cita para hacerme las mechas. Mejor a comer.

—*Ok*… hazte tus mechas y luego nos vemos.

—¿Pero seguro que estás bien?

«No mamá, claro que no estoy bien.»

—Si mamá, no te preocupes.

—*Ok*, pues. Te veo mañana. Me mandas mensajito de hora y lugar, porque ahora no tengo dónde apuntar.

—Vale, mami.

—Vale. ¡Besos mil!

—Besos, mami. Que descanses.

Me volví a meter en la cama, malhumorada, arrepentida de haber hablado por teléfono. ¿Qué estaba haciendo? Eduard era, por mucho, lo más interesante que me había ocurrido en años. Qué digo en años, ¡en la vida! ¿Estaba considerando la idea de dar carpetazo al asunto y no volver jamás? ¿Por qué quería huir de él? De nuevo repitiendo el maldito patrón. Otra vez. Siempre huyendo de la vida, como si me sintiera más cómoda viviendo en una especie de planicie. «Por qué, Soledad —me preguntaba—. ¿Por qué te asusta vivir?» ¿A qué temía tanto? ¿Al miedo, al abandono, al dolor? «Qué tonta eres, Soledad», me reñí. Tantas preguntas me fueron provocando una jaqueca que terminó por doblegarme, hasta que el sueño, poco a poco, amainó el desasosiego. Y a disgusto, con el pelo aún mojado, me escondí entre las cobijas.

El restaurante de la Condesa donde comimos tenía reminiscencias argentinas. Se podía haber llamado *Provoleta*, *Pampa* o *Gaucho*, daba igual. A mí lo único que me importaba era que mi madre comiese carne magra con una buena ensalada de lechugas sin quejarse. Ella no comía ni frijoles, ni barbacoa, ni chile. Toda una vida en México y aún no conseguía educar al paladar, (¿o sería al cerebro?). Llegué primero al restaurante. Me senté en una mesa para dos. Las servilletas destacaban como islas sobre un mar de mantel celeste. Pedí una cerveza y esperé. No sabía muy bien cómo empezar a hablar con ella. Al despertar pensé que me había precipitado. Era un error querer contarle a mi madre sobre Eduard, sobre su pasado, sus crímenes. Teníamos años de mantener conversaciones meramente protocolarias, y estaba a punto de dar al traste con años de corrección política. Con las lágrimas que nos había costado. Desde que el mundo era mundo, las procesiones se llevaban por dentro. Sólo alguien como el rey Salomón había sabido distinguir a simple vista a una madre falsa. Y allí, sorbiendo a tragos pequeños una cerveza no demasiado helada, no esperaba a un salomón, precisamente. Mi madre apareció de pronto, rubia platino, entre el claroscuro de la puerta. Se veía guapa. Y joven. Más radiante que yo, sin duda, que lucía ojerosa y con *look* desenfadado que —pensé después—, a su juicio se aproximaría más a lo zarrapastroso. Por instinto, me planché la blusa con las manos, como si aquel gesto pudiese pulir mi apariencia. Me saludó con dos grandes besos, y en el breve segundo que le tomó pasar de una mejilla a otra, tuvo tiempo de sentenciar:

—Pero hijita, qué pinta… parece que vienes de un concierto multitudinario en el Zócalo.

Se sentó frente a mí, y sin darme derecho de réplica levantó la mano para llamar al mesero, que vino en un santiamén con la presteza de un soldado plantándose frente a un general.

—Tráigame un *gin tonic*. Con enebro, por favor.

Luego me dirigió una mirada.

—¿Tú qué estás tomando?

—Cerveza.

—Ah.

Eso fue todo lo que dijo: «Ah.» Pero yo intuí otras cosas. ¿Delirios de persecución? Probablemente. Siempre esos *ah*, esos condescendientes *oh*, parecían decirme: «Ay, hijita, aún tienes tanto que aprender.»

El mesero se dirigió a mí con acento porteño.

—¿Quiere que le traiga otra cerveza, señorita?

Antes de que pudiera contestar, mi madre opinó:

—Mejor, no. Tomémonos un vinito. Porque, vas a querer vino, ¿no?

Miré al mesero. Parecía agradecer en silencio no estar en mi pellejo.

—No, gracias, así estoy bien —le dije.

Y desapareció en la espesura a buscar el *gin tonic* de mi madre.

Matamos un par de minutos con una plática que bien podría haberse dado entre dos extraños sentados bajo una marquesina esperando el autobús. En un tremendo esfuerzo cortés, pregunté por Arturo, gracias a lo cual evité que mi madre, un tanto sorprendida, hiciese una escena cuando el mesero colocó frente a ella el *gin tonic* sin enebro.

—Muy bien, muy bien. Gracias. Ocupado. Pero contento.

Mi madre no era tonta, y sabía muy bien que a una pregunta diplomática se otorga una respuesta del mismo cariz.

Yo carraspeé.

Ella también. Dio un trago a su ginebra.

El mesero nos dio las cartas antes de desaparecer para llevar a otra mesa una canasta con papas *soufflé*.

Ella se sumergió en unas recomendaciones del día más chilangas que argentinas.

Yo tomé aire.

—Este corte al chipotle tiene buena pinta. Salvo por el chile, claro.

—Mamá…

—¿Sí? —dijo ella sin levantar la vista.

—Creo que voy a renunciar.

Mi madre cerró la carta.

—¿Y ahora qué hiciste?

—¿Que qué hice? Eres increíble, mamá.

—¿Qué dije? Nada más te estoy preguntando qué pasó.

—No, me estás diciendo que *qué hice*, eso es diferente.

—Y, ¿no?

—No.

—¿Entonces?

El mesero interrumpió como una aparición.

—¿Saben *ya* qué van a ordenar?

—No.

—Sí —contradije al mismo tiempo.

—¿Ah, sí?

—Sí.

El mesero disimuló su incomodidad.

—Dos menús del día con ensalada —ordené.

—Con gusto…

Mientras se alejaba, mi madre arqueó una ceja.

—Vale —dijo—. Empecemos de nuevo, ¿quieres?

Empezar de nuevo. Ése era el lema de su vida.

Intenté borrar el último minuto. «Humildad —me dije—, humildad.»

—Vale.

Hubo silencio. Ella lo rompió. Esta vez escogió mejor sus palabras.

—¿Por qué quieres renunciar?

De pronto, me encontré pensando como Juan Ranz, el protagonista de *Corazón tan blanco*, de mi admirado Javier Marías: «No he querido saber, pero he sabido...»

—He descubierto algo que no me gustó —dije.

Al escucharme, pensé en la fuerza de la prosa frente al coloquialismo. Debería haber copiado al susodicho protagonista.

—Y cuando dices *algo* te refieres a…

—Resulta que el señor Eduard es… bueno, fue… bueno, hace muchos años… cometió un asesinato…

—¡No me digas! ¿El viejito? Vaya, vaya…

Con alegría, le dio un zarpazo a su *gin tonic*.

Me pareció intuir felicidad en ella, como si de pronto le hubiera dicho que Eduard era un millonario y pensaba heredarme su fortuna.

—¿No te da miedo?

Me sentí un tanto tonta. Tanto monta. Monta tanto.

—A ver —dijo, pizpireta—. Cuéntamelo todo.

Durante la comida, mi madre apenas interrumpió. Algo inusual, sin duda. Escuchó atenta cada detalle de la historia, como si le estuviera contando la última película de Tom Hanks. Comía, sorbía su ginebra, aderezaba su ensalada, pero no hablaba, salvo para hacerme ver que seguía el hilo con breves interjecciones de *uhum, ok, ajá.* Reconozco que tenerla así, cautiva, me causó cierto placer. No recordaba cuándo había sido la última vez que mi madre me había puesto tanto interés. Ni siquiera cuando terminé con Manuel me había dado tanto crédito. En aquel entonces me dijo: «Ay, hijita, las cosas pasan por algo, y tú eres joven, tienes mucha vida por delante.» Y listo. Le puso un curita a mi corazón, como si tuviera cinco años y mi fracaso amoroso fuera un raspón en la rodilla. No darle importancia fue su manera de sacarme del hoyo. Pero ahora parecía interesarse en cada detalle. Yo comí mucho más lento y me llené enseguida. Ella, en cambio, dio buena cuenta de todo lo que había en nuestros platos.

—Y por eso se vino a vivir a México, porque huía de los asesinatos. ¿Qué te parece?

Cogió su vaso de agua mineral y le dio un buen trago. Era curioso, porque a mi madre nunca le había gustado el agua con gas, pero desde que había subido un par de escalones en la jerarquía social, la disfrutaba con enjundia y con una lámina de limón. Paladeó lo que traía rumiando desde hacía rato y luego soltó:

—No me cuadra.

—¿Qué no te cuadra?

—Todo. Aquí hay algo raro.

—¿Como qué?

—No sé, pero a esta gallina le falta una pata.

—No empieces con tus aforismos.

—No sé. ¿A ti no se te hace raro? —al ver que no contestaba, ella siguió—: ¿No te parece raro que un señor con alzhéimer, pero que no te lo dice, te contrate para guardar sus recuerdos, y resulta que uno de esos recuerdos es un doble asesinato? ¿Por qué alguien haría algo así?

Sí. Yo también lo había pensado.

—¿No has investigado nada? —me preguntó.

—¿Investigado?

—¿No has verificado lo que te cuenta? ¿Has buscado en internet a este obispo? A la actriz, esta… ¿cómo dices que se llama?

—Olvido.

—Ella…

—No.

Apoyé mis brazos tras la nuca y me puse a darle vueltas al asunto. Mi madre llevaba razón. ¿Por qué Eduard me contaría algo así? Empecé a albergar una sospecha. Una idea que a medida que pensaba me parecía más lógica. ¿Y si Eduard mentía? ¿Y si nada de lo que me había contado hasta ahora fuera cierto? Tenía que averiguarlo. No tendría más remedio que aprender a leer el mapa de un misterio y ver hacia dónde me dirigía, en realidad.

Mi madre se llevó de nuevo el vaso de Perrier a la boca. Recuerdo esa mirada. La misma que cuando me dijo que se casaba con Arturo. Una mirada que parecía decirme: «Ya va siendo hora de que aprendas: la malicia, hijita, es la madre de todas las batallas.»

4

Las palabras de mi madre tamborileaban en mi cabeza como una cruda de tequila. ¿Estaba siendo demasiado ingenua? ¿Demasiado cobarde? La información que necesitaba estaba a un clic de distancia. O, al menos, eso pensaba yo. ¿Por qué no hacerlo? Nada más llegar a casa, abrí Google. Me troné los dedos y tecleé: «Olvido Montealegre». Aún no parpadeaba cuando una lista de resultados se desplegó en pantalla. No me lo podía creer. Allí estaba. Un par de referencias a una actriz olvidada. Puse el cursor sobre Wikipedia. La enciclopedia virtual se abrió. Sólo había un párrafo. Leí con avidez:

Olvido Montealegre

Nació el 31 de julio de 1947. Debutó como actriz en la obra *La marquesa*.

Casada con el director de cine Michael Fake, diecisiete años mayor que ella, protagonizó muchas de sus películas, las más famosas *El crimen de la calle Susaeta*, *Nosotras, las rubias* y *Bésame despacio*. Su versatilidad y belleza le permitían interpretar tanto papeles cómicos como personajes dramáticos, siendo estos últimos los que le dieron mayor fama.

Falleció junto a su marido en extrañas circunstancias en Barcelona el 14 de noviembre de 1966, truncándose así una prometedora carrera.

Extrañas circunstancias.

Al lado derecho, una fotografía en blanco y negro ilustraba la nota. Me acerqué para verla bien. Era preciosa. Una de esas bellezas antiguas un tanto rechonchas. La melena ondulada, la sonrisa delineada, pestañas rizadas. Morena. Teñida, según Eduard. Guapa. Sensual.

—Siempre al borde de un beso —repetí en voz baja. Se me puso la carne de gallina.

Cogí el teléfono.

—¿Mamá?

—¿Qué pasó, hija?

—La tengo aquí enfrente, en Wikipedia… sí, es ella. Dice aquí que murió en «extrañas circunstancias», en el mismo año que Eduard vino a México… Es verdad. ¿Lo ves?

—Pues mira… Al menos así sales de dudas.

—¿Y ahora qué hago?

—Nada, ¿qué vas a hacer? Terminar tu trabajo.

—Pero, mamá…

—Te contrataron de escribiente, no de juez.

Silencio. Resoplido.

—No seas infantil, hija. ¿Acaso no te acuerdas de cuando no podías pagar el alquiler? —La renta. Sí. La jodida renta, la jodida luz, la jodida despensa—. Tú escribe, hijita. Y quítate de conflictos morales que no te corresponden.

—¿Y si me pasa algo?

Escuché una risa al otro lado.

—El hombre no es un asesino en serie, Soledad.

—Ya…

—Anda, tontina. Vete a trabajar, que ahora es cuando se pone interesante la cosa y tú lo quieres dejar.

(¿Pero de dónde sacaba mi madre esa facilidad para fluir?)

—Vale.

—¿Dónde dices que lo viste?

—En Wikipedia, métete… Pones *Olvido Montealegre* y te sale.

—¿No es ésa la enciclopedia de la red en donde puede escribir Juan de las Pitas?

—Eh… pues sí, pero no es del todo confiable. Hay que corroborar las fuentes.

—Ya. Bueno, vete a trabajar. Yo me voy a mi meditación. Besos mil.

—Adiós, mamá.

Colgué. Envidié a mi madre. ¿Cómo se hace para vivir así? ¿Qué hay que comer para estar siempre contenta, pasando por la vida como en una feria, riéndose de las broncas, de las mentadas de madre?

¿Cómo se hace para reponerse de la mala suerte, del destino truncado? Y, lo peor de todo, ¿por qué carajo no me lo había enseñado, si yo era su hija, su tesoro, la sal de su vida? ¿Por qué no sabía fluir como ella? Quizás debería meterme a unas clasecitas de yoga. A mi madre, sin duda, parecían funcionarle.

Estuve navegando por internet durante todo el día hasta que quemé todas las búsquedas. Curiosamente, no encontré ninguna de las películas mencionadas en Wikipedia, ni en las cinetecas, ni en las hemerotecas. Busqué en el periódico del día de los asesinatos y devoré el PDF, página a página. Sin embargo, nunca pude encontrar ninguna mención al respecto. Nada. Ni una pequeña nota en la sección de sucesos. Ya entrada la noche, un tanto desesperada por la falta de información, con los ojos llorosos por el reflejo de la pantalla y el arrullo del ventilador que amenazaba con adormilarme, decidí irme a acostar. Dejé el teléfono sobre la mesita de noche. Puse la tele. En el noticiero nocturno, López Dóriga hablaba a medias tintas de corrupción, fraudes y delincuencia organizada en un tono entre sensacionalista y de denuncia que no supe definir. Imágenes de maleantes detenidos por la policía con los rostros marcados por evidentes signos de violencia que harían saltar las alarmas de los activistas de Derechos Humanos salían en pantalla con descaro, pasándose por el arco del triunfo la presunción de inocencia. Ya estábamos acostumbrados a eso. Todos eran culpables hasta que se demostrara su inocencia. Imágenes de manifestaciones que habían colapsado la ciudad durante horas, mantas de Green Peace colgadas a traición en el Senado, gente pasando hambre en zonas rurales de un México que se me antojaba un lejano país centroamericano, estudiantes con pasamontañas rompiendo instalaciones de la Universidad Nacional Autónoma de México, removiendo las cenizas del 68. Todo fue resbalándose por mi piel como gotas de agua sobre un impermeable. El sopor se apoderó de mí sin aviso, sumiéndome en un estado de inconsciencia que hubiera avergonzado a un vigía surrealista. Cuando decidí volver y enfrentarme a Eduard habían pasado dos semanas.

Tenía que volver. Me metí a bañar, me vestí con una camiseta sin mangas, de cuello de tortuga, desayuné un café cargado y un pan tostado, me maquillé los ojos, y, curiosamente, hice todo eso sin mirar el teléfono, como si deliberadamente estuviera evitándolo.

Cogí el bolso y salí del departamento en dirección a mis miedos. Así, con ese pequeño gesto tantas otras veces repetido de manera mecánica, agarrar la bolsa y azotar la puerta tras de mí, ese día —creo ahora— empecé a reinventarme. Aunque no lo sabía entonces, ese día nació la otra Soledad. La que nunca más volvió a mirar atrás para darse palmaditas en la espalda.

Por un momento pensé incluso en un finiquito. En un escueto *Recoja su cheque en Recursos Humanos*. La frase que resumía a la perfección mi improductiva vida laboral. Llegué sin avisar y sin embargo me estaba esperando como a una hija parrandera que se va de farra: me convertí en la hija pródiga. Al cruzar el umbral supe que no había vuelta de hoja. Estaba ahí. Había regresado. Y era definitivo. Me recibió en su despacho. Rubén salió en el momento en que puse un pie ahí. *Hola*, quise decirle, pero me di cuenta de que había enmudecido ante la presencia de Eduard. Se veía tan mayor. Me había ido sólo quince días, y parecía que habían pasado quince años. Su mirada parecía la de un niño pequeño... ¿o un demente? Mi cuerpo se estremeció con el recuerdo de la escena final de *Psicosis,* donde Anthony Perkins miraba a la cámara de manera espeluznante. «Está loco», pensé, pero inmediatamente apelé al sentido común y me recompuse. Bajé la vista un segundo para buscar mis palabras. Para mi sorpresa, cuando volví a mirarlo, Eduard estaba tranquilo, parsimonioso, sentado en su sillón de cuero negro con la benevolencia de un abuelo. Al mal paso darle prisa. Y hablé:

—Perdóneme, Eduard. Entré en pánico.

—Es evidente. Normal, por otro lado.

—Necesitaba tiempo para asimilarlo.

—Lo único que te pido es que me ayudes a escribir. Para ser escritor hay que saber quitarse los miedos.

—Claro, claro. Lo entiendo. Por eso he vuelto.

Él asintió.

—Bueno. Entonces, ¿estamos bien?

—Estamos bien —respondí—. ¡Siempre y cuando no haya más muertes! —bromeé nerviosa.

—Lo intentaré. Pero no te lo prometo —dijo muy serio.

Una hoja de arce sacudida en pleno otoño no habría temblado más que yo.

No hablamos más sobre el tema. No hacía falta. Al menos, fingiríamos eso.

Pero no tuvimos tiempo. Eduard empeoró de repente. Su cabeza empezó a fallar a toda velocidad. A veces me miraba como si quisiera contarme un secreto, pero entonces, como un niño pequeño abandonado en el bosque, perdía el camino de migajas de pan.

Nunca más pudo volver a casa.

III

Me destierro a la memoria,
voy a vivir del recuerdo.

MIGUEL DE UNAMUNO

Olvido

Despertó como siempre, sin que el sueño la hubiera abandonado del todo. Batalló con la comodidad del cuerpo sumergido entre sábanas y edredones de pluma de ganso, engatusándola para que siguiera sumiendo la cabeza en la mullida almohada. Poder remolonear en la cama era un lujo con el que Olvido, o Irene, como se llamaba entonces, soñaba desde niña y una de las razones por las que había salido huyendo en busca de una vida menos ardua.

Sus padres regentaban una pensión al final de la calle Aribau, muy cerca de la calle París. Normalmente, nunca tenían habitaciones vacías. La pensión era un hervidero de gente preocupada por los lugares a los que se dirigían y no en éste en el que estaban. La mayoría era población flotante en pleno ajetreo, aunque también se hospedaban allí de manera regular doña Luisa, una octogenaria viuda sin hijos que encontró en la pensión bullicio para romper con el mutismo de su vejez y don Ignacio, un maestro homosexual incapaz de aguantar sobre sus hombros el peso de sí mismo. Los demás iban y venían, como las hojas de los árboles en otoño.

Irene tuvo la suerte o la desdicha de nacer mujer en ese contexto, lo que en el acto la convirtió en sirvienta. Ayudaba a su madre a regentar la pensión, a lavar sábanas, a preparar almuerzos o cenas, sabía coser botones, zurcir pantalones (porque no faltaba el huésped con necesidad de ser socorrido por un sastre de última hora) y curar heridas (porque tampoco faltaban lesionados de última hora). Era tímida, y su pelo largo y rubio la camuflaba como una manta. Pronto le brotó el pecho y las caderas se le ensancharon dándole forma de pera. Tanta voluptuosidad correspondían más a una *vedette* que a una niña de casa, pero sus padres, sumidos en el trajín diario, pensaban que así, mejor para ella.

—Tendrá buena madera para parir hijos —solía decir su padre.

Así que cuando tuvo quince años, decidieron casarla con un tratante de ganado que les surtía el embutido.

Cuando su madre le comunicó la noticia, la chiquilla se atacó en llanto.

—¿Es que acaso no quieres casarte? ¿No te gusta el pretendiente que te hemos buscado?

E Irene, limpiándose los mocos que le escurrían por la nariz en la manga de la camisa, contestó:

—¿Cómo me va gustar, si huele a cabra?

Su madre tomó semejante contestación como rabieta infantil.

—¡No seas grosera, niña! —la riñó.

Después, haciendo acto de memoria y tras reflexionar en lo que su hija acababa de decir, sentenció:

—Te acostumbrarás al olor con el tiempo.

Se dirigió a la puerta de la habitación y antes de salir soltó solemne:

—Pero qué tozuda, hija, qué tozuda. Eres más terca que una mula.

El ganadero acudía todas las tardes para hablar con los padres más que con la chiquilla. En verdad, a Irene le repugnaba el olor del muchacho. Lo observaba ahí, sentado, soltando sus grotescas carcajadas, engatusando a sus padres como si los conociera de toda la vida y por él sólo sentía aversión. Le molestaba su sonrisa, su pelo grasiento, las manos grandes de aplanador de carne. Todo en él le molestaba. Le repugnaba. Qué mala suerte la suya. ¡Si tan sólo hubieran escogido en su lugar al seminarista! ¡Qué diferente sería todo!

El seminarista hacía poco había dejado de serlo, pero todos seguían diciéndole así. Era fino, refinado, como los actores de las películas en blanco y negro. ¡Ah, qué películas! ¡Qué hombres! ¡Qué mundo! Algún día mandaría todo a la porra para compartir telón con ellos. Sí... el seminarista tenía pinta de actor. Era tímido, de rostro alargado y nariz puntiaguda. Siempre bien aseado, con el cabello peinado hacia atrás. Debía tener unos veinte años. Lo único que Irene sabía con certeza era que se llamaba Eduard y había llegado a la pensión una tarde fría de enero, envuelto en un abrigo color tabaco, un sombrero marrón de lana y una bufanda roja tapándole la boca. Dijo que trabajaba haciendo escaletas para el cine y venía por recomendación del padre Ramón. Se entrevistó con el padre de Irene unos minutos. Tras examinarlo de arriba abajo como si en vez de pedir hospedaje fuera por un trasplante, lo acribilló a preguntas. A los quince minutos de confesarle que había estado a punto de tomar los hábitos, Eduard estaba instalándose en una de las habitaciones.

Irene se fijó en él desde el momento en que cruzó el umbral. Supo que sería alguien importante en su vida porque le cosquilleó el nacimiento del cabello. Desde ese momento, cada vez que lo veía se ponía roja y le brotaba una especie de urticaria en el escote. Apenas cruzaron dos palabras, pero le bastaba verlo partir hacia el trabajo para sentir palomillas revoloteándole en el estómago. Pero no, decía en voz alta mientras lavaba los platos del desayuno, sus padres no podían haberlo escogido a él, tenían que haberse fijado en el ganadero apestoso ése.

Eduard se prendó de ella desde que le abrió la puerta. A veces la espiaba desde la mirilla, cobijado por la gracia del que ve sin ser visto. Vivía con el alma en vilo, escondiéndose de Irene mientras deseaba topársela de bruces. Eduard era callado. Casi con nadie hablaba. Leía mucho. Estaba descubriendo la gracia de escribir guiones, de cuya elaboración disfrutaba, y era capaz de enfrascarse días enteros en la ficción de sus historias sin importarle cómo giraba el mundo. Era despistado, aunque tenía los hilos de sus historias atados y bien atados. Nunca antes, ni en sus retiros espirituales de encierro monacal, había estado más absorto en algo. Convivía poco. No salía de su cuarto ni para comer. Irene tenía que llevarle la comida en una bandeja que, a veces, regresaba intacta a la cocina. Cada vez que tocaban a la puerta, el corazón le daba un brinco. ¿Sería ella? Se levantaba despacio, sin hacer ruido para no delatarse y poder asomarse por la mirilla. Ese momento le causaba especial placer. Deseaba verla. Mirarla con descaro a su antojo, a pesar de la deformación del gran angular. Se regodeaba en ese cuerpo sin estrenar, en su cara de querubín de pelo largo, y se excitaba. Pensaba en las historias que le había contado Ramón sobre Clara. A veces, justo antes de oír el chasquido de nudillos sobre la madera, percibía su olor y comenzaba a sudar. Era ella.

—Le traje algo de comer —comentaba.

Y colocaba la bandeja sobre el secreter.

A pesar de sus enormes esfuerzos, Eduard pensaba que no sería capaz de contenerse por mucho más tiempo. Aquel cuerpo le llamaba como el imán al metal. Se imaginaba avanzando hacia ella, abrazándola como enredadera, podía intuir el sabor de su boca en la punta de la lengua, anhelaba sentirla. Nunca había penetrado a nadie. ¿Qué se sentiría al estrujar esos pechos? Y entonces, dejaba caer la pesadumbre de su alma y escondía la cara entre las manos, como si estuviera a punto de romper en llanto.

Una noche de Domingo de Ramos, Irene decidió que sería ella y nadie más la artífice de su vida. Estaba cansada de recibir órdenes. *Haz esto, haz aquello. Levántate para hacer el desayuno, tiende camas, ve a recepción, prepara la comida, pon la mesa, lava los platos; sé cortés, niña, no me importa que tengas la regla y un cólico de los mil demonios, ¿no ves que el cliente siempre lleva la razón?* ¡Basta! No quería eso para sí. Sería joven, mas no sumisa. No quería convertirse en una prolongación de sus padres, no quería ser la mano de obra barata de una pensión. Quería olvidarse de todo eso. Ver mundo. Salir de Aribau, de Barcelona, de la posguerra. Quería ilusiones. Amores. A su juicio, esas caderas no estaban destinadas a albergar hijos, sino amantes. Quería placeres, y haría lo que estuviera en sus manos para salir huyendo. En fuga. Como escapan las líneas melódicas en las cantatas de Bach. Y de todo su universo de huéspedes furtivos, sería el seminarista; sí, Eduard, sería la ventana por la cual escaparía.

Esperó en su cama, cobijada hasta las cejas, a que todo estuviera en silencio. Tomó algo escondido bajo su cama y salió del cuarto a hurtadillas. Caminó de puntillas hasta la puerta del cuarto de Eduard. Sentía el corazón latiéndole a toda velocidad. En sus manos llevaba una carta. La coló por debajo de la puerta.

«Ya está. Que gire la rueda de molino», pensó.

Cerró los ojos y respiró hondo. Entonces, como traído por el viento, recordó el olor de Eduard, seguramente dormido al otro lado de la puerta. Deseó acariciarle el pelo, y colocó la oreja sobre la madera, para ver si así escuchaba el ritmo de su respiración. No se oía nada. Eduard no roncaba. No como el ganadero, que seguramente rebuznaba como asno, pensó Irene. Eduard era dulce hasta para dormir. Allí permaneció, arrodillada ante la puerta, acariciándola como si pudiera sentirlo a través de la madera. No tenía nada que perder, pensó. Se incorporó y retornó a su habitación con la misma cautela con la que había salido.

Eduard rompió sus votos de silencio el día en que decidió contarle a doña Luisa, su vecina de pasillo, que estaba enamorándose de Irene. No le contó que la espiaba por la mirilla. Pero la anciana, astuta como un diablo de ochenta años, lo llamó *iluso*.

—Te estás metiendo en un lío gordo, muchacho. Yo que tú me iría antes de que me atrapase el destino.

Eduard escuchó. No estaba acostumbrado a las grandes charlas que versaban sobre él. En el seminario —se daba cuenta ahora—, casi nunca hablaban de sus problemas. Siempre era Ramón. Clara. Joaquín. El pobre Joaquín, parlanchín.

—Ay, los amores de juventud —le dijo ella—. Todos los jóvenes se creen Romeo y Julieta. Pero olvidan que ellos acabaron en la tumba antes de los dieciséis.

Hablaron largo y tendido. Él le habló de su madre, del seminario. Del alcohol. Los golpes. La búsqueda. Los libros. No le habló del cilicio.

—Hay montones de mujeres en el mundo, muchacho. Tienes que conocer a muchas aún. No te empecines con la primera que te enseña el escote. Créeme. Uno piensa que sólo hay un amor verdadero, si lo sabré yo, pero luego acabas sola, a los ochenta y tantos en una pensión, por culpa de ese jodido amor que te deja en la estacada.

—Es usted un poco pesimista, ¿no, doña Luisa?

—Hazme caso. Yo sé lo que te digo, muchacho. Los amores pasionales sólo causan desgracias.

El espíritu de las decisiones mal tomadas le cosquilleó en los huesos.

—Vete muchacho. No seas necio —fue lo último que le dijo doña Luisa.

Eduard se despidió de la mujer un tanto compungido, dispuesto a hacerle caso a la anciana y no hacer segundas a la declaración de amor de Irene. No echaría todo a perder por la ilusión de amor de una chiquilla. Se refugió en sus escritos con la promesa de no volver a asomarse por la mirilla.

Irene, sin embargo, siguió apareciéndose en su puerta, pavoneándose, derechita como soldadito. Así, sin más, desprendiéndose del árbol como fruta madura, dispuesta a dejarse morder. Los dos lo sabían. Y así, platónicamente, iniciaron una relación sin palabras que amenazaba los cimientos de la pensión y de sus vidas.

Su madre la escudriñaba como águila. No le quitaba ojo. Se veía distinta. Parecía haber madurado de pronto. Algo en su mirada la delataba. La timidez transformada en coquetería es ineludible como la lluvia de verano. Irene estaba enamorada, sin duda, y no del ganadero, era evidente. Decidió vigilarla, no fuera a cometer alguna estupidez. Seguramente estaría teniendo amoríos con algún chiquillo del barrio y, aunque la cosa no fuera seria, no se veía bien que una niña con pretendiente formal estuviera tonteando por allí y por allá. Un solo movimiento en falso y la atraparía como a un ratoncillo silvestre. No hizo falta mucho para que se percatara de que no era un chiquillo, sino el seminarista, quien había despertado a la mujer que dormitaba en su niña. Eso la aterrorizó. Lo supo al verlos juntos. No fue necesario mediar palabras, bastaba estar en la misma habitación para sentir la quietud que reinaba en su presencia, como turistas en el bullicio de una plaza que de pronto penetran en el silencio de un templo que los fuerza a susurrar. Sus cuerpos desprendían chispas como dos telas sintéticas frotadas sin querer. Entonces, se dispuso a disolver aquella tontería. Ella sería el viento y la marea que tendrían que enfrentar. Irene estaba comprometida con el ganadero y nada truncaría una boda que les garantizaba suministro de carne en tiempos de posguerra.

Una tarde, la madre de Irene llegó a la habitación de Eduard con una petición.

—Buenas tardes, don Eduard, ¿puedo pasar?

—Faltaría más, señora. ¿En qué puedo servirle?

—Verá, la cosa es muy sencilla. Ya no vamos a poder alquilarle esta habitación.

—¿Cómo dice?

—Lo que acaba de escuchar.

Hubo un breve silencio.

—Y, ¿puedo saber a qué se debe una decisión tan repentina? Les he pagado puntualmente…

—Por Irene —dijo sin rodeos.

Silencio.

—Ya veo.

—Sabía que entendería.

—Entre Irene y yo no hay nada.

—Ni lo habrá. De eso me encargo yo.

Irene, que había seguido a su madre sin ser vista, escuchó todo con la oreja pegada a la puerta. Pensó entrar dando un portazo, pero prefirió escuchar la defensa del acusado. Le latía la sien. Seguro que Eduard se ofendería y hablaría como en púlpito. Pero en lugar de eso, Irene oyó un leve cuchicheo, imperceptible apenas tras la puerta, una pequeña conversación —sin duda no una discusión—, y después, los pasos de su madre dirigiéndose a la puerta. La chiquilla echó a correr de puntillas para esconderse en otra habitación. Agazapada, tan sólo escuchó a su madre decir:

—Agradezco su comprensión.

Y ¡plaf!, un portazo.

¿Qué había pasado? ¿Eduard sería capaz de amedrentarse ante su madre? ¿Hacía falta tan poco para hacerle tirar la toalla? ¿Es que no pensaba luchar por ella? Azorada y encendida por la ira y el nervio, Irene se acurrucó contra la pared del rincón. Acorralada. Temerosa. Decepcionada. ¿Acaso no merecía un poco de pimienta en su vida? Sin saber qué pensar, fue sumiéndose en un torbellino de ideas inconexas que la aturdieron hasta la neuralgia. Herida y triste, se quedó dormida sin derramar ni una lágrima.

Eduard la despertó a media noche. Llevaba horas buscándola, le dijo. ¿Qué hacía allí escondida, en la oscuridad de un cuarto vacío? Ella, sorprendida y adormilada aún, no supo contestar.

—Da igual, da igual —dijo. Después, la rodeó con sus brazos y le habló a la cara—. Escúchame bien, porque esto sólo lo diré una vez.

Irene despertó de pronto.

—Vámonos juntos —le propuso—. Vayámonos donde nadie nos conozca y vivamos alejados de tus padres, de todo esto y seamos sólo tú y yo.

Irene pareció renacer. Ése era su Eduard. Ahí estaba lo que siempre había buscado. Su ventana al mundo. No dudó un instante.

—Vámonos —dijo ella.

Y él la ayudó a incorporarse de un salto.

Cuando descubrieron la fuga, los padres de Irene encolerizaron. Los huéspedes de la casa pensaron que la niña había muerto, porque clamaban al cielo con los brazos abiertos, preguntando por qué los castigaban de aquella manera. Ellos, que habían puesto tanto cuidado en criar a una niña de bien. Por qué Dios les hacía pasar una vergüenza semejante. Llegados a este punto, los huéspedes intuían que la niña no debía estar muerta, pero como no se atrevían a preguntar de manera directa, la intriga comenzó a derramarse como agua. Por la pensión, circulaban inverosímiles historias. Que si la niña estaba preñada, que si había huido con el circo, que si había encarado a la madre. Hasta que doña Luisa se hartó de escuchar tanta tontería y soltó la sopa.

A las pocas horas, todos sabían que la niña de la pensión se había fugado con un exseminarista metido a cineasta.

La premonición de doña Luisa la octogenaria tardó seis meses en cumplirse. Ni un día más, ni menos. El pequeño sueldo que Eduard ganaba haciendo escaletas no alcanzaba para mantenerlos, y aunque Irene estaba acostumbrada al trabajo, en el imaginario de su fuga amorosa sólo estaban contemplados los ímpetus, no las penurias. Ella quería ser actriz, viajar, tener dinero, ser reconocida en la calle. No sólo había huido de su madre, de la pensión y del ganadero, había huido de una vida ordinaria. Fue entonces cuando Eduard dejó de ser su ventana al mundo, su futuro, para convertirse en un medio. No en un fin.

Eduard escribía todas las noches. Ella lo espiaba desde la cama sin atreverse a interrumpir. Lo observaba en trance, rompiendo hojas, haciéndolas bolita con enjundia, tachar párrafos enteros con violencia. Otras veces, lo veía escribir sin descanso, sumido en una especie revelación mística. Jamás le dejaba leer lo que escribía.

—¿Qué haces?

—Escribo.

—¿Y qué escribes?

—Una novela.

—¿Puedo leerla?

—No.

—¿Por qué no?

—Aún no está terminada.

—Y cuando la termines, ¿podré leerla?

—Tal vez.

Pero Irene, incapaz de conformarse, traicionó su confianza al leer capítulos sueltos a escondidas en el cuarto de baño. Nunca había leído nada en su vida. Ni novelas, ni cuentos, sólo alguna historieta suelta. Pero desde luego no conocía ni a los clásicos ni a los contemporáneos. Por eso Eduard no sólo se molestó hasta la extenuación cuando Irene le confesó que había leído el manuscrito, sino que, pasado el enojo, nunca creyó en sus halagos, ni en su entusiasmo. Y es que la convivencia había conseguido desidealizarla poco a poco. La consideraba tan hermosa como inculta. A sus ojos, Irene había dejado de ser un pavo real para ser un pavo, a secas. Alguien revoloteando a su alrededor a la espera del sacrificio.

Irene también comenzó a ver a Eduard como verdaderamente era: un tanto trastornado, inseguro y frágil. Un hombre sin destino. Su Eduard, su príncipe, al final de cuentas, resultó ser como el ganadero, sólo que con más jabón y menos grasa en el pelo.

Se les deshizo la ilusión. Eduard no supo cuándo ni cómo pasó, pero Irene se convirtió en una pieza más en el engranaje de la rutina. Aunque, a decir verdad, aquello no le molestaba mucho. Él habría podido vivir en esa calma hasta envejecer. Le gustaban la quietud, el mar, la calma. Huía de los sobresaltos y los aspavientos. Tan sólo quería un resquicio de paz dónde refugiarse a escribir. Pero Irene no. Irene quería romance, pasión, despertar todas las mañanas con un beso. ¿Acaso no se habían fugado por eso? Todo eso desapareció con la misma espontaneidad con la que apareció. Eduard se convirtió en un insípido que no la veía, ni siquiera cuando ella se paseaba semidesnuda frente a él con la camisa abierta, dejando ver sus enormes pechos de nodriza. Pero Eduard, en lugar de abalanzarse sobre ella para hacerle el amor, le decía: «Tápate que te va a dar frío», y otras lindezas que desinflaban a Irene como un globo mal amarrado, sumiéndola en la humillación más absoluta. Irene soñaba con la felicidad lejos de esas cuatro paredes. Así, lentamente y sin darse cuenta, Eduard cerró uno a uno los postigos de la ventana, hasta que un día, Irene admitió que estaba encerrada. Pero ya se encargaría ella de encontrar una salida.

Y la encontró. Iría a estudiar teatro, la pasión de su vida.

—Me voy a París —le dijo un día.

—¿A París? ¿Pero qué dices? ¿Qué vas a hacer tú en París? —preguntó él.

—Voy a estudiar teatro.

—¿Y España se te queda pequeña?

—Eso mismo.

—No seas ridícula, Irene. No sobrevivirías ni un día en París.

No hizo falta más. Ése fue un tiro en la nuca. Podía tolerar muchas cosas, podía vivir bajo la sombra de otros, podía fingir que ésa que vivía era la felicidad soñada, pero lo que jamás toleraría sería la subestimación.

Lo pensó, lo masticó, lo tragó y lo digirió. Y cada bocado le decía que debía marcharse. No había diferencia entre estar con Eduard o bajo el yugo de sus padres. Vivía en un estanque de nada.

Y se marchó.

Una parte de Irene siempre se quedó en España. Otra parte se fue a París.

La Irene que volvió se llamaba Olvido, y en algún lugar entre la ambición y el recuerdo enterró para siempre a la chica que había partido.

1

Me pregunto qué recordaría yo si de pronto me dijeran que voy a olvidarlo todo. Escribir los recuerdos de Eduard ha hecho que caiga en una espiral de mí misma, y últimamente no para de rondarme esta idea por la cabeza. ¿Recordaría las cosas tal y como sucedieron o como me hubiera gustado que pasaran? Como esas mentiras que se cuentan una y mil veces, con la esperanza de que de tanto oírlas acabemos creyéndonoslas. ¿Pasará lo mismo con los recuerdos? A lo mejor puedo decirme una y mil veces que Manuel y yo nos amamos con una pasión inusual, que nos amamos con locura, hasta que Manuel se vuelva mi Romeo, la imagen viva del amor despojado de sus banalidades y flaquezas, cuando la realidad es que Manuel era bastante desabrido. Y aun así lo amaba. ¿Amaba a Manuel o la idea de un Manuel en mi vida? Manuel. Siempre Manuel. A veces me pregunto si la psicóloga acabará teniendo razón y ansío encontrar en él una figura paterna. ¿Será que eché a Manuel para repetir el esquema de abandono de mi padre? ¿Será? ¿Puede uno ponerse zancadillas de ese calibre? ¿Puede uno boicotearse así? Supongo. Pero el caso es que esa idea, digo, me ronda en la cabeza porque no estoy segura de recordar las cosas tal y como sucedieron, sino como quiero recordarlas. Los recuerdos son asaltantes que sorprenden en momentos inoportunos. Como cuando quieres acordarte de una palabra o de un nombre y por más que te esfuerces no consigues hacer funcionar al ratoncito corriendo en tu cerebro. Y luego, sin venir a cuento, cuando ya no es necesario el nombre, la fecha, o el dato, ¡paf! Te acuerdas hasta de los apellidos, de lo que llevabas puesto ese día, de las horas, minutos, segundos, del número de sílabas del maldito vocablo aquél. Así de traicionera es la memoria. Así de caprichosa. Mis recuerdos son así. He estado haciendo memoria de mi padre y apenas recuerdo su cara, o su voz. Recuerdo sensaciones vagas, y luego lo que sí aparece en mi memoria con claridad es una enorme ausencia, un dolor tan grande que casi me mata y que suplí bajo una armadura digna de un guerrero medieval. Me refugié en mi madre, aunque ella, pienso ahora, estaba más triste que yo. He intentado hacer memoria. He intentado acordarme de aquella época, y no he podido. Mi padre se fue cuando yo era muy pequeña. Los hombres que fungieron de padres tuvieron otros rostros. Otras voces. Fueron los hombres en mi cocina al despertar. Sin embargo, tampoco los recuerdo a ellos con nitidez. Si de pronto me dijeran que voy a olvidarlo todo, no me acordaría de ninguno de ellos. Creo que sólo me acordaría de lo bueno. Como en un funeral. «Qué bueno era», «qué simpático», «qué noble bajo esa coraza». Sí. Si pudiera escoger los retazos de mi vida, creo que no recogería grandes momentos sino los mejores instantes. Me acordaría, por ejemplo, de cómo mi madre me secaba al salir de la ducha, de cómo me hacía las coletas para ir a la escuela, nerviosa por no tirarme de más y apurada porque llegábamos tarde. Teníamos que correr siempre, porque mamá jamás se caracterizó por ser una madre de desayunos con mesa puesta, sino de pan tostado con mermelada, a prisa, paradas en la cocina, y vaso de leche con grumos de chocolate mal batido bebido con la premura de un cosaco empinando un *vodka*. Sin embargo, recuerdo esas carreras matutinas con nostalgia. Mi madre a veces, abrumada por la tardanza, se ponía los *jeans* sobre el pijama. A mi juicio, nunca se ha visto más bella. Por supuesto, jamás se lo he dicho, porque le daría un ataque y lo más probable es que me haría jurar que jamás le voy a contar esto a nadie, cuando, curiosamente, creo que esa imagen la definiría mucho mejor que cualquier otra. Así es como quiero recordarla, con el pelo alborotado, un poco de rímel corrido bajo las pestañas y los pantalones sobre el pijama. Así, imperfecta, me parece más real, más humana. Ése es un recuerdo de mi niñez. No está pulido, ni tallado. Pero es mío y, por lo tanto, un diamante en la mina de mi memoria. A veces tengo la sensación de que Eduard pule demasiado sus diamantes.

En fin.

Últimamente pienso mucho en mi madre. Estoy empezando a recordarla de muchas formas y maneras. Echando cuentas, cuando salía corriendo para llevarme al colegio, mi madre debía tener la misma edad que tengo ahora. Qué barbaridad. Ésas son las reflexiones que ponen los pelos de punta. El inexorable tiempo alcanzándonos en una carrera de relevos. Yo apenas empiezo a asomar la cabeza de la madriguera, cuando mi madre ya había vivido muchas cosas y sufrido otras tantas. Ya conocía la hiel del abandono, la decepción del amor verdadero, su príncipe ya se había convertido en sapo. Mi madre era joven entonces. Al menos, yo me siento joven. Aunque también me siento adulta por primera vez. Siento que mi vida ya está aquí, que mi presente es mi futuro, a pesar de todo, de los reproches, de las ausencias, de la precariedad. Así debió de sentirse mi madre, sólo que ella no podía lamerse sus heridas porque tenía una chiquilla a quién cuidar. Siempre fue una mujer guapa, de buen cuerpo, aunque hasta hace unos cuantos años no sabía lo que era ir a un gimnasio, ése era un lujo que no podía darse, por falta de dinero y de tiempo. Sus días los llenaba con el pluriempleo y sus noches… bueno, por las noches intentaba llenar el vacío del día. Era coqueta, aunque yo, por supuesto, no lo notaba. Yo la veía linda, como todos los niños ven a sus madres. Para mí, ella era la mamá más hermosa. Pero es que lo era. Cuando veo fotos de esa época, quedo absorta en su lozanía, en la juventud de su sonrisa. Mi madre sigue siendo una mujer hermosa. Más hermosa que entonces, si se sabe ver en ella la paz de haber hecho todo cuanto estuvo en sus manos. Pudo hacerlo mejor, pero no pudo haber hecho más. Sentía que nada era suficiente, que lo mejor estaba a la vuelta de la esquina y que si estiraba la punta de los dedos, podría alcanzarlo. Y a trompicones nos sacó adelante cuando desapareció mi padre. Pero nos sacó. Me sacó adelante. Le gustaba ver el *¡Hola!* Ése es otro recuerdo que emerge como una botella flotando a la deriva. La veo sentada en el sofá después de darse una paliza limpiando la cocina, coger una taza de café y sentarse a leer la revista. La miraba voraz. No la leía. Rara vez leía un artículo. A ella le gustaban las fotos. Las miraba con lupa, como si aquella vida retratada fuera suya en un mundo paralelo. Pobrecita. Nunca se subió —ni nos subimos, para tal efecto— a ninguno de esos cruceros que parecían mansiones flotantes, ni asistió a ninguna fiesta cuyo protocolo exigiese llevar tocado. Nuestra vida se parecía más al *TVyNovelas*, mucho más chabacana y sórdida. Fue por aquella época cuando mi madre se dio a la caza de un hombre. Mi madre, como yo, extrañaba un compañero. Jamás le faltó una cita ni un pretendiente. Sólo que ninguno trajo bajo el brazo la torta soñada. Todos agrandaron más el vacío y supongo que ella intentó llenar ese hueco con el placer físico. Era joven y bonita, ya lo he dicho, y supongo que no quiso pasar sus mejores años en barbecho. Exprimió a cada uno de sus amantes, que (ahora que lo pienso) serían manueles, treintones en la misma búsqueda que ella. No lo sé. Ésos ya no son mis recuerdos, sino los de ella. Lo que yo recuerdo es que ninguno la quiso tanto (nos quiso tanto) como para formalizar de verdad. O quizás fue ella quien no quiso a nadie tanto como me quería a mí. Al menos eso quiero creer. Me reconforta. El amor que le tengo a mi madre es extraño. Flota entre las aguas del amor y del agradecimiento, como dos océanos que chocan sin mezclarse. No recuerdo haberme acurrucado junto a mi madre en la adultez para recargarme en su hombro. Creo que las dos nos convertimos en árboles, a nuestra manera. Quizás nuestras ramas se tocaban con el movimiento del aire, pero cada una ocupaba su propio pedazo en la tierra. Y así estábamos, juntas, una al lado de la otra, pero cada una en sus propias raíces. Bebíamos del mismo subsuelo y, a pesar de eso, absorbíamos diferentes nutrientes. Cuando en la escuela me ponían a hacer ejercicios de imaginación —mis favoritos por cierto— del tipo «si fueras un árbol, ¿cuál serías y por qué?», solía pensar que mi madre, si fuera árbol, sería un roble. Mi madre sigue siendo un roble. Siempre se me antojó robusta, no por su tamaño sino por su fortaleza, con un tronco derecho y duro, cuya corteza, bastante lisa en su primera edad, se resquebrajaría más tarde, lacerándola con grietas profundas. Mi madre tampoco admitió ramificaciones hasta que alcanzó mucha altura o creyó encontrarla, pero al hacerlo, sus ramas se tornaron tortuosas, nudosas y acodadas. Sin embargo no me dio mucha sombra. Ella prefería que me curtiera el sol. Pero yo estaba hecha de otra madera y no supe cómo ser un roble, como ella. Sin embargo, cuando me asaltan estas imágenes de mi madre, dura y hierática, vuelvo a ver esas fotos en donde se ve tan joven, tan risueña, con las ilusiones por delante, y pienso en lo injusta que soy, porque sin esa fortaleza, sin ese descaro ante la vida, lo más probable es que nos hubiéramos hundido en el fango de las miserias. No sé por qué me esfuerzo tanto en no ser como ella. Quizás me gusta más recordar nuestro triste pasado que aceptar la felicidad que hoy vive con Arturo, y eso me convierte en un ser mezquino. Soy egoísta. Soy celosa. Insegura. Porque en el fondo lo que tengo es envidia cochina. Quiero un arturo. ¿Cómo habrá hecho mi madre para topar —a la vejez, viruelas— con Arturo? Está visto que quien la sigue, la consigue. Arturo no le ha dado la vida del *¡Hola!*, pero se le aproxima bastante, según sus posibilidades. Al menos la lleva a comprar ropa en época fuera de rebajas y de vez en cuando se dan sus viajes a Las Vegas, que eso para mi madre equivale a una fiesta en el crucero de Valentino. Arturo, además, es joven, y creo que ella debe sentirse una Demi Moore región 4. Sólo espero que este cabrón no le parta el corazón, porque a estas alturas del partido los desengaños ya no existen, pero sí la humillación inconmensurable.

Hay una cosa a la que mi madre teme más que a nada y que consigue resquebrajarla como si fuera de barro: es el temor a la enfermedad. No a la muerte. La muerte de alguna manera nos llega a todos. Si nacemos, hemos de morir, y esa certeza es el primer terror de nuestra infancia. La pérdida, la ausencia. Incluso en la juventud, embelesados como Narciso por nuestro reflejo, nos creemos inmortales y no es nuestra muerte la que nos preocupa, sino la de nuestros seres queridos, como si la muerte tuviera vetada su presencia hasta no vivir la vida completa. Pero mi madre le teme al sufrimiento que precede a la muerte. Teme al dolor, pero sobre todo y por encima de todo, le teme al cáncer más que al demonio. Yo también temo, como es natural, como temo quedar sepultada por un temblor de tierra, a los secuestros y a las violaciones. Pero lo de mi madre con el cáncer es patológico. Cualquier cosa que le salga, un grano, una bolita de grasa, un lunar enrojecido, se convierte en un cáncer devastador que la matará en un mes. De ser así, no sé si de veras se iría en un mes o si sacaría fuerzas de flaqueza, como siempre, para batallar contra sus miedos. No sé. Quizás un cáncer le haría comprobar que su terror no es invencible. Pero es tal su miedo que a veces pienso que aquella sería una batalla perdida. Y eso que fue adoptada por un México que sabe mirar la muerte a la cara. México honra, venera e incluso se burla de la muerte. En eso es en lo único en lo que estamos de acuerdo todos los mexicanos, sin importar condición social o étnica. En el Día de Muertos, el naranja irrumpe en las tumbas vistiéndolas de gala. No es sólo que se engalanen con flores, es mucho más que eso. Es como si de veras los muertitos estuvieran de parranda. La muerte es un renacimiento, un lugar de destino hacia el que vamos todos. Pero a mi madre la educaron en otra tradición que ve la muerte vestida de negro, segando el porvenir más prometedor, dejando desolación a su paso. De la muerte no debe hablarse. Sí de los nacimientos y de los bautizos. Pero la muerte es harina de otro costal. Y eso que fue a colegios católicos en donde se supone que enseñan que la muerte es un principio y no un final. Creer en la vida después de la muerte es un poderoso bastión dónde refugiarse, y sin embargo, no es suficiente. Yo prefiero pensar, como dijo Octavio Paz, que «el amor defiende nuestra porción de tiempo y Paraíso». Prefiero pensar que el Paraíso es algo más tangible, algo alcanzable aquí en la tierra. Soy terrenal, pero aunque la muerte cristiana necesite de un mesías que nos resucite en cuerpo y alma, mi parte mexicana me recuerda que los muertos flotan sin materia, sin carnes, son espíritus libres que nos visitan de vez en cuando, que apagan luces y abren grifos, que no nos abandonan sino que habitan en otros planos y que una vez al año, por lo menos, vienen a tomarse el agua de las ofrendas y a fumarse los cigarritos que los mataron. Así somos los vivos. Amamos demasiado la vida como para aceptar que la muerte sea otra cosa que una vida distinta. Me pregunto qué pensará Eduard de la muerte. De ese tema no hemos hablado. Mi madre nunca me compró calaveritas de azúcar. Ya ni hablar de una que tuviera mi nombre o el suyo escrito en la frente. Nunca pusimos altares, ni ofrendas, ni visitamos ningún cementerio en 2 de noviembre.

La culpa de tanta hipocondría la tienen internet y las páginas de médicos que uno puede consultar sin reparos y sin estudios, en donde se explican todas las enfermedades posibles supurantes y degenerativas con fotos a color. Aquello es el paraíso de los aprensivos. Un día, Fernanda, mi «amiga» facebookera, estuvo inusualmente elocuente y me dijo algo con lo que, por una vez, estuvimos de acuerdo. La frase no era suya ni nueva, sino que se la había birlado al médico y fisiólogo francés Claude Bernard, pero me encantó el hecho de hablar de algo que no fuera su laca de uñas: «Las enfermedades no existen —dijo— sólo los enfermos», y me dejó de a seis.

—Pero los médicos aún no asimilan esta frase, amigui. Más bien siguen la antigua división teórica cartesiana donde el cuerpo y la mente son tratados como entidades separadas. No consideran a la persona como un todo.

¿División teórica cartesiana? Bueno, eso ya fue el acabose. (¿Quién eres y qué has hecho con Fernanda?)

Ella, por supuesto, acababa de leer un *bestseller* de Louise L. Hay titulado *Tú puedes sanar tu vida*, y estaba encantada por haber descubierto el hilo negro. Además de convertirlo en su libro de cabecera, se metió a todos los cursos de metafísica que encontró en su camino. El libro explicaba que todas las enfermedades se las genera uno, no conscientemente, como es evidente, sino inconscientemente. Venía acompañado de otro librito más pequeño, *Tú puedes sanar tu cuerpo*, una guía rápida para detectar alfabéticamente la enfermedad, la causa mental que la generaba y la afirmación que había que repetir para cambiar ese patrón de comportamiento. Por supuesto, Fernanda me lo regaló. Y yo lo leí a regañadientes primero, de un tirón después. Confieso que removió algo en la escéptica que habita en mí y de vez en cuando le echo un ojo a la retahíla de enfermedades que allí se recogen para psicoanalizar, no mis dolencias, sino las de los demás. Así de soberbia puede llegar a ser una. El cáncer es, pues, una herida profunda, un resentimiento largamente acumulado, una pena secreta y un odio acarreado. Admito que he llegado a creérmelo. Aunque claro, ¿y los niños? ¿Aplica esto para las criaturas inocentes que apenas empiezan a vivir, que no han tenido tiempo de acarrear odios ni de acumular resentimientos? Es ahí donde me dan ganas de arrojar el libro por la ventana y dejarme de historias que vayan más allá de la física y de lo científicamente probable. Pero luego pienso en Galileo, ¿y si… sin embargo, se mueve? Traicionada por mi desconocimiento de lo inabarcable, me preocupa que mi madre se acabe generando un cáncer producido por su propio temor. Porque estoy segura que no podría soportar perderla. Ella es lo único que tengo. Sí. Ya sé que soy posesiva y egoísta, pero no quiero perderla. No estoy lista. La raíz española de mi árbol no quiere poner cempasúchil sobre la tumba de mi madre, ni ofrendas con películas de Hollywood y *gin tonics* con enebro. La quiero aquí, conmigo, aunque nunca se lo haya dicho.

2

Olvido Montealegre regresó a España convertida en actriz. En París había interpretado *La cantante calva* en un teatro de aficionados y su vocación, latente y excitada, se alborotó al reconocer durante esa actuación el camino de su vida. Fue entonces cuando decidió reinventarse. Cubrió su descolorido pelo con un castaño oscuro, abrazó sus caderas no para procrear (como auguraran sus padres) sino para bambolear, y comenzó a maquillarse. Pestañas postizas y cejas delineadas a lo Marlene Dietrich le dieron el aire de *femme fatale* que necesitaba para sacudirse a la virginal Irene con la que había cohabitado los primeros años de su vida. Fue su marido, Michael Fake, un director americano de poca monta con el que se casó por puro interés, quien trabajó el carbón hasta dar con el diamante en bruto. Él la convirtió en un producto, en *su* producto, en *su* creación, y ella, dócil como plastilina caliente, se amoldó a la perfección. Olvido sepultó a Irene, y abrazó su nueva apariencia con la misma obstinación con la que borró los recuerdos de sus padres, de Eduard, de Barcelona.

Olvidó.

Olvidar le resultaba más fácil cuando pensaba en sus sueños. Porque «las quimeras de nuestra imaginación son los seres que más se nos parecen», había leído en *Los miserables*, cuando como parte de su transformación le dio por leer a Víctor Hugo. La nueva mujer no extrañaba a la que había sido, sino que se vanagloriaría con su nuevo ser seductor. Al cambiar su aspecto transformó su entorno. Y escogió ese nuevo nombre porque sabía que no debía recordar.

Empezó haciendo papeles secundarios en un par de películas, obras de teatro en provincias, aquí y allá, y poco a poco su nombre empezó a sonar en el medio. Tuvo una presentación estelar con mucho éxito y por fin, después de aguantar y picar piedra, un par de años después le ofrecieron un papel protagónico: el viento del teatro la llevaba de vuelta a Barcelona.

Su primera reacción fue de miedo. Temía toparse de bruces con su pasado. No quería salir por la ciudad, no fuera a ser que Las Ramblas o la Sagrada Familia le removieran la conciencia. Todos los días le tentaba la idea de pasearse por Aribau y ver de lejos, tan sólo de lejos, el portal de casa de sus padres. Y todos los días se atrincheraba a cal y canto en el estudio, para reprimir la tentación. Porque con qué cara iba a presentarse ante ellos, ¿con la de Olvido o con la de Irene? Sin embargo, buscó a Eduard, sin éxito. Fue a la casa que habían compartido, pero en su lugar le abrió una parejita de recién casados. Llevaban viviendo allí desde hacía medio año, le explicaron, y no sabían nada del anterior inquilino. Sin saber por dónde buscar, Olvido fue haciéndose a la idea de no verlo jamás. Tenía insomnio y a veces, tentada por la oscuridad de la noche, sentía unas enormes ganas de correr hacia él, abrazarlo, besarlo, escucharlo respirar. Porque el recuerdo se había contaminado de la ensoñación y ya no sólo recordaba los defectos de Eduard, sino que los disminuía. Eduard era de pronto el mejor de sus amantes, el más candente y comprensivo. El más real de los personajes de su vida, el único de carne y hueso entre el montón de sonrisas fingidas. Eduard era su talón de Aquiles. Una debilidad que podía costarle la vida.

Decidió sacárselo del corazón casándose con un hombre lo más distinto de Eduard que pudo encontrar. Ese hombre fue Michael, un director de cine ambicioso y *playboy* que la había engatusado y enamorado fácilmente, con la promesa de convertirla en estrella. Nunca lo amó del todo, porque Olvido siempre se amó a sí misma mucho más que al prójimo, pero aprendió a quererlo, a su manera. Michael era más entretenido que Eduard, por mucho. Le gustaban la fiesta, las mujeres y la bebida, pero a Olvido no parecía importarle demasiado, mientras la dejara olvidar en paz.

Así se las ingenió para mantener el pasado a raya: refugiándose en los libretos, sembrando semillas para su carrera, alternando con la gente de la producción y haciéndole el amor a Michael cada vez que quería. Porque lo cierto es que se había asustado al ver a una desesperada Irene husmeando como lagartija buscando su cola. No estaba dispuesta a hacerla renacer ni siquiera por cinco minutos. Siguió trabajando más que nunca, se casó con un marido imperfecto y continuó persiguiendo una ambición.

El maltrato que Michael ejercía sobre ella era invisible a los ojos, pero le vapuleaba el alma. Surgió de una manera tan sutil que Olvido no fue capaz de distinguir cuándo había empezado. Que la hubiera escogido a ella entre otras actrices más preparadas la hizo llenarse de orgullo. Después, cuando la besó, sintió que allí se le abría de nuevo otra ventana por la cual ver el mundo. Y al final, cuando se casó con ella, paradójicamente pensó que —por fin— sería libre. Tan boba. Como si no lo hubiera sido siempre.

Pero Michael, entre besos y abrazos, le hacía saber todos los días, desde que se levantaba hasta que se ponía el sol, que ella no sería nadie si no fuera gracias a él. Él la había descubierto. Él la había convertido en Olvido Montealegre. Él la había refinado, le había dado todo lo que necesitaba, porque «Pichoncito, hay cientos de mujeres guapas y jóvenes como tú. En este negocio no gana el talento, sino las relaciones. Pero no te preocupes, Pichoncito, que yo las tengo, te cuidaré y mientras te portes como Dios manda, nadie se meterá contigo. Porque, ¿a dónde irías sin mí? Te morirías de hambre, o serías la fulana de alguien. No, no. Yo te haré una estrella. *A Star. Don't worry*, pichoncito. Aquí está tu Michael». Y de tanto oír la cantaleta, se aprendió la melodía. Ella se debía a Michael. Y sólo a Michael, aunque a veces, bajo el manto de la noche, miraba las estrellas y pensaba, con el pedacito de autoestima que le quedaba, en el misterio de las estrellas muertas.

Cuando una estrella muere, su luz tarda tanto tiempo en viajar hasta el planeta que puede que cuando la veamos, esa estrella ya no exista. ¿Cómo saber entonces si la estrella que vemos brillar en lo alto no es realidad un espejismo, el recuerdo de lo que fue? Eso mismo le pasaría a ella. Algún día, con, sin y a pesar de Michael Fake, viva o muerta, su reflejo brillaría sobre la Tierra.

3

Eduard empeoró tan rápido como una jacaranda ve caer todas sus flores en abril. Se volvió frágil y vulnerable. La enfermedad avanzó en su cerebro de manera acelerada y mortal. Al principio sus lagunas mentales e incoherencias no resultaron un impedimento para continuar con el almacenamiento de recuerdos. Parábamos unos minutos y retomábamos, dejando claro, sé ahora, que Eduard luchaba contra su enfermedad. Ahora pienso en el tiempo que perdimos. Quizás tuve que haber sido más fuerte, ser la novelista que él esperaba que fuese. Las señales rojas se encendieron cuando me preguntó qué relación teníamos él y yo. Lo hizo espontáneamente, sin darse cuenta. Estábamos en el despacho, como siempre; yo escribía cuando interrumpió la narración para preguntarme:

—¿Tú quién eres?

Me quedé helada. Me tomé unos segundos antes de contestar:

—Soy Soledad. Me contrataste para que escribiera tus memorias. Él me miró.

—¿Eres mi mujer?

—No, Eduard. Somos amigos.

—¿Fuimos juntos a la universidad?

—No, no. No soy tu alumna.

—¿Somos colegas, entonces?

—No, soy tu empleada. Trabajo para ti.

—Vamos a llegar tarde a clase. El profesor nos va a poner retardo. ¿Dónde está mi abrigo?

—Eduard… —dije intentando mantener la calma—. No vamos a ir a la universidad. Nos quedamos aquí.

—¿Tu quién eres?

Y así entablamos el primero de muchos diálogos de besugos que habrían de venir.

Ese día regresé a casa hecha polvo. La cabeza me iba a explotar. Era tal el cúmulo de sensaciones, de experiencias vividas junto a Eduard en tan poco tiempo, que estaba agotada. Las historias que me contaba empezaron a perder sentido, a deshilvanarse como un dobladillo mal cosido. Mezclaba nombres, fechas. Aunque curiosamente se acordaba más de Olvido y de su pasado que de Rubén. A él empezó a desconocerlo. A Verito le empezó a decir *Petra*, y no había manera de sacarlo de allí. Yo notaba que a Verito se le humedecían los ojos cada vez que la llamaba así y corría al refugio de su cuarto. Mal de orgullo, pensaba entonces. Lo curioso es que Verito jamás intentó sacarlo de su error, como si le gustara aquella confusión. No como a mí, que estaba todo el día corrigiéndolo, intentando conectarlo con la realidad, mantenerlo asido al presente como un cuadro a un clavo. Empezó a decir que estábamos en mayo cuando estábamos en abril, y yo me la pasaba apuntándole: «No es mayo, es abril.» Él se enfadaba conmigo y se ponía hostil. Me gritaba, me amenazaba, me empujaba. Su frustración le hacía violento, hasta que llegó un momento en que temí estar despertando a la bestia. Yo sabía que él era capaz de asesinar. Al menos, había sido capaz de hacerlo en sus cinco sentidos, así que, ¿por qué no cuando estaba fuera de control y aturdido por la frustración de estar en discordancia con su cerebro? Cuando se ponía agresivo, buscaba la protección de Rubén. Lo llamaba a gritos, y eso alteraba a Eduard aún más. No lo reconocía y creía que un extraño había entrado en su casa. Entonces se ponía a llamar a voces a Petra. Muchos gritos. Muchos nombres desconocidos. Eduard buscaba con desesperación la salida del laberinto. Entonces Rubén, su ariadna de pectorales gigantes como estelas olmecas, le tendía un hilo. Le hablaba como si sostuviera entre sus manos a un colibrí. Lo dejaba aletear entre sus brazos hasta que Eduard se iba calmando, sosegando. Y después de un rato, Eduard parecía reconocerlo, y le suplicaba:

—Jaime, amigo mío, llévame con mi madre.

Mezclaba todo. Su memoria se volvió repetitiva. En sus momentos de lucidez, se daba cuenta. Sabía que su alma abandonaba el cuerpo e intentó compensar su falta de memoria escribiendo notas en una libreta. Eso fue la locura. Las notas se convirtieron en una pesadilla. En el enemigo. Cada cosa que escribía se convertía en una obsesión. Una vez escribió: «Pasear al perro.» Eduard no tenía perro, pero se obsesionó con que se le había escapado. Hubo que encerrarlo bajo llave para que no saliera del departamento a media noche o a pleno día, en busca del dichoso perro imaginario. Llamaba angustiado una y otra vez, preguntando dónde estaba Niebla.

—Se me ha escapado, se me ha escapado.

Irrumpía en cada recámara aventando portazos, llamando a gritos a su Niebla. A todos se nos compungía el corazón. No puedo explicarlo. Asistíamos al desvanecimiento de una persona. No es que desapareciera, es que se convertía en otro. Y nada se podía hacer para que volviera. Eduard era otro.

En otra ocasión escribió: «Examen de letras mañana» y esta vez, quién sabe cómo, consiguió apuntar mi número de teléfono junto a la nota. Me llamaba constantemente. Mi buzón de voz se llenó al no poder albergar el sinnúmero de mensajes que dejó grabados:

Martes 10:30 am: «Soledad, hoy tenemos examen.»

Martes 10:45 am: «Soy Eduard Castells, profesor, llamo para preguntar a qué hora es el examen de hoy. Gracias.»

Martes 11:00 am: «Hola, Soledad. ¿Cómo te fue en el examen? Llámame. Quiero saber.»

Martes 11:10 am: «Buenas tardes, busco a la profesora Soledad, hoy me van a hacer un examen.»

Martes 11:24 am: «¿Eduard?... ¿me llamaste?»

Martes 11:35 am: «¿Quién es? Hola. ¿Quién llama?»

Martes 11:42 am: «Soledad, ¿a qué hora es el examen? Tengo aquí una nota que dice que hay examen. Llámame por favor.»

Buzón de voz lleno. Fin de los mensajes recibidos.

Sin embargo, conmigo aún mantenía cierta conexión. A mí al menos nunca me cambió el nombre. Yo seguía siendo Soledad, aunque empezó a creer que éramos compañeros universitarios. Él creía que teníamos la misma edad, que estudiábamos juntos, que su casa era mi casa, y no en el ambiguo sentido que los mexicanos damos a esa frase en un afán hospitalario que vuelve locos a los extranjeros, en verdad, él creía que ese departamento blanco e impoluto no le pertenecía, y a veces entraba en cólera exigiendo que lo lleváramos a su casa. Su desesperación era real.

—¿Por qué me tenéis secuestrado? ¡Dejadme ir! ¡Quiero irme a mi casa! ¡Peeeeetra!

No había manera. Muchas veces pensé que la única solución sería sedarlo, pero entonces aparecía Rubén, cariñoso y paciente, y le hablaba hasta hacerle entrar no en razón, sino en calma. Fue una época dolorosa. No sé por qué, tenía la sensación de que quien más sufría, escondida bajo el peso de un silencio atroz, era Verito. A veces, cuando iba a la cocina a buscar un vaso de agua, la encontraba llorando. Pero ella no se abría. Una almeja no sabe despegar las valvas si no la metes en agua hirviendo. Y yo la dejé cerrada en su frío secano. Rubén, por su parte, sacó a relucir la casta de su formación universitaria y su vocación de servicio con una dignidad indescriptible. Rubén lo ayudaba, lo cargaba, le ayudaba a vestirse. Parecía un padre amoroso. Los papeles se invirtieron y el muchacho se convirtió en el padre del hombre. No creo que un hijo hubiese desempeñado mejor papel. Rubén, ganando por goleada a todos los hombres que he conocido, consiguió ganarse mi respeto a contrapié.

Un día, descubrí a Eduard copiando mis apuntes, es decir, sus recuerdos. Los tenía acomodados por fechas en un folder amarillo tamaño oficio que se asemejaba más al escritorio de un burócrata en la época de las máquinas de escribir. A pesar de que Eduard ya no podía valerse por sí mismo, todos estuvimos de acuerdo en que debíamos salvaguardar hasta el límite su independencia, e intentábamos dejarlo solo en las habitaciones del departamento, a no ser que escucháramos ruidos o algo inusual. Lo dejábamos estar en paz. Así fue cómo Eduard tuvo tiempo de tomar las carpetas con las que solía auxiliarme y esparcir los textos sobre la mesa, por el suelo y desordenar sin decoro el orden cronológico de los acontecimientos que yo con tanto esmero había archivado. Cuando entré casi me da un infarto. Retuve a media garganta un grito de espanto para no alterarlo. Mi trabajo de meses enfangado en tachones, borrones, hojas hechas añicos. Lo encontré en el suelo, con las manos rojas de tinta, transcribiendo en su libreta algunas de las páginas que él mismo me había dictado. Con plumón rojo había encerrado en círculos todas las veces que aparecía la palabra *Olvido* y había tachado con violencia cada vez que leía el nombre *Irene*. De las hojas salían flechas en todas direcciones apuntando hacia ninguna parte. Con rojo también aparecía la pregunta *¿Por qué? ¿POR QUÉ?* Y al final de todo, con mala letra y subrayado, había escrito *¿Cuál es el secreto que se cuenta?*

—¿Qué haces, Eduard? —dije sentándome junto a él.

—Falta algo, falta algo…

—Deja eso, Eduard, ven, vamos a sentarnos.

—Déjame en paz.

—Eduard, vamos a lavarte esas manos.

—¡NO ME TRATES COMO A UN TARADO! ¡VETE! ¡LÁRGATE DE UNA VEZ!

Una vez, siendo aún pequeña, mi madre me llevó al zoológico de Chapultepec. De todos los animales que allí vi, el único que me causó un gran impacto fue el gorila macho de lomo plateado. Era gigante. Monumental. Parecía estar en calma, mascando hierbas que arrancaba del suelo. Nos miraba desde su pequeño-gran espacio con expresión incrédula, preguntándose qué diantres hacía él allí, mascando hierba en solitario, frente a las lejanas miradas de todos nosotros tomándole fotos. De pronto se puso de pie. No estaba enfadado, ni fuera de sí. Tan sólo se irguió para observarnos con toda su majestuosidad. Ahí, parado, parecía decirnos: «Si te acercas, te aplasto de un manotazo.» Ese día, cuando Eduard me corrió del despacho, en lo primero que pensé fue en ese gorila.

También tuvo una etapa hormiga en la que arrumbaba en su recámara todo lo que encontraba. Un día de tantos, encontró una vieja caja de galletas de metal llena de entradas de los diferentes espectáculos a los que había asistido. Así me enteré de que Eduard había sido un melómano. Tenía un palco en el Palacio de Bellas Artes, que no es que fuera suyo sino que siempre compraba la entrada en ese lugar: «su palco». Encontrar esas entradas viejas, algunas de más de dos décadas —hubieran hecho la delicia de algún coleccionista—, resultó ser una condena. Eduard se obsesionó con querer ir a ver a Sofía Cancino de Cuevas interpretando *L'italiana in Algeri* de Gioachino Rossini, o a Plácido Domingo en *El último sueño*, del compositor José F. Vásquez. Se ponía de punta en blanco dispuesto a salir y había que detenerlo en la puerta, con el consiguiente berrinche de impotencia, y tardábamos horas en convencerlo de que no había función.

Le dio por comer pencas enteras de plátano porque no recordaba haber comido ninguno. Le dio por guardar cosas inverosímiles en sus cajones, desde basura hasta insectos muertos. Le dio por escribir compulsivamente sobre mis notas, rayar mis escritos y tirar papeles. Seguía creyendo que éramos contemporáneos. Todo ese sinfín de pequeñas cosas aparentemente inocuas lograban hacerme sentir en el vestíbulo del infierno dantesco. Hasta que meses después, bajó la guardia. Curiosamente, cuando la enfermedad se agudizó, todo se volvió más simple. Dejó de oponer resistencia y se dejaba ayudar. Rubén dejó de batallar tanto. Eduard se dejaba vestir, cambiar, limpiar.

Fue entonces cuando aprendí a seguirle la corriente, y al hacerlo, al aprender a escuchar los recuerdos sin edulcorar, sin maquillaje ni cartón, descubrí su secreto. Me costó atar cabos, porque al principio pensé que el verdadero Eduard había sido el otro, el «sano», y que el senil era un embaucador. Qué equivocada estaba. Poco a poco lo desenmascaré. Allí, rendido ante lo inevitable, limpio, como el viajero que llega a la región más transparente del aire —diría Humboldt—, lo conocí. Y supe entonces cuál era el regalo que me hacía, que me había hecho de la manera más generosa, aunque hasta el final no fui capaz de entenderlo.

4

Me mudé a casa de Eduard, porque él preguntaba por mí a media noche y no verme le causaba ansiedad. Sería sólo por unos meses. De todos modos, prácticamente ya vivía allí porque llegaba temprano y me iba muy tarde, así que trasladarme significó menos desplazamientos, menos quehaceres en casa y un buen baño a presión con agua caliente a las seis de la mañana. Además, así pude convivir más con Rubén, con quien empezaba a sentir cada vez más afinidad.

Al principio pensaba que en su mochila cargaba revistas médicas, mancuernas de un kilo para hacer pesas entre comidas o cargadores del móvil, pero resultó que el cierre amenazaba con estallar porque estaba repleta de libros. Siempre me pregunté qué haría Rubén mientras Eduard pasaba las horas conmigo. Resultó que leía. Le gustaba leer en voz baja. Siempre estaba con un libro en la mano. Cuando Eduard dormía su siesta, me escapaba a la sala para platicar con él. Descubrí que le causaba placer conversar sobre libros. Una vez le recomendé *La insoportable levedad del ser*.

—¿Ya la leíste?

Rubén me echó unos ojos de pistola. En el gatillo tenía escrita la palabra *esnob*.

—Demasiado existencialista para mi gusto. ¿Nunca has leído por capricho?

—¿Cómo dices?

—Sí, por capricho, porque te da la gana, a sabiendas de que no es una obra maestra.

—No recientemente… ¿y tú?

—Yo sí. Leo de todo. Hay cierto placer escondido en leer libros malos.

De pronto tuve en *déjà-vu*, como si estuviera en uno de mis desayunos con Fernanda. Pero justo cuando estaba a punto de levantarme con una sonrisa tan falsa como el beso de Judas, soltó una maravillosa perla cultivada:

—¿No serás de esas personas que hacen de la calidad un fetiche? Yo arqueé una ceja, un tanto atónita.

—¿Perdón?

—Sí, una de esas que sólo leen novelas «buenas», ven películas de Oso de Berlín, oyen música clásica y sólo hablan de política con gente con doctorado, cuando, aquí entre nos, el doctorado no quita lo pendejo.

Yo sonreí. Desde luego, en lo que se refería a películas malas le ganaba por goleada.

—Eeh… bueno… —sonreí— leí *El código Da Vinci*, si te refieres a eso.

—Ah, bueno, entonces eso te exime de pertenecer al grupo de personas que piensa que hojear *El código Da Vinci* les va a dejar el encefalograma plano —y luego, con una naturalidad pasmosa, añadió—: Yo aprendí a leer libros malos desde niño. Me gustan porque son un espejo de los buenos que pretenden imitar. Es como una gran *Parodiando* versión literatura. *Los puentes de Madison County*, por ejemplo, es un *Madame Bovary* con milpas.

El estruendo de mi risotada vibró en mis entrañas.

Estuvimos intercambiando opiniones sobre los mejores-peores libros de nuestra vida, y salieron a relucir unas cuantas risas más. Él mencionó unos cuantos de los que yo no había oído en mi vida. Reír fue una lluvia fresca que dejó un bochorno al apagarse. Después, ya más serio, me preguntó:

—¿Leíste *La delicadeza*?, es de un chavo francés.

—No.

—Es muy entretenida. Creo que van a hacer la película, si no es que la hicieron ya.

Pensé en mi madre. Seguro que ella preferiría ver la película, aunque si era francesa, igual se la ahorraba hasta que hicieran la versión Hollywood.

—¿De qué trata?

—Ella es una mujer felizmente casada, pero enviuda repentinamente. El libro es la historia de cómo supera la muerte del marido. Pero no es trágica ni nada. Está padre. Te ríes mucho. Léela. Te va a gustar.

—No tienes pinta de ser romántico.

—¡Uy! —dijo sonriendo—, soy el peor de todos.

Y sonrió a lo Bruce Willis en *Moonlighting*.

A Rubén y a mí nos unió la convivencia con la decadencia. Hablar de libros leídos o por leer cubrió una mutua necesidad de llenar el vacío, de disfrutar de la vida cuando nos pasábamos el día viendo a un hombre vital deshacerse ante nuestro ojos como el papel quemado. Leer fue una balsa en un mar que nos fagocitaba. Muchas veces, aunque empezábamos hablando de un libro, terminábamos hablando de nosotros, de nuestras preocupaciones, miedos y anhelos, porque los libros tenían el poder de resucitar fantasmas en las voces de personajes ficticios curiosamente similares a nosotros. Ése fue nuestro refugio. Leer nos permitió sobrevivir, reforzar la vaga certeza de que la muerte no nos alcanzaría aún, a pesar de convivir con ella. Nos dio por leer libros en donde se hablaba de la muerte de una manera que, si bien no era optimista, los protagonistas superaban con entereza, sin que ello fuese en detrimento del dolor ni del duelo. Se nos volvió costumbre tomarnos un café en la cocina, y en lugar de decir *¿Qué tal el día?*, *¡Qué frío hace!* o *¿Viste el partido de ayer?*, preguntábamos *¿Qué estás leyendo?* En un país en donde el cuarenta por ciento de la población jamás ha entrado en una librería, aquello resultaba esperanzador. Rubén abría las ventanas por las que circulaba un aire de letras inmortales, regulares o estúpidas, daba igual, y al fin pude mantener con él las conversaciones que jamás mantuve con Manuel. Me recomendaba leer a autores vivos. Pocas veces mencionó a los clásicos, como si haber leído *Rayuela* y *La Regenta* se diera por sentado. Me recomendó *La ridícula idea de no volver a verte*, un libro que —me aseguró— nos haría comprender el proceso de Eduard, si no más, sí mejor, pues enfrentaba la pérdida de un ser querido regada con pasajes del diario de Marie Curie, quien —aparentemente— debajo de ese rostro adusto y seco, escondía a una mujer apasionada que había amado a su Pierre más que al radio que la mató. Y ya metidos en temas de viudedades y muertes, le recomendé un libro del que le hablé una vez a mi madre, pero ella, con su fobia al cáncer, por supuesto no pudo leer. *En tiempo de prodigios* se llamaba (por una frase de Sergio Pitol: «Si bien es cierto que vivimos tiempos crueles, también es cierto que estamos en tiempo de prodigios»), en donde una hija se sobrepone lentamente a la muerte de su madre (por un cáncer), envuelto todo ello en una intriga de espías en la Segunda Guerra Mundial. A mí, la parte que más me gustó —y para mi dicha, también a Rubén— fue la de la madre. Leer ese libro me hizo querer más a mi madre, comprenderla, extrañarla, como si la literatura tuviera el poder de convertir en propias las experiencias ajenas. Nos preguntábamos si sería autobiográfica, o si sería una ficción demasiado semejante a una realidad dolorosa. La ficción también tenía el don, aseguraba Rubén, de disfrazar de mentiras verdades que no nos atrevemos a decir de viva voz. A partir de entonces, empecé a leer con promiscuidad todo lo que cayó en mis manos, sobre todo de jóvenes, si bien Rosa Montero no entraba ya en la categoría de menores de cuarenta, pero (¡qué demonios!) no estábamos haciendo una lista.

Descubrí que Rubén tenía el alma de un bailarín de Maurice Béjart atrapada en un cuerpo de cadenero de antro. Me hacía reír y me motivaba a leer. Y pude darme cuenta de cuánto tiempo llevaba sin hablar con alguien. De hablar realmente con alguien sin tener que fingir ni demostrar nada. De hablar por placer, sin compromiso. Sin evitar silencios. Y es que a pesar de haber estado casi medio año trabajando con Eduard, a pesar de haber estado seis meses yendo a una casa habitada por más gente, a pesar de haber estado siempre acompañada, las historias de Eduard, su doble rasante, su decrepitud y la enfermedad acechando desde las sombras me oprimían el corazón. Hablar con Rubén me hizo sentir menos sola. Rubén fue mi isla en medio de la tempestad.

He dejado de llorar bajo la lluvia. Ya no voy a compadecerme más. He decidido abrazar lo tangible en mi vida: Eduard se desvanece. Rubén me escucha. Mi madre está presente. Tengo una historia por contar.

5

Se reconocieron al instante. Y como una helada cubre de escarcha los campos en primavera, algo en el interior de Olvido se congeló.

Él tenía el mismo aspecto, aunque el gesto era más abrupto. Provocado, quizás, por llevar demasiado tiempo sin sonreír. Su rostro no mostraba la picardía de la juventud, ni la paz de saberse comandante de su destino. Su alma parecía vieja. Era, diría Marguerite Duras, como si muy pronto en su vida hubiera sido demasiado tarde. Pero ahí estaba él, y no podía creer que la vida se lo sirviera en charola con tanto descaro. Maldito —¿o bendito?— destino, siempre girando en espiral, poniéndole en las narices los coletazos de un final cuando ansiaba un principio. Allí estaba Eduard, su primera ventana al mundo, restregándole en la frente un pasado del que había salido huyendo hacía no mucho. ¿Por qué tenía que venir a encontrárselo ahora? ¿Por qué no podía ignorarlo? Cada vez que lo veía por el plató, aún sin necesidad de dirigirse la palabra, oía una voz llamando a Irene para sacarla del letargo. Tenía que ser más Olvido que nunca. Y eso le costó más trabajo de lo que en un principio creyó poder soportar.

Eduard también la reconoció al verla, pero de manera distinta. Reconoció a la niña de la pensión, pero no a la mujer en la que se había convertido. Así, incapaz de aunar esa santísima trinidad en la misma persona, las asumió distintas. Olvido no era Irene. Su Irene no tenía tantas aristas. Olvido, en cambio, era un erizo de mar. No podía agarrarla sin clavarse un montón de espinas. Eduard supo que jamás volvería a ver a Irene. Y al hacerlo, pensó en las viudas de los pescadores gallegos, esas mujeres acostumbradas a llorar las muertes de sus hombres sin un cadáver que enterrar.

Sin embargo, los ojos traicionaban su voluntad y ni ella ni él podían evitar mirarse, no tanto por la nostalgia, sino por la extrañeza de intentar reconocer a sus otros yos. A sus ellos de antes. Se miraban de soslayo, de frente y de espaldas cuando pensaban que el otro no miraba. Lo cierto es que jamás hubo en la historia del disimulo peores jugadores.

Michael Fake también reconoció el olor de los amantes. Estaba acostumbrado a las miradas que suscitaba su mujer, él la había creado así: carnal y apetecible. No era ajeno al deseo. Pero que ella mirase con tanta insistencia a un muchacho de la producción fue una novedad. Era celoso con conocimiento de causa. No creía en la fidelidad y como estaba harto de poner cuernos a diestra y siniestra sin perder ni el sueño ni sus ronquidos de búfalo, no se fiaba de la monogamia de nadie. Lo sabía bien. De todas sus amantes sólo un par fueron solteras y habían resultado ser un incordio. Las casadas eran mucho más excitantes, más lujuriosas y menos insidiosas. Las solteras enseguida querían anillo y promesas de fidelidad eterna, un engorro innecesario. A las casadas, con un buen polvo (no porque fuera un extraordinario amante sino porque era un amante distinto) y un poco de mimos para sacarlas de la rutina, las tenía a raya durante un mes. Muchos años siendo un cabrón le hacían reconocer las miradas coquetas con la misma estridencia con la que pita una tetera hirviendo. Y Olvido echaba vapor hasta por las orejas.

6

Siempre me han gustado los principios de las novelas. Los leo y releo hasta aprendérmelos de memoria, como si al hacerlo los hiciera más míos y menos del autor. Al fin y al cabo, la prosa —como la poesía— no es de quien la escribe sino de quien la necesita, como dice el chileno Antonio Skármeta en boca del cartero de Neruda. Es un sentimiento ambiguo, esto de saborear arranques, porque al mismo tiempo que leer una frase perfecta y redonda me causa placer, me corroe la envidia. Envidia de la mala, que es la única envidia que se precia de serlo. Nunca seré capaz de lograr un arranque universal en plan «Todas las familias felices se parecen», o empezar desde el origen como en «Nació con el don de la risa y con la intuición de que el mundo estaba loco». Ya ni hablar de un «Lolita, luz de mi vida, fuego de mis entrañas. Mi pecado, mi alma. Lo-li-ta: la punta de la lengua emprende un viaje de tres pasos desde el borde del paladar para apoyarse, en el tercero, en el borde de los dientes.» Pero en fin. Éstas son ideas que me asaltan mientras intento que no se doren de más las flautas congeladas que estoy preparando para la cena. Verito ha ido cediendo terreno. Creo que ya no me ve como el enemigo por vencer, o tal vez, como no pudo vencerme ha preferido unirse a mí, como aconseja Napoleón. ¿O seré yo quien no puedo vencerla? El caso es que de vez en cuando me deja freír tacos de pollo congelados, aunque a ella le horrorice comer cualquier cosa proveniente de una bolsa *ziploc* y me mire como un dechado de vicios culinarios.

Verito es una mujer callada con mucho por decir. A veces pienso que sería yo quien enmudecería si ella un día empezara a despepitar. He aprendido a respetar su mutismo. No le gusta hablar, aunque tengo la impresión de que no se le escapa una. Los callados suelen tener la virtud de escuchar porque no están acostumbrados a interrumpir. No como yo, que no me callo ni debajo de la ducha. Verito es como un monje que se regocija en los sonidos del mundo y no en los propios. A Eduard le gusta que lo acompañe en su recámara. He notado que lo tranquiliza. Él la sigue llamando *Petra*, pero ella jamás lo saca de su error. Una vez, presa de la curiosidad más mezquina, me acerqué al cuarto de puntitas. Quería espiarlos, ver qué tanto hacían esos dos ahí encerrados. La puerta estaba entreabierta y no tuve mayores dificultades que la de respirar muy despacio para no ser descubierta. Él dormía. O dormitaba. Verito le acariciaba el pelo entrecano, como un ciego acariciaría a su moribundo lazarillo. No hablaban. Tan sólo se acompañaban en una complicidad que iba más allá de las penas compartidas, más allá del torrente de tristeza. Entendí por qué su presencia lo tranquilizaba. Verito era la única habitante de esa casa que seguía viendo en él a la persona que había sido. Y él parecía saberlo. Se me hizo un nudo en la garganta. Así estuvieron largo rato, pero ella debió de sentir mi mirada porque de pronto se levantó de un brinco, se planchó la falda con las manos y abandonó la habitación.

Llevo viviendo en casa de Eduard casi un mes y extraño salir a pasear al centro de la ciudad, perderme por las librerías de Donceles, darme una vuelta en la ecobici y charlar con gente que sabe quién es, quién ha sido y dónde vive. La colonia Del Valle está bien, pero no son mis rumbos y a veces siento que me he ido a otra ciudad.

El rastro de Eduard se difumina como si estuviera pintado con pasteles y pudiera borrarse de un manotazo. Cuando lo conocí, jamás me imaginé que llegaría a verlo deteriorarse de esta manera tan rápida e injusta. Incluso pensé que podríamos ser amantes. Qué cosas. Así son las personas valientes, esquivan el envite de la enfermedad a sabiendas de que la desdicha está agazapada en una esquina. Disimulan hasta lograr engañarse a ellos mismos. Necesitan esa esperanza. Capotear el miedo. Necesitan sobrevivir. Eso es lo que me mantiene aquí, escribiendo, a pesar de que apenas me cuenta nada ya.

He revisado los cajones que llenamos, uno a uno. He llorado al leerlos, no por la historia allí encerrada sino porque me acuerdo del momento compartido. Ha pasado tan poco tiempo y a la vez tanto. Me voy a comer un taco y a dormir. Rubén duerme en la recámara contigua a la de Eduard y yo en la del otro extremo. Me gusta pensar que leemos a la par, cada uno desde su propio silencio hasta el final del cansancio.

—Buenas noches —le digo a media voz a pesar de que sé que no puede escucharme. Y apago la lucecita de mi mesa de noche.

Ring. Ring. El timbrazo me espanta el sueño justo cuando empieza a envolverme. ¿Teléfono a estas horas? Lo busco a tientas sobre mi mesa de noche, aunque el brillo de la pantalla delata su exacta ubicación. *Ring. Ring.* Ya voy… Ya voy.

—¿Bueno? —contesto adormilada.

—¿Estabas dormida? ¿Desde cuándo te vas a dormir a las diez y media de la noche?

—Desde que me levanto a las seis. ¿Qué pasó, mamá?

—Ah, perdona, hijita. Es que quería invitarte a comer mañana.

—Ah… ¿Mañana? Sí, sí. Claro.

—Perfecto. Créeme: ¡no te arrepentirás!

—(… ¿?) ¿Y eso?

—Tú confía en tu madre. Ya te dejo dormir. Mañana a las dos en mi casa. No vayas a llegar tarde que ya sabes que me molesta.

—Sí, madre. Ahí te caigo.

—¡Hasta mañana! Que descanses, hija.

—Buenas noches, mamá.

Colgué con una terrible sensación de modorra. La última vez que mi madre me invitó a comer fue para decirme que se casaba con Arturo. ¿Y ahora, qué querría? Como fuera para presentarme un galán le iba a ir como en feria. Le tenía prohibido hacer de Celestina. «No te arrepentirás», ¿había dicho eso? Con los reflejos bajos por el sopor no había puesto atención. Ah, bueno, qué más da. En el fondo, tengo ganas de verla. Me vendrá bien cambiar de aires un rato. Cogí el teléfono, verifiqué la hora del despertador y esta vez lo puse en silencio, para no recibir ni groupones, ni correos con publicidad, ni llamadas de mi madre a medianoche.

Una mesa de un bautizo en la Hacienda de Los Morales no hubiera tenido más cubiertos que la mesa que vistió mi madre. No cabía un tenedor más entre los lugares de los comensales, que éramos —para mi tranquilidad— solamente mi madre y yo. Cuando me recibió, parecía estar regocijándose, saboreándose un secreto que le ardía en el cielo del paladar. Sin embargo, y haciendo gala de autocontrol, no dijo nada. Yo tampoco pregunté. Sabía que mi madre decía las cosas cuando tenía que decirlas, ni antes ni después, y no se saldría del guion así se le apareciera Martha Stewart en persona. Así que, ¿para qué quemar mi pólvora en infiernitos? Esperé pacientemente a los postres, el momento propicio, según todos los libros de protocolo del mundo, para la hora de los anuncios.

Durante la comida, le hablé de Eduard, de lo mal que estaba y de lo difícil que resultaba todo, a pesar de las comodidades, enfermeros y servicio doméstico. Debí mencionar demasiado a Rubén porque de repente me preguntó por él.

—Tú y este tal Rubén, parecen llevarse muy bien…

Su tono no dejaba dudas de por dónde iban los tiros. Como no tenía ánimo para enfrascarme en un interrogatorio de tintes amorosos, corté por lo sano:

—Es gay, mamá.

Fin del tercer grado. Que Rubén fuera gay enseguida lo convirtió en inofensivo, insípido, incoloro e inodoro. Dejó de interesarle como individuo, cuando a todas luces era el hombre más interesante con quien me había cruzado en los últimos meses. Mucho más interesante que Manuel, desde luego. Al menos Rubén sabía compartir sus pasiones. Manuel era un solitario. Un espíritu libre. Quiero creer que Manuel me amaba a su modo. Incluso creo que intentó amarme como yo esperaba, pero ahora sé con la objetividad de la distancia, que siempre valoró más su soledad. A Rubén, en cambio, le gusta la complicidad. Pensar así ha empezado a liberarme. El primer paso hacia la superación de un amor trunco no es el olvido, sino la desidealización. Pero conozco a mi madre y sé que estos temas le incomodan. La homosexualidad a su juicio no es más que la manifestación expresa de una generación incapaz de asumir compromisos, al grado de preferir mantener relaciones con su mismo sexo para evitar embarazos, colegiaturas y ataduras de por vida. ¡Y ese sinsentido lo dice mi madre!, que fue la primera en ligarse las trompas cuando tuvo oportunidad. Su cerebro debió hilar la supuesta homosexualidad de Rubén con las teleseries, porque de pronto dijo:

—Deberías ver *Retorno a Brideshead.*

—¿La serie inglesa?

—Sí. Aunque hace poco, creo, hicieron la película. Mejor la serie, para mí gusto.

—Es una novela, ¿sabes?

—No será mejor que la serie, porque la serie... ¡Oh!, fue insuperable.

Y al decir esto mi madre se mordió el labio superior. Yo la dejé seguir:

—Te encantaría. Jeremy Irons y Anthony Andrews tienen una historia de amor con una tensión sexual espléndida... aunque a mí me ponía nerviosa.

—Mamá, tener amigos gays no quiere decir que ahora me interesen las historias homosexuales.

—Si tú lo dices.

Di un trago a mi vaso de agua buscando mantener la boca cerrada.

—Pues deberías verla, sólo digo.

Las dos corrimos un tupido velo y seguimos comiendo. Se veía ansiosa. Pero los postres aún no llegaban. Le recomendé un par de libros (de los tantos discutidos con Rubén) y cuando mencioné *Sunset Park* algo en su cerebro debió sonarle a Gran Bretaña (siendo que no hay nada más neoyorquino que Auster), porque enseguida se puso a deducir ideas más apropiadas para un Anthony Hopkins en *The Remains of the Day*, y me ordenó como mandato de la ley de Dios ver otra maravillosa serie inglesa:

—*Tienes* que ver *Downton Abbey.*

Por carambola a tres bandas, siguió con otras: tienes que ver *Criadas y señoras*, tienes que ver *Mad Men*, tienes que ver *Juego de tronos* .

—Yo la que veo es *Little Britain* —dije por seguir en el mismo tema.

—¿Ésa? La vi una vez y me pareció una ordinariez.

Claro. Eso me gano por sacar a colación una serie de personajes sarcásticos y esperpénticos cuando se está añorando la corrección victoriana. Opté por contestar a todo con un *Sí, mamá,* mientras intentaba que ningún pedazo de espinaca se colara entre mis dientes.

Y al fin llegaron los postres.

Mi madre pareció liberar presión como una olla exprés.

—Después de nuestra comida estuve investigando, ¿sabes?, sobre la actriz ésta de tu jefe.

—¿En serio? ¿Te metiste a Wikipedia?

—Hice algo más que eso: contraté un detective privado.

Eso no lo vi venir. Si me hubiera dicho que pensaba contratar un vientre de alquiler para tener un hijo con Arturo, no me hubiera sorprendido más. Dejé de remover la cucharilla en la taza de café.

—¿Que hiciste qué?

—Sí, ya sé que suena loco, pero no pude evitarlo.

—¿Y de dónde lo sacaste?

—Eso es lo más curioso… Verás, es como si el Universo me lo hubiera puesto a tiro. A la salida de mi clase de yoga me pareció que me seguía… ya estaba a punto de darme un infarto cuando este hombre se me acerca y me pregunta si tengo un minuto. Me enseña su placa de la policía federal y me dice que están buscando a una chica… me enseñó la foto y todo.

—¿La conocías?

—Por supuesto que no, no la había visto en mi vida, pobre chica. Pero estuve hablando con el poli un tiempo. Y entre la plática me suelta que también es investigador privado y me dio su tarjeta por si se me ofrecía algo, alguna vez. Después, se fue.

—Ay, mamá. No me digas que le hablaste. ¿A un federal? ¿Estás loca?

—Pues estuve pensando toda la semana, dándole vueltas y vueltas, y luego me dije: «¿Por qué no?»

—¡Eso es peligrosísimo, mamá! ¡A ver si no nos secuestran un día! Ay, Dios mío, Dios mío… —me lamenté con las manos en la cabeza.

—Ay, Sole, no seas melodramática. No pasó nada. Lo llamé, investigó y no sabes lo que descubrió.

Mi madre permaneció callada. Muda. Hizo una pausa digna del teatro de Beckett.

Abrí los ojos de par en par. La cucharilla detenida, la respiración en pausa. Parecíamos dos niñas jugando a quién parpadea primero. Perdí al preguntar:

—¿Qué cosa?

Mi madre tomó aire antes de decirme muy, pero muy despacio:

—Olvido no murió.

—¿Cómo que no? Lo ponían en la web… «murió en extrañas circunstancias»…

—¿Y te vas a fiar de lo que dice una enciclopedia en la que puede escribir cualquiera?

Una expresión semejante a la idiotez debió de dibujarse en mi cara.

—Pero murió…. —repetí escéptica.

—Claro, claro —sonrió ella—. Alguna ventaja debería tener ser dos personas, ¿no crees?

Me tomó unos segundos entender.

—¿Qué quieres decir?

—Quiero decir que Olvido sí murió aquella tarde, pero Irene sobrevivió.

—…

Mi madre tomó un sorbo de su café, regodeándose en su revelación hasta la vanidad.

Me miraba. Yo, incrédula, la miraba. Nos mirábamos.

—Tengo muchas preguntas —dije al fin.

—Y yo respuestas —dijo guiñándome un ojo delineado con *kohl* permanente.

Volví a remover la cucharilla en el café, como si con aquel gesto pudiese poner en funcionamiento el dinamo de la máquina del tiempo.

Eduard se acostumbró a su empleo como una gelatina se esparce hasta llenar los recovecos del molde. Hacer escaletas le hizo familiarizarse con la creación de historietas. Se aficionó a los cómics de Hergé. Pasaba largas horas estudiando viñeta a viñeta, porque las historias de Tintín eran lo más parecido a una película cuadro a cuadro. Por las noches, escribía cuentos que se le quedaban pequeños y los iba enlazando con historias más grandes. Aquello se le volvía un batiburrillo de personajes entrelazados de mala manera. Pero le gustaban sus historias. Cada personaje emanaba su propio olor, y de pronto se encontró conviviendo con un montón de seres que poblaban su imaginario. Pero también se sintió inseguro. Se dio cuenta de que jamás podría escribir si no compensaba su falta de lectura. No podía decirse que fuera un ávido lector. Leía, sí, pero con la moderación con la que se comen nueces garrapiñadas, sin empacharse y de vez en cuando. Decidió darse a la lectura como quien se da a la bebida, y todos los días se bebía los capítulos necesarios hasta embriagarse. Ése fue su método de aprendizaje. Para empezar la casa por el tejado, se leyó *Ulises*. Y ya no hubo marcha atrás. No hubo escapatoria ni pudo volver a ser quien era. Joyce ganó por *knock out, k.o.* Tocado por siempre. A partir de entonces, Eduard buscó repetir el milagro leyendo con voracidad. En el bolsillo trasero del pantalón siempre llevaba un libro doblado, por lo que se ganó el apodo de *Doblapáginas*. Y mientras en el plató todos mantenían las miradas fijas sobre la escena por grabar, Eduard se alejaba en busca del refugio de algún foco para robarle al trabajo un par de horas de lectura. Conoció la impaciencia cuando a medio capítulo le apagaban la luz o lo llamaban para que acudiera a apoyar a algún operario. Pero su vicio amenazaba amalgamarse con una fama de holgazán, por lo que empezó a decir que repasaba guiones escritos por él. La mentira lo rebasó por la izquierda cuando un director, al ver la concentración en la que estaba sumido, se interesó por sus escritos. Quería leer uno de sus guiones, le dijo, y Eduard se vio en la necesidad de escribir de la noche a la mañana para no quemar su coartada. Pasó la noche en vela, creando, inventando, escribiendo. Y ocurrió el milagro. Se sintió omnipotente. Todo giraba a su son. En la ficción podía huir de la impotencia, del fracaso, del amor no correspondido, podía vivir otras vidas. La sensación le provocó una subida de adrenalina mayor que la de hacer el amor. Mejor que cualquiera de los placeres conocidos. Descubrió que, después de tanto tiempo, acababa de encontrar el sentido de su vida.

Al director le gustó lo que leyó y le encargó un par de escenas más. Y así sembró una semilla que empezó a germinar y a echar ramas de inmediato, como un frijol en algodón.

Olvido deseaba que Eduard rompiera el cascarón y asomara la cabeza. Muchas noches, a pesar de los esfuerzos por evitarlo, se acordaba de Eduard sentado en la mesa, escribiendo en la intimidad. Él tenía talento. Lo intuía como en su primer beso. No necesitaba haber besado otras bocas para saber que el suyo había sido un buen beso. Bien dirigido, bien acompasado. Del mismo modo sabía también que Eduard antes de reconocerse escritor necesitaría otras palmadas en la espalda que no fueran las suyas. Necesitaba del reconocimiento ajeno, que los demás aplaudieran sus logros, sus avances, sus creaciones, y esa sería —justamente— su perdición. La tumba de cualquier creador se cava al pretender gustar a todos. Y a Olvido no le hicieron falta ni libros ni estudios para acceder a ese conocimiento.

Eduard empezó a escribir una novela. Un día tuvo una visión, una epifanía y empezó a vomitar letras sobre el papel. Escribía febrilmente. No comía, no dormía, fumaba mucho, no trabajaba y a punto estuvo de perder su empleo por estar fuera de foco. Pero le daba igual. En su cabeza sólo había lugar para una vida: la de ficción.

Mientras tanto, Olvido seguía levantando pasiones, filmando la película que la catapultaría al estrellato, daría carpetazo a su pasado y le abriría las puertas a una vida mejor. Una vida sin Michael. Llegaban flores de admiradores, de productores, de patrocinadores. Olvido Montealegre era la única capaz de hacer sombra a Sarita Montiel, ausente porque se había ido a América para grabar *Veracruz*. El barullo de gente subiendo y bajando no daba un respiro en el plató. Voces en grito, actuaciones, órdenes de *¡Corten! ¡Acción!*, extras disfrazados, personajes de época, mujeres blancas pintadas de apaches, mareas de gente con prisa. Hasta que llegaba la hora de comer y todo se sumía en una quietud de cementerio.

A las dos y media de la tarde, el plató se moría. Los trabajadores abandonaban el barco como las ratas en busca de comida, de descanso o de soledad. A saber. Cada uno a lo suyo. La oscuridad dejaba inertes los decorados, revelando la verdadera naturaleza de casas hechas de cartón piedra, salas de estar de hule espuma, cocinas huecas. Minutos antes, esos decorados parecían más reales que la realidad misma, mundos ideales a los cuales transportarse, más espléndidos, más armoniosos y perfectos que las casas de cualquiera de los trabajadores allí presentes. Al apagarse los focos e irse todos a comer, aquel mundo ficticio podía atravesarse con una jeringuilla.

Menos ellos dos. A las dos y media de la tarde. Ellos se quedaban. No se iban. No abandonaban el barco, sino que se quedaban para hundirse con él. Eduard y Olvido aprovechaban cada minuto de esas dos y media para combatir el hastío, perdonarse su testarudez y volverse a abrir las ventanas cerradas en el camino.

Se amaban. Y nada pudieron hacer para oponer resistencia.

Pero cuando perdieron el miedo apareció la imprudencia. Se acostumbraron a amarse a las dos y media de la tarde, cada tarde de cada día. Se acostumbraron de nuevo al sabor de un amor pasado demasiado reciente. Para Eduard era como amar a otra mujer. Olvido amaba diferente, besaba diferente, sabía diferente. Sin embargo, ella lo sentía a él exactamente igual, aunque ahora sabía a prohibido. Y por ese pequeño hilo de seda permaneció atada al adulterio.

Michael los dejó enfangarse a discreción. Necesitaba tener algo que echarle en cara a su Olvido, a su creación, para poder manipularla y chantajearla. Su infidelidad fue la excusa perfecta. Todas las tardes a las dos y media, Michael fingía marcharse. La dejaba a merced de la lujuria, en el jardín de las tentaciones, para pecar a voluntad. Los dejó hasta donde lo consideró necesario. Y entonces, cuando se cansó de poner la carnada, entró en el camerino de Olvido sin sorprenderse. Se sentó al borde de la cama. Olvido intentó jalar las sábanas con violencia y Eduard no supo cómo ocultar la expresión azuzada del rostro. Michael sólo dijo:

—*Well, well,*... Pichoncito, esto te va a costar muuuuy caro.

8

—¿Me estás diciendo que Eduard no la mató?

—No. No les tocó un solo pelo.

Me quedé atónita.

—No puede ser… ¿Pero cómo? ¿Cuándo?... ¿Cómo lo sabes?

—Porque no se puede hablar con un muerto.

—¿Quieres decir que la has visto? ¿Has hablado con ella?

—Sí.

No podía creerlo. Mi madre había dado con su paradero. De nuevo me dejaba boquiabierta. Cuánto tiempo llevaba yo conviviendo con Eduard, escuchando sus historias, pero había sido mi madre con sus locuras, bravuconadas y métodos poco ortodoxos quien había conseguido localizarla en un santiamén. Pero lo que realmente me tenía perpleja era que Eduard hubiera sido capaz de inventarse todo aquello. Recordé su rostro el día que me contó del doble asesinato. Estaba disfrutando. En verdad, estaba gozando con su manipulación, con sus embustes. Me estaba probando.

—Entonces, ¿Eduard me mintió?

—Todo el tiempo.

—Pero… ¡me estaba contando su vida para guardar sus recuerdos en un banco! ¡Ahí están las cajas!… ¿por qué haría algo así? ¿Por qué mentir?

Y de pronto, mi madre, con una clarividencia sorprendente, me dio la clave.

—¿Y si no estuviera contando su vida, sino una invención de su vida? Una…

—… una novela… —terminé.

Permanecimos en silencio unos instantes. La cabeza nos daba vueltas.

El escritor resurgiendo de las cenizas.

—Pero Eduard ya está muy mal, no hila una idea con otra, ni siquiera reconoce a la gente que vive con él, va a ser imposible saber la verdad.

—Entonces —dijo mi madre— sólo te deja una opción.

—¿Cuál?

—¿No es evidente? Vas a tener que hablar con Irene.

Irene. Olvido. A esas alturas estaba hecha un lío.

—Bueno —dije armándome de valor—, dame su teléfono para llamarla. Vive en España, ¿no?

Y mi madre dando un chasquido como escuincla en noche de reyes, exclamó:

—¡Ésa es la mejor parte! Prepárate: vive en México desde hace años.

Antes de entablar cualquier tipo de contacto con Olvido, o con la mujer que había sido Olvido, decidí hablar con Eduard. A lo mejor, por alguna razón, su cerebro hacía clic durante un minuto o dos, y podía decirme algo. O tal vez, pensaba, podría decírmelo en clave. O quizás, ahora que sabía que todo lo que me había contado era una invención, podía leer con otros ojos, como cuando era pequeña y volvía a leerme los libros de Agatha Christie nada más descubrir al autor del crimen, sólo para comprobar que la información siempre había estado ahí, a mi entera disposición desde el principio, aunque no la suspicacia de Hércules Poirot. Ahí residía la gracia de *Diez negritos*: el detective nunca sabía más que el lector.

Volví a casa de Eduard, mi casa, su casa, pensando que se me notaría la culpa nada más meter las llaves en la cerradura. A diferencia de Eduard, que me había dado una lección magistral en el arte de mentir, a mí se me notaba el engaño sin tener que abrir la boca. Me delataba entera. Ni siquiera podía controlar el latir del corazón. Parecía que acababa de subir los diecisiete pisos por las escaleras.

Cuando llegué, Eduard estaba en la sala, con los pies sumergidos en un barreño de agua. Rubén se los estaba lavando como Magdalena a Cristo.

—Hola, guapa —dijo Eduard—. Ven y siéntate con nosotros.

171

Supongo que Rubén debió detectar la pesadumbre en mí, porque cuando me senté me acarició la espalda.

—¿Todo bien? —me preguntó.

—Sí, sí. De maravilla —mentí.

La mirada ciega de Eduard me sumió en un charco de dudas. Aun así le pregunté:

—¿Cómo va la novela?

Rubén dejó de tallar con la piedra pómez y levantó la cabeza, pensando que la pregunta iba dirigida a él. Para mi sorpresa, Eduard se le adelantó:

—No sé, ¿cómo va?

Me quedé helada. Contestaciones que antes me parecían vagas ahora cobraban sentido. Un sentido ambiguo y maquiavélico, pero sentido al fin.

—Pues me falta atar muchos cabos sueltos —dije.

—Ah, sí, los malditos cabos sueltos que hay que amarrar. Amárralos antes de que se hagan un nido.

—Un nudo.

—No —me corrigió—. Un nido de víboras.

Me quedé estupefacta.

Me fui al despacho y recopilé todos los papeles que Eduard solía arrebatarme para tachar y enmendar mis escritos. Vacié la lata con la correspondencia vieja. Buscaba algo. Lo que fuera. Pistas. Señales. Y de pronto, ahí estaba. *Olvido* en rojo. *Irene* tachado. Frases aquí y allá. Y una frase recurrente, cada vez más virulenta: *¿Cuál es el secreto? ¿Cuál es el secreto que se cuenta?* Cada vez estaba más segura de que Eduard me había manipulado a cielo abierto.

—¿Cuál es el secreto? —repetí. Y me quedé leyendo los falsos recuerdos durante el resto del día.

Mi madre me llamó al celular a eso de las cuatro.

—¿Cómo va todo?

Contesté en voz baja, poniendo la mano sobre el auricular para tapar mi voz. De vez en cuando miraba hacia la puerta, como si alguien pudiera descubrir mi conversación. A ese grado de paranoia llega una cuando anda destapando coladeras.

—Uf, mamá. No sé. Estoy releyendo los recuerdos, a ver si hay alguna pista. Pero ya no sé qué pensar. No me creo nada. Incluso dudo de que su madre haya muerto por una explosión de gas. ¿Habrá forma de averiguar eso?

—Pues puedo buscar en el registro civil de internet. Arturo me puede ayudar.

—Vale.

—Deberías buscar un acta de nacimiento, o algo así.

—Mmmm… documentos… sí, buena idea. A lo mejor en el trastero hay algo.

—Bueno, cualquier cosa, me avisas. ¡Esto es como un capítulo de *Esposas desesperadas*!—dijo mi madre sin poder fingir indiferencia.

—Sí, mamá. Nos hablamos.

—Hasta luego, querida.

Sonreí.

Este revuelo me había dado un gran tema de conversación con mi madre. Por primera vez en mucho tiempo teníamos algo de qué hablar sin chocar como trenes. Y era una sensación agradable. No me molestaba compartir esta historia con ella, más bien al contrario, estaba deseando tener algún avance para correr a contárselo. Estábamos unidas por la curiosidad. Sólo esperaba no morir como el gato, porque por primera vez en mucho tiempo, volvíamos a estar juntas.

Intento recordar cuándo se hizo esa fisura entre nosotras.

Cuando mi padre se fue, mi madre y yo nos convertimos en un binomio. Dormíamos juntas en un intento mutuo de llenar el vacío al otro lado de la cama. Me abrazaba y yo caía rendida entre el sopor de esos brazos recios e inmensos, aunque mi madre jamás pesó más de cincuenta kilos. Ella, rompiendo las leyes de lo que se supone debe ser una figura de autoridad, lloraba a moco tendido conmigo todas sus frustraciones, sus disgustos y desengaños. Sí. Mi madre, que ni siquiera abre la puerta al señor de la tintorería si no está maquillada, en otro tiempo tuvo el valor de mostrarse débil y sin máscaras. *Depresiva*, dirían algunos. Pero aquello no era depresión, era una nube a punto de romper aguas sobre su cabeza. Creo que jamás fue más honesta que en aquella época. Sufría. Y se desahogaba conmigo. Mi madre no reprimió su duelo. Yo la escuchaba llorar y solía aconsejarla repitiendo frases de series de televisión tipo *The Brady Bunch*. Aquello me hacía ver como una sabia de ocho años. Si hubiéramos vivido en el Tíbet y hubiera nacido varón, me habrían llevado a un templo para encauzar toda esa sabiduría, evidencia inequívoca de la reencarnación de un maestro. Plagiaba la series de televisión; sí, para poder dar consuelo a mi madre. Ella descansaba, me abrazaba, me decía cosas como *Qué haría yo sin ti*. Y luego se lavaba la cara y salía a partirse la madre con quien hiciera falta.

Recuerdo admirar a mi madre y odiar a mi padre en igual proporción, aunque eso de algún modo doliera más que no tener padre. Con el tiempo, y después de muchos años digiriendo la decepción, dejé de odiar a mi padre y empecé a pensar en él como en un extraño. Un hombre ausente que había tenido la fortuna de engendrarme en mi madre, que era, al fin y al cabo, una mujer maravillosa. Ese sentimiento no sólo me dio paz: fue liberador. Mi madre y yo nos bastábamos. Y nadie jamás se interpondría entre nosotras. Ni siquiera un padre postizo.

A veces extraño ver a mi madre con la admiración de la niñez, cuando pensaba que no había mujer más poderosa, más bella, más valiente, más inteligente y capaz. No tenía parangón. Pero esa niña fue creciendo y no sé en qué momento se fue abriendo una brecha entre nosotras. No pasó de repente. Tampoco nos separó ningún acontecimiento drástico. Supongo que el cordón umbilical debe romperse para que una sobreviva, y cuando eso no sucede de manera natural, se intenta cortarlo con uñas y dientes. No sé quién lo mordió primero, pero fui urdiendo la idea de que había sido ella. O al menos, eso me dije una y otra vez, cuando la juventud me exigió mi dosis de egoísmo. Mi madre ansiaba recuperar el tiempo perdido, o quizás —pienso ahora—, construir un presente sin los coletazos de sus fracasos. El caso es que empezó a salir. A tener galanes. Mis ojos infantiles la veían mayor. Pero lo cierto es que mi madre entonces bordeaba los treinta y cinco. La misma edad que yo tengo ahora. ¡Claro que quería sexo! ¡Claro que quería a alguien a quien amar! ¡Claro que se opondría con toda su alma a confinarse a una menopausia forzosa! Pero ahí empezó a crujir la madera entre nosotras.

No fue sólo el hecho de que ella volviera a ser más mujer y menos madre. No fue sólo una cuestión de celos infantiles. Ni por deslealtad. Fue porque su mundo y el mío se estiraron en direcciones opuestas. Fue porque empecé a pensar que mi madre no era tan perfecta, ni tan valiente. Empecé a querer ser menos como ella y parecerme más a una imagen de mí misma que, sin embargo, nunca pude definir. Lo único que no quería era ser como ella. Quería ser yo. Tal vez porque en el fondo sé que no me alcanza el aire para respirar a su ritmo. El agua congelada fue abriendo más la brecha entre nosotras.

Y entonces, conocí a Manuel.

A mi madre nunca le gustó Manuel. Nunca. Y no sabía decirme por qué. Yo, por supuesto, no la consideraba con autoridad moral suficiente para censurar a mi novio. Un novio que, a todas luces, era un superdotado, un alma brillante, un espíritu libre, un hombre maravilloso. Y ella, cagándose en mi alma becqueriana, me soltó:

—Pues sinceramente, no lo entiendo. Debe de ser muy bueno en la cama, porque si no, no me lo explico.

Tengo treinta y cinco años y aún tengo cosas que decirle atoradas en la lengua. Ojalá algún día tenga la humildad de acurrucarme en su pecho y llorar como ella lloró conmigo. Quiero que me suelte todos los clichés de sus películas favoritas de Hollywood mientras me acaricia el pelo, para así poder sentirme como antes, una reencarnación del Dalai Lama. Lo que sea, con tal de echar cemento sobre nuestra grieta.

Nada más colgar con mi madre me estiré. Me dolía la espalda de estar encorvada como un garfio sobre los papeles impresos de las historias dictadas por Eduard. ¿Se las habría inventado a capela, como Dostoievsky cuando le dictó *El jugador* a Anna Grigorievna? Abrí la computadora. Tecleé *www.bancoderecuerdos.es* y esperé. Un papel tapiz inmenso de cajones se desplegó detrás de un pupitre con una silla. Cuántas veces en los últimos meses había entrado en esa página. Cuántas veces guardando mentiras. Sentí pudor. «Qué sangre fría la de Eduard», pensé. Ponerse a llenar cajones durante meses con recuerdos inventados, anécdotas falsas, sueños ficticios. Se necesita ser muy manipulador para mentir así, con el alzhéimer lamiéndole los talones. Un recuadro me dio la bienvenida. «Más de cien millones de personas podrían perder sus recuerdos antes de 2050 si la investigación contra el alzhéimer no avanza. Bienvenido al Banco de Recuerdos, un lugar en donde podrás guardar los tuyos y ayudar a que ninguno se pierda.» Pues los recuerdos de Eduard se habían perdido ya, me dije. Unos recuerdos bastardos suplantaban los suyos.

Me estiré y fui al trastero. Ese cuarto de secretos prohibidos. A diferencia de la primera vez, ahora entré sin miedo. Eduard había dejado de ser mi Barba Azul. Ese cuarto no encerraba cadáveres, sino una vida por descubrir. Violando las leyes del decoro, nada más entrar me senté en el sillón de Eduard. Rocé el descansabrazos con mis dedos. Como si quisiera impregnarme del sosiego que a él le habría procurado. Seguía empolvado y pude ver una enorme telaraña en la esquina superior del librero. Me detuve a examinar las fotos de la pared. Una a una. Incluso las descolgué para verlas bajo la luz de la lámpara de brazo sobre el escritorio. Eduard joven, Darío Cienfuegos. Pleno. Lleno de vida. En esa época —calculé— debía de estar trabajando en el cine, si es que había pasado tal cosa. Por más que busqué, no encontré nada que pudiera delatar su paso por el seminario. Nada. Ni una foto en alzacuellos, ni crucifijos al fondo de la pared. ¿Sería eso mentira también? Probablemente. Lo que sí encontré en un cajón fueron unos binoculares y una libreta Moleskine muy manoseada. La abrí al instante. Estaba llena de notas. Fechas. Datos. Nombres. Nombres familiares: Ramón, Jaime, Clara. Y debajo de cada uno de ellos, notas sobre su personalidad: ladino, libidinoso, bueno, exuberante. Cuando quise darme cuenta, ya tenía la boca seca. Seguí pasando hojas hasta topar con una clave que hubiera quitado el hipo más persistente. Ahí estaba escrito: «Blog de Pysque Zenobia». Mi blog. Sin darme cuenta, durante meses había estado exhibiéndome frente él —frente al mundo— desnuda, sin tapujos. Toda yo estaba en ese blog. Y Eduard se había encargado de tomar buena nota sobre mí, mis intereses, mis temores y anhelos.

—Pinche, Eduard —dije en voz alta.

Allí, atado y bien atado, descubrí que yo formaba parte de un plan trazado, que mi presencia en esa casa correspondía a la férrea voluntad de un hombre acostumbrado a hacer y deshacer a su antojo. Me había escogido como a un conejo en una tienda de mascotas, para manipularme, usarme y regodearse en su propio ego. Y yo había caído hasta estrellarme contra el suelo, como una guanábana madura.

Cogí la libreta y salí del trastero, con la convicción de que en cuanto viera a Verito le pediría una cubeta y un trapo para escombrar el encierro de allá adentro. Era hora de ventilar los fantasmas de un escritor frustrado. Aunque él ya no se diera cuenta.

9

Mi madre hizo todos los arreglos para reunirnos con Olvido en la cafetería Garat del Paseo de la Reforma. Era un lugar de oficinas frecuentado por gente abriendo vías de negocios o cerrando tratos, pero el café era generoso y aún se podían pedir las cosas por su nombre y sin las pendejadas esnobs del Starbucks, en donde al tamaño pequeño se le decía «alto».

Estuve puntual como un clavo, intentando disimular mi impaciencia hasta el grado en que pensé que de seguir apretando los dientes me causaría un severo esguince en la mandíbula. Tenía que relajarme, pero pedir dos cafés no hizo sino aumentar una ansiedad ya de por sí insoportable. Saqué el teléfono para navegar un rato, pero lo solté enseguida. No era de ésas que estaban todo el día tomando fotos de lo que se comen o se van a comer, ni de los paisajes que miran o verán. Mi afición al Twitter no había superado la etapa de curiosidad, como cuando después de fumarte el primer churro descubres la poca gracia que tiene. Comprobé que mi número de seguidores había disminuido considerablemente. Luego empecé a sentir la necesidad de mascar chicle, agobiada por el espesor de mi aliento a expreso doble.

Olvido llegó diez minutos tarde, menos de lo políticamente establecido en una ciudad de 8.8 millones de habitantes. Se presentó sola, con sus sesenta y pico años sobre los hombros.

—¿Soledad?

—Sí. ¿Olvido?

—Prefiero *Irene* —corrigió con amabilidad.

—Claro, Irene —sentí que me había puesto roja—. Siéntese. Gracias por venir.

Y nos sentamos.

Recuerdo mi estupor cuando le puse cara al nombre. Irene no me pareció una mujer por la que se perdieran los vientos. Era una mujer sencilla y normal, una de las tantas detrás de las que uno suele formarse en las cajas del supermercado. Sentí algo parecido a la decepción, como cuando ves la película después de leer el libro.

Intenté encontrar en ese rostro la belleza que se supone había sido, pero toda ella me resultó vulgar.

Ella pidió un capuchino. Yo otro expreso. Cero y van tres.

—Bueno, supongo que ya sabe por qué la he contactado.

—Sí, tu madre me puso en antecedentes.

Su acento era chilango, sin atisbos de extranjerismos.

—Tengo entendido que llegó aquí en el 95…

—Oh, no. Mucho antes. Llegué con Eduard. Después me independicé e inicié mi propia productora.

Yo contuve mi nerviosismo.

—Perdone —le dije—, pero es que esta relación entre usted y Eduard no la acabo de entender.

—¡No me extraña! —bromeó ella.

Yo sonreí veladamente.

—¿Sabe que él me contó una historia en la que… bueno… no sé cómo decir esto… la asesinaba?

—¿A mí?

—A usted.

—Sí… Eduard fantaseaba con esas cosas. Decía que un crimen en su vida lo habría convertido en mejor escritor, como a William Burroughs.

Yo arqueé las cejas. Ignoraba a qué se refería.

—Sí… el escritor Burroughs… mató a su mujer jugando a Guillermo Tell.

—No lo sabía. ¿Y Eduard quería ser como él?

Ella rio.

—Por supuesto que no, sólo lo intentó en la ficción.

Sonreí levemente. Ella debió intuir mi impaciencia porque fue al grano.

—Bueno —dijo sacándome de mi ensimismamiento—, ¿por dónde empiezo a contar?

Y luego, como una Sherezade de pelo blanco, me contó una historia.

10

Tras descubrir el amorío entre Olvido y Eduard, Michael empezó a chantajearlos, lo suficiente para someterlos sin arriesgarse. Olvido era una inversión a la que había apostado, y no estaba dispuesto a perder dinero. Sin embargo, tampoco le hacía demasiada gracia ser el cornudo del cinemascope. Así que la obligó a firmar un contrato en donde se comprometía a filmar un par de películas más. Luego, la dejaría libre. Además, ya le había echado el ojo a otra actriz más joven y sin pulir. En España no estaba permitido el divorcio, pero Michael, a cambio de las regalías generadas por sus películas, la dejó partir.

Olvido se desvaneció como si se hubiera quemado en el rollo de una película. Y entonces, defenestrada y en el anonimato, Irene recuperó su nombre, aunque no su pasado. Había vivido muchas cosas como para volver a ser la de antes. No volvió a la pensión de la calle Aribau. No volvió nunca a ver a sus padres. Si lo hubiera hecho, se le habría partido el corazón. Pero volvió a aferrarse a la ventana abierta que representaba Eduard.

Llegaron a México como tío y sobrina, ambos bajo el apellido Castells, con documentos oportunamente falsificados. Se instalaron en un departamento grande y luminoso en Bucareli y Ayuntamiento, con una terraza inmensa desde donde podía verse a la par el parque de la Ciudadela y el Reloj Chino. Y en el camino intentaron cubrirse como chilaquiles, bajo una espesa capa de salsa verde.

México los adoptó enseguida. Los mexicanos estaban acostumbrados a abrir los brazos para recibir españoles provenientes de los diferentes campos de concentración a los que algunos republicanos habían sido confinados tras la Guerra, y aún resonaban los ecos de las palabras de bienvenida que Ignacio G. Téllez les había dado en Veracruz a quienes descendieron del *Sinaia*: «El Gobierno y pueblo de México los reciben como a exponentes de la causa imperecedera de las libertades del hombre. Vuestras madres, esposas e hijos, encontrarán en nuestro suelo un regazo cariñoso y hospitalario.» Y un regazo cariñoso y hospitalario fue justamente lo que México les tendió.

Quienes los recibieron encontraron en ellos nuevos saberes. Sin embargo, ellos encontraron mucho más. Encontraron un nuevo hogar y jamás necesitaron volver la vista atrás. Irene no podía explicarse por qué México se sentía tan cercano, tan suyo. Tan propio. Por más que los usos y costumbres fueran distintos, le resultaban cercanos y familiares, como si México fuera una tía segunda con los mismos gestos de su madre. México había estado alejado de la guerra europea y en sus calles no se palpaba la desolación que deriva de la muerte entre hermanos. México era un país al alza, pujante, muy diferente a la España de posguerra. El cine mexicano conocía su Época de Oro y los artistas estadounidenses venían a gozar del sol de Acapulco. Los periódicos rebosaban noticias sobre las diferentes estrellas del celuloide: Jorge Negrete, Lilia Prado, Luis Aguilar, María Félix, Pedro Armendáriz, Pedro Infante, Silvia Pinal, Tin Tan y Mario Moreno, Cantinflas. Al leer sobre ellos, Irene sentía que México era el lugar en donde debía estar. Poco a poco, los Castells se dejaron embriagar por el olor del pulque, la música de las cantinas, los espectáculos de cabaret, la dulzura de un acento cálido, la malicia aprendida de a quien alguna vez le han cambiado oro por cascabeles, el picor de las carnes y la alegría de los albures que ponían paralelamente a prueba las dotes de ingenio con las ganas de chingar al de enfrente.

Eduard, por otra parte, encontró en México la inspiración necesaria para terminar una novela juvenil. Era una novela sobre la adolescencia, una novela de iniciación. La historia narrada en primera persona por una chica de unos trece años inadaptada e inmadura, pero de gran perspicacia, lograba mostrar la cara más transparente de la adolescencia. En ella, Eduard había conseguido retratar de manera impresionista, con unas cuantas pinceladas y sin embargo con gran nitidez si uno se alejaba lo suficiente, el dolor de un padre ausente, la estrecha relación de la protagonista (Aurora) con su madre

(Lucía) y se daba un paseo por la clase media porque todo sucedía en una escuela llamada Antígona, en honor a la hija de Edipo y Yocasta. La novela era pretenciosa, pero por uno de esos caprichos del mundo editorial, vino como anillo al dedo en un México ávido de novelas costumbristas de la clase media. Eduard consiguió publicarla bajo pseudónimo. Para su sorpresa y la de muchos, la novela empezó a venderse muy bien, y de pronto Eduard se vio envuelto en un torbellino de fama y notoriedad que jamás había buscado. Intentó por todos los medios escapar de la exposición al público y de la atención que generaba. Defendió su anonimato y su oscuridad como sus posesiones más preciadas. Sin embargo, sólo acrecentaba más esa atención no deseada. Irene hubiera dado su imperio por un pedazo de esa fama. A ella no le incomodan la luz de los reflectores, las portadas en las revistas, los pósteres en las librerías. Más bien al contrario, de eso pedía su limosna. Pero la gota que colmó el vaso fue que Eduard rechazara una invitación de Carlos Fuentes para asistir a una cena en su honor para darle el espaldarazo en el mundo de las letras. Eduard se disculpó con una excusa absurda e Irene, al comprobar cómo su Eduard cerraba en sus narices la ventana hacia el codeo con la crema y nata de la literatura mexicana, entró en cólera. Le dijo que era un tonto, un cobarde y un inseguro.

Él se defendió argumentando que todo aquello era una estupidez, cortinas de humo, y que al menos tuviera la decencia de dejarlo estar en paz con su incomodidad. Fue una noche larga en donde se dijeron demasiadas cosas. Demasiados insultos y reproches. Muchas facturas pendientes salieron volando aquella noche. Se rompieron el corazón con heridas que no cicatrizarían con rapidez.

Aquella pelea le dejó claro a Irene que sus vidas iban por senderos diferentes. Si de verdad quedaba algo de respeto, mejor lo dejaban antes de lastimarse tanto que al final no supieran cuál había sido el primero de los reproches. Allá quedaría su Eduard con su mundo literario. Si quería negarse a cuanta ceremonia y conferencia le invitasen, que con su pan se lo comiera, pero ella no se iba a quedar allí para solaparlo, para darle palmaditas en la espalda. Irene era más ambiciosa y rejega. Había estado a punto de rozar el cielo con los dedos. Y quería sentirlo de nuevo. Ya encontraría a alguien que le siguiera el ritmo. Ya encontraría.

Irene se fue. De nuevo.

Él la dejó ir. De nuevo.

Pero esta vez, él fue tras ella.

Eduard se acercó a quienes podían conocerla. Preguntó por ella en todos lados, a la muchacha de la limpieza, en el supermercado, en el puesto de las quesadillas. A todos preguntaba si la habían visto o sabían de ella. Fue así como entabló conversación con Petra, una chica morena que trabajaba en el teatro haciendo el vestuario. La charla siempre empezaba igual:

—¿No hubo noticias, Petra?

—Nada, don.

Luego, tras la decepción de siempre, cambiaban el tema.

—Y usted ¿cómo va? ¿Cómo va el negocio?

—Pues ahí la llevamos, don.

—A ver cuándo me hace una camisa.

—Cuando guste, don.

De Irene, jamás se supo. Desapareció sin dejar rastro.

Eduard adoptó ante la vida una actitud defensiva. Se acorazó en la fortaleza de su departamento, convencido de poder refugiarse en sus libros y en textos que nadie leía, equivalente a que no los había escrito. Se bastaba solo. Pero por más que buscó el exilio, seguían invitándolo a conferencias, a escribir prólogos de antologías, así que decidió guardar el pseudónimo de Darío Cienfuegos en un cajón y dedicarse a ser Eduard Castells. Motivado más por el hastío de las negaciones que por la ilusión, decidió ser maestro durante un semestre. ¡Oh! Dar clases fue recibir un beso en la boca. Nunca pensó que pudiera retribuirle tanta satisfacción. Descubrió que dando clases estaba en su salsa. Se sentía cómodo, mucho más cómodo que escribiendo, donde se sentía un farsante, un impostor. A su juicio, lo único que hacía eran refritos de lo dicho por otros. Estaba convencido de que su éxito se debía a la coyuntura y no al talento. En cambio, las clases eran su torre de marfil. Todo el conocimiento adquirido a lo largo de años de lectura podía transmitirlo, podía decir lo que decían otros sin remordimientos, ni inseguridades. Como diría Quevedo, era «un cobarde, con nombre de valiente». Y encontró su zona de confort. Sabía muy bien qué decir a los chicos en contra del bloqueo porque él lo vivía a diario. Les ponía ejercicios que los motivaban a escribir sin mojarse, que si bien circundaban los miedos, tampoco los enfrentaban. Pero todos eran felices. Los alumnos recibían clases magistrales y Eduard no tenía nada que demostrar. Algunas alumnas, atraídas por ese aura de misterio, se metieron en su cama. Él las aceptó como un placebo apaciguador de la soledad. Pero ninguna relación prosperó más allá de un par de fines de semana. Amar a estudiantes tenía sus ventajas. Les gustaba vivir de prisa, como si la urgencia de la juventud les acelerara el tacómetro. Ellas, además, eran cambiantes como las nubes. Un pequeño soplo las hacía ir, venir, cambiarse de curso o de carrera y al final terminaban enamorándose de otros. Para entonces, Eduard ya había asumido que México, ese monstruo hambriento de gente, ciudad tan inmensa como egoísta, se había tragado a Irene. Ignoraba que era Irene quien se había escondido a conciencia entre las vísceras de la ciudad.

11

Eduard se ha rendido a la enfermedad.

Y con esto quiero decir que ha bajado la guardia, como si una parte de él se hubiera relajado y ahora fuese menos hostil. Eduard fluye sobre una marea negra. No sé si el alzhéimer ha borrado rencores y culpas del mismo modo que ha borrado pedazos de vida, o si, sencillamente, todo se vuelve más simple cuando volvemos a ser los niños que fuimos. El alzhéimer es un mal capicúa que vuelve al origen. Al estado primigenio. Eduard sonríe como un niño, mira como un niño, se ennecia como un niño.

Aún no ha perdido la capacidad de escribir y escribe. Escribe notas, apuntes, ideas repetitivas sobre Olvido. Sabe que no ha muerto. Si no fuera porque yo también lo sé, achacaría semejante desliz a las ganas de enmendar el pasado. La demencia tiene esas cosas, a veces la gente más lúcida está loca. Eduard escribe mucho y a todas horas. He tenido que comprarle cuadernos de espiral por mayoreo, porque los llena en un santiamén y los apila en lo que —supongo— es una especie de bitácora disfrazada de rompecabezas. Cuando tengo paciencia, me siento a leer los cuadernos en busca de algo que les dé sentido. Intento ordenar ideas, ciertas frases, algunos párrafos. Eduard escribe a mano con una caligrafía temblorosa que denota su formación en colegio de curas. Ya nadie escribe así, haciéndole picos a las emes y rabos a las eses. Eduard debió haber tenido una letra preciosa.

Verito se ha visto en la necesidad de vaciar el cuarto de Eduard porque se sentía incómodo rodeado de objetos que no activaban ningún recuerdo. Nada. Los veía y ninguno le era familiar, aunque sospechaba que debían de serlo. Esos restos de naufragio le causaban una ansiedad espantosa. Una parte de su alma intentaba gritar a los cuatro vientos quién le había regalado ese pisapapeles, cuándo había comprado ese cuadro, cuáles eran sus pantalones favoritos, mientras otra parte le ponía un bozal y una camisa de fuerza. Ahí no quedaban ni siquiera sombras de un pasado. Eduard sufría y guardaba compulsivamente todo. El armario se convirtió en un agujero negro incapaz de albergar un objeto más, y de vez en cuando vomitaba todo su contenido sobre el suelo de la recámara.

Un día, Verito, con su usual intuición, entró al cuarto y lo vació, como en esas películas gringas en donde los despedidos empiezan a echar todas sus pertenencias en una caja de cartón. La recámara quedó hueca, típico cuarto de pensión estudiantil, con una cama pelona y una mesa limpia, curiosamente parecida a la de la página del Banco de Recuerdos. Cuando Eduard volvió a entrar, su rostro parecía decir *gracias*.

Es curioso sentirse tan unido a los recuerdos. Ellos nos dicen quiénes somos. Qué hemos vivido. Y me pregunto si podríamos seguir siendo «alguien» sin recordar nuestro pasado. Pero veo a Eduard y pienso que sí. Él todavía puede definirse. Quizás no esté la persona que fue, pero está la persona que es. Una persona que no recuerda lo malo. Ni lo bueno. Pero vive. Eduard no ha muerto. Aún hay dignidad en él. No estoy segura de qué tanto olvidará, pero hay algo cercano que todavía está ahí, agazapado, y me siento agradecida por ello.

Rubén me ha traído *El libro tibetano de la vida y de la muerte*. Lo leo en partes, porque no es una novela que se abre y cierra como un abanico. Éste puede ser leído como *Rayuela*, y siempre, lo abras por donde lo abras, topas con reflexiones interesantes. Como en la novela de Cortázar. Pues en una de ésas, lo he abierto al azar más o menos por la mitad, y he leído que durante la enfermedad de un ser querido, y especialmente (esto es lo más importante) «cuando exhala el último aliento, o lo más pronto posible tras la detención de la respiración y antes de que el cuerpo sea movido o manipulado de alguna manera, hay que imaginar una luz derramándose sobre él o ella para purificar todo su ser. La persona se disuelve en la luz y se funde así con la presencia espiritual». El libro dice que de llevar a cabo esta práctica —*phowa*, creo que se llama—, todos morirían en estado de gracia y serenidad. Es reconfortante leer cosas así cuando en los últimos meses sólo puedo pensar en que nos tragan las tinieblas.

Unas cuantas páginas después dice que «la forma ideal de morir es haberse desprendido de todo, interna y externamente, de modo que a la mente le quede el mínimo posible de anhelo, aferramiento y apego a los que agarrarse». ¡Mira tú por dónde! Eso es justamente lo que le va a pasar a Eduard. El alzhéimer borra, erradica los anhelos, y no hay nada a lo que pueda asirse. Ese consuelo le queda. Al fin y al cabo, ¿qué es la vida sino la capacidad de aprender a perder poco a poco? Perdemos a nuestros padres, perdemos pelo, perdemos amigos, perdemos lozanía, perdemos ilusión. Todo eso, con suerte, sucede paulatinamente. Sin embargo, Eduard ha soltado la vida de repente. Eduard no va a llevarse nada consigo y en ese sentido, va a disfrutar más su muerte.

He seguido leyendo hasta llegar a una parte de ésas que abofetean. Según esto, si no queremos correr el riesgo de hacer penar eternamente al muerto, no debemos llorar junto al lecho de muerte de un ser querido. Chúpate esa mandarina. Morir también es saber soltar. Y es aquí cuando he encontrado una perla cultivada de esas que suelen hallarse en todos estos libros con forma de joya encerrada: «Hay que resolver el afecto y la aflicción con la persona moribunda antes de que llegue la muerte: lloren juntos, expresen su amor mutuo y despídanse, pero intenten terminar ese proceso antes de que llegue el instante real de la muerte. Las lágrimas y sollozos pueden ser truenos y granizo en la cama de un moribundo.» Rayos y centellas. Cuánta sabiduría. Otro mundo sería éste si aprendiéramos a resolver los conflictos en vida.

Tras una larga disertación sobre la importancia de no llorar a los muertos cuando se están muriendo, he decidido imaginarme a Eduard como un ser radiante de luz. Y he decidido no llorar en su cabecera, si es que llegara el momento.

Anoche soñé con mi padre. Creo que es la primera vez que sueño con él. No fue una escena digna de un comercial de perfume, ni una reunión ficticia en el tiempo y el espacio, como la de Cecilia y Robbie en *Expiación*, que trae sosiego al lector incapaz de admitir la separación de los protagonistas. Mi sueño fue, como todos los sueños, surrealista. Como no recuerdo la cara de mi padre (mi madre se encargó de romper todas las fotos en donde aparecía), mi inconsciente le puso el rostro de Eduard. Él quería alcanzarme y yo intentaba alejarme de él. Corríamos en círculos. Fue un sueño angustiante. No por el hecho de sentirme perseguida o acosada, fue más bien por el miedo de verlo a los ojos y darme cuenta de lo mucho que lo había extrañado. Desperté con un sentimiento de opresión semejante al de infidelidad. No es que me hayan engañado alguna vez —que yo sepa—, pero creo saber exactamente qué se siente. Muchas veces, en los días finales de mi relación con Manuel, soñaba que me pintaba el cuerno. Con toda claridad, podía verlo hacer el amor con mujeres que, evidentemente, no eran ni remotamente parecidas a mí. Así de jodida es la verosimilitud de los sueños. Despertaba con el alma hecha añicos, arrugada como una servilleta de papel. Pensaba en los presagios de Calpurnia, implorando atinadamente a Julio César que no acudiera al Senado porque la noche antes había soñado con su asesinato. Y entonces, me decía que sí, que los sueños, desde que el mundo gira, presagian catástrofes, alertan de peligros, delatan tragedias. Los sueños son mensajes enviados por algún espíritu que se apiada de nuestra banal existencia. Mi sueño no era una premonición de peligro para Manuel, sino para mí. Y no podía dejar de otorgarle a mi subconsciente algún tipo de poder sobrenatural, como si mi sagacidad dormida estuviera alertándome de las zanganerías de Manuel. Me pasaba el día enfadada con él, intentando hacerle confesar fechorías imaginarias de un mundo paralelo.

Igual de angustiada y frustrada desperté tras el sueño de mi padre. Me tomé un par de minutos para espabilar, a ver si así se me pasaba la tristeza. La realidad es un territorio resbaladizo, si no se le echa suficiente sal. Qué horrible es despertar triste por una jugarreta de la memoria. ¿O será del corazón?

No sé por qué después de tantos años vengo a soñar con mi padre si es mi madre la figura paterna en mi vida. Cada una de nosotras fungió de refugio para la otra hasta que logramos acomodarnos bajo otros mantos. Nos refugiamos en otras cuevas que no fueron ni tan cálidas ni tan tranquilas, pero eran distintas y con eso nos conformamos. Claro que algo debió de salir mal, porque a excepción de Arturo (que parece que ahí la lleva), hasta ahora ninguna había tenido suerte jugando en el campo del visitante.

Viendo cómo Eduard enferma, pienso mucho en ella. No es como aquello de *Cuando veas las barbas de tu vecino cortar, pon las tuyas a remojar*, porque mi madre está estupenda, pero pienso en cómo me afectaría ver a mi madre en una situación semejante. Tiemblo. Me sacudo la imagen de la cabeza. El verdadero temor nace ante la probabilidad de perder a un padre, o a un hijo, a un ser querido. Y como yo no tengo hijos ni amante, pues temo por mi madre. Porque —ley de vida, ¡mis polainas!—, ella es lo único que tengo en el mundo. Ella es mi vínculo con la tierra. Mi centro de gravedad. Pienso en su vejez. Aunque ella la esquive con cremas rejuvenecedoras y sorteé el paso de los años como un esquiador profesional pegándole a las puertas con los esquís, lo cierto es que desciende, y cada vez lo hará a mayor velocidad. Si me oyese pegaría el grito en el cielo. Ya la estoy matando con sesenta y tantos años como a una vieja decrépita, cuando, así como está la esperanza de vida, seguramente apenas haya pasado por el Ecuador. Pero, ¿y si no fuera así? ¿Y si éstos que vivimos son nuestros días felices? ¿Cuántos años nos quedan juntas? ¿Veinte? ¿Treinta? ¿Cuál va a ser la calidad de ese tiempo que nos queda? Y si de repente mi madre enfermara, como enferman tantas otras madres de un día para otro, como ha enfermado Eduard, un hombre que hace un año estaba dando clases en la universidad y ahora confunde el caldo con las albóndigas. Y si de pronto en un chequeo rutinario hace su aparición el temido cáncer o cualquier otra puñeta mortal, entonces, ¿me acercaría a ella? ¿Por qué esperar a una tragedia? ¿Por qué no acercarme ahora, que está sana y alegre, para disfrutarla y conocerla? ¿Tendrá mi madre libretas, trasteros ocultos, amores lejanos? ¿Cuánto sé yo, en realidad, de mi madre? No sé nada. Y esta certeza me envenena despacio. Mis recuerdos son celosos. Son infantiles. He sido yo quien me he encargado de no compartir mi adultez con ella. Ahora me doy cuenta de que si mi madre muriera hoy, me arrepentiría de haberla empujado hacia un costado por el resto de mis días. Me arrepentiría, oh, sí. Y entonces, ya sería tarde. Ya no podría ayudarla en ese trance para convertirse en un ser luminoso. Llorarían truenos y granizo sobre su tumba. Y le pondría un altar de muertos, y le hablaría por las noches con la sinceridad que hoy me falta, y le pediría que no me abandonase. Tarde. Muy tarde.

Jamás pensé que diría esto, pero me reconforta pensar que Arturo está con ella. No como le sucede al pobre de Eduard, solo y desmemoriado. ¿No sería mejor si Eduard estuviera acompañado? «En la salud y en la enfermedad» es una cuesta más empinada que la de «en la riqueza y en la pobreza». ¡Dónde va a parar! Es en la enfermedad donde se ve de qué madera está hecha la gente. Y es la prueba de fuego para cualquier amor. No sólo pasional, sino fraternal y filial. Qué tristeza pensar que Eduard no tiene ni mujer, ni hermanos, ni hijos. Y tampoco tiene amigos, que son los hermanos que uno escoge en el camino. Al decir esto, me reflejo. ¿Qué seré yo para Eduard? Soy una ilusión. Un personaje más de su invención. Quizás el personaje más redondo de todos los imaginados por una mente en desbancada. Eso no importa. Mientras le sirva para asirse a un mundo arrasado por la Nada, estaré aquí para él.

12

En los momentos de necesidad, uno tiende a colgar sus sueños para poner los pies sobre la tierra. Uno se vuelve práctico, realista, y abre la mano para soltar aquello a lo que el alma se aferra con ahínco. Irene no fue una excepción. Colgó sus sueños de estrellato en un gancho y puso una productora. Alquiló un departamento minúsculo en la Roma, en donde para abrir el refrigerador antes tenía que cerrar la puerta de la cocina. Pero la renta era barata, y así pudo invertir sus pocos ahorros en sacar a flote el negocio. Irene tenía un don invaluable. Tenía fe. Confiaba en ella. Así hubiera vendido zapatos, cortado el pelo o dado clases de danza, jamás dudó que saldría adelante, como sabía cuál era el verdadero color de su cabello.

Pidió prestado a un par de actores amigos, y juntó para un pequeño local en la colonia Juárez. El lugar era angosto y le hacía falta mucha inversión, pero era suyo, su primer pedacito en donde no mandaba capitán. Ahí era reina de sus dominios, sin un Michael al que deberle nada, sin un Eduard al que rendirle beneplácito, sin unos padres a quienes ofrecer dedicación.

—Sí —se dijo—. Aquél era su imperio. Lo levantaría poco a poco, a punta de tesón.

Con lo que no contaba era con que no se puede detener la lluvia a medio caer.

Un bebé venía en camino.

IV

Los actos de los muertos no pueden modificarse, ni discutirse, así que cualquier hallazgo sobre su pasado nos trastorna más que consolarnos.

ELVIRA LINDO en *Lo que me queda por vivir*

Verónica

Su madre nunca la quiso como amó a su padre.

Lo sabía porque su madre no era, en realidad, su madre. Petra, la mujer que la crio, fue la única madre que conoció. La otra, la biológica, se la «regaló» a las dos semanas de haber nacido. Petra era muy joven, apenas una adolescente abandonando a la par la inocencia y el campo, cuando llegó a la Ciudad de México. Era alegre, rechoncha y pachona. A pesar de su origen rural tenía buenos dientes, ninguno con fundas ni implantes plateados. Seguramente por eso le gustaba sonreír. Y aunque ése era todo su patrimonio, no lo hacía gratuitamente ni por compromiso. Sonreía porque le nacía, porque estaba contenta o por satisfacción. Jamás se rio del traspiés de un transeúnte, ni de la mala suerte de los demás.

Hacía el vestuario para las funciones del teatro. Tenía una máquina de coser Singer que pagaba a plazos quincenales. Un día, cuando a la máquina aún le faltaban treinta y seis meses por pagar, apareció en su vida un joven guionista. Lo veía pasearse entre bambalinas con un libro doblado en el bolsillo trasero del pantalón preguntando desesperado a cuanto director, tramoyista, productor, agente, dramaturgo o actor encontrase si habían visto a una mujer. Ella lo observaba todos los días, desde lejos, preguntándose quién sería aquella persona que lo traía vagando como alma en pena... Sin embargo, a ella nunca se le acercaba. Por eso le extrañó tanto el día en que el muchacho le habló:

—Disculpe, señora —y dijo así, *señora* en vez de *señorita*—, ¿podría hacerme un favor?

—Mande, don.

—Estoy buscando a esta persona… —Y le enseñó la foto de Irene.

Petra extendió la mano. La foto de una mujer guapa, como artista, ocupaba el centro de la hoja.

—Lo siento, no la he visto.

El muchacho suspiró. Parecía haber escuchado demasiadas veces esa respuesta.

—Gracias…

—Petra, pa' servirle.

—Mucho gusto, yo soy Eduard Castells. Si llegara a verla, o a saber de ella, por favor, avíseme.

—Claro que sí, don.

—Gracias, Petra. Ya nos veremos.

Y ella le regaló una sonrisa de oreja a oreja.

Petra nunca creyó ver a la hermosa señora de la foto en persona. Como cuando veía pegado en un poste un cartel de *Se busca un perro perdido*, pero por más recompensa que ofrecieran sabía que nunca encontraría al susodicho animal. Por eso se quedó tan sorprendida cuando nueve meses después del encuentro con el guionista, se la topó de frente a la salida del teatro.

Era una noche sin nubes, aunque algo fría. Petra era la última en salir, pues se había quedado trabajando hasta tarde para dejar listo el vestuario de la función del día siguiente. A veces le dejaban las llaves para que acomodara toda la ropa en los percheros, y alistara todo para el ensayo general. Petra se enrollaba en un rebozo de lana porque desde niña le habían prevenido de cuidarse del contraste entre el calor del interior de las casas con el aire helado de la calle. Se disponía a enfundarse como bandolera en el rebozo hasta la punta de la nariz cuando chocó con una mujer que caminaba sin fijarse por dónde. La pobre infeliz llevaba una bebé en brazos e iba llorando. A pesar de los mocos y el maquillaje corrido por debajo de los ojos, Petra la reconoció al instante. No tenía duda. Era la doña de la foto con cara de artista.

—¿Se encuentra bien? —le preguntó.

La mujer no contestó.

—¿Necesita ayuda? —insistió.

La mujer tenía el rostro desencajado. Petra le clavó los ojos. Llevaba a la niña muy abrigada, envuelta en varias cobijas, y colgando de su hombro la mujer cargaba un bolso grande lleno de ropa de bebé. Por quién sabe qué intuición ancestral, Petra supo que la mujer estaba a punto de abandonar a la criatura. La mujer aceleró el paso, alejándose de ese encontronazo, pero Petra la detuvo un par de pasos más adelante.

—¿A dónde cree que va?

—¡Déjeme ir!

—Voy a llamar a la policía.

—¡NO! Por favor, no llame.

A lo lejos, empezaron a oírse voces de locatarios vecinos que se asomaban curiosos. La bebé lloraba. Petra pensó rápido. Al mirarla a los ojos, se contagió de su angustia. Temió que la mujer fuera a cometer una locura y cambió de tercio. Tenía que ayudar.

—Venga, señora, pase adentro. Hace frío.

Y las dos se metieron en las tripas del teatro.

Durante horas hablaron largo y tendido, hasta que la noche empapó el aire con el frío del valle. Las mujeres no se movieron de allí. Petra le contó que hacía meses había venido un joven, desesperado, queriendo encontrarla.

—Regrese con él, doña. No se ve un mal hombre. Y tienen una bebita.

La mujer —Irene— lloraba desconsolada. No quería volver. La niña venía a complicarlo todo. Tan sólo representaba la piedra en el zapato que volvía a empujarla a su destino. No quería volver. Quería ser libre. Ésa era la única idea en su cabeza.

—No puedo, Petra —le decía—. No puedo.

—Piense en su hijita, santa criaturita de Dios, qué culpa tiene. Y usted quiere abandonarla en la puerta de una casa, ¡ave María purísima! Ni las perras hacen eso, con todo respeto.

Y seguían. Y seguían. Pero por más que Petra se enterneciera ante la visión de la bebé, hermosa como un querubín, Irene ni siquiera volteaba a verla.

—Pero mire nada más qué carita. Si parece un ángel caído del cielo. ¿Cómo la va a abandonar? Si usted no la quiere pues llévesela donde su papá, doña. Seguro que él sí puede hacerse cargo de la bebita.

En la historia de las plañideras, ninguna lloró más que Irene. Tenía la mirada perdida. No pensaba con nitidez. Estaba enajenada. De quedarse con la bebita, se pegaría un tiro.

Petra le habló del perdón, del amor, como san Francisco de Asís debió de hablarle al lobo, le explicó, intentó hacerla entrar en razón. Inútil todo. Entrada la madrugada, cabeceando y con dolor de cabeza tras una noche digna de condenados a muerte, Irene —por fin— se atrevió a cortar amarras.

—Quédate con la niña, Petra. Serás una buena madre.

—¡Pero qué dice, doña!

—Quédatela, por favor. Yo no voy a saber quererla como tú. Mírame. No soy una buena madre. Nunca seré una buena madre.

—¡Pero qué voy a hacer yo con una nena!

—Por favor… te lo ruego, quédatela.

Bajo la luz de una bombilla colgada de unos cables pelados, interrumpidas únicamente por el llanto de la recién nacida, Irene colocó a la niña entre los brazos rejegos de Petra. Ella la cargó, le miró la carita y la hizo suya. Petra temió que, de no quedársela, la pequeña corriera una suerte mucho más drástica e injusta. Quizás, incluso, su madre acabaría por ahogarla en una tina. Allá en su pueblo, una vez vio cómo una tía ahogaba una camada de gatos recién nacidos en un balde de agua. Petra vomitaba cada vez que se acordaba. Sacudió su cabeza para espantar la pesadilla de los mininos amenazando con instalarse en su mente. No. No podía permitirlo. Ella la querría, y qué chingaos, donde comía una, comían dos.

Irene le dejó una carta con la dirección de Eduard por si alguna vez necesitaba respuestas o por si no podía hacerse cargo de la niña cuando creciera. Esa carta le comprobaría a Eduard que decía la verdad, que la niña era suya. Petra la guardó en la tira del sostén y le dijo:

—No se preocupe, doña. La niña ya tiene madre.

Se despidieron para siempre. La una hueca y libre. La otra confusa, nerviosa y con la seguridad de que acababa de darle a esa criatura la oportunidad de vivir.

En el teatro todos sabían que la niña no era de Petra, pero nadie preguntó. Allí abundaban niños de padres distintos. No querían ni necesitaban saber. Alguno que otro la llamó *loca* por cargar con una hija postiza, si tantas ganas tenía de escuincle con gusto le hacían la parejita, pero Petra jamás se inmutó. Ni ante esos ni por nadie. La verdad es que Vero —la llamó así, igual que su abuela— era una alegría. Más trabajo y una enorme responsabilidad, sin duda, pero el cariño compensó con creces el sacrificio. La bebé se acostumbró pronto al arrullo de los pedales de la máquina de coser, y cuando su madre se detenía para tomar medidas, lloraba como si se le hubiera caído el chupón. A parte de eso, Verito era una bebé tranquila, que desde muy pequeña entendió que su papel en el mundo era el de mirar y callar.

Pasaron años. Petra seguía cosiendo. Verito creciendo. Petra también crecía. La maternidad le había otorgado ese aura de comprensión de lo insondable, ese instinto de supervivencia exacerbado que tienen las hembras de todas las especies. Cuando, de pronto, un huracán volvió a arrasar la misma playa. Eduard reapareció en sus vidas.

Primero se hicieron amigos. Él encontró en ella los oídos que hacen falta a todo vagabundo solitario. Y ella interpretó esa amistad como un mandato divino. Como la oportunidad de burlar la orfandad de su pequeña. Que él apareciese era la manifestación tácita de que Dios los quería juntos.

La amistad fue una pasarela que los condujo al amor. No fue algo repentino. Tomó mucho tiempo. Fueron frijoles hirviendo lentamente en un puchero hasta reblandecer. Pero poco a poco se acostumbraron uno a la compañía del otro. Eduard despertaba sin otro propósito que ir a verla. Se bañaba, se vestía y ponía rumbo al teatro. Siempre el teatro, persiguiéndolo como si no hubiera en el mundo otro lugar para amar. Se hizo a su carácter entrón y echado para adelante, a su sonrisa y a que jamás admitía un *no* por respuesta. Petra no era Irene. Y eso le encantaba. Nunca saldría por la puerta buscando la felicidad fuera de ella misma. Petra estaba hecha de otra madera. Ella, por su parte, esperaba con ansias a que él llegara para ayudarle a cargar la tristeza. No hacía falta preguntar. Podía imaginarse el pesar que Eduard llevaba por dentro, como una procesión del silencio. Ella sabía que bajo esa pinta de dandi ocultaba grandes angustias. La pérdida de Irene era una metralla que le dolía cuando llovía, cuando hacía frío, cuando las noches se hacían más largas que los días. No le tenía lástima, sino empatía. Y por más que intentara obviarlo, sabía que aquel hombre era el padre de su Verónica y ese yunque no lo podía olvidar. Todas las noches, cuando Eduard se despedía para marcharse a casa, lo veía alejarse con la pesadumbre a cuestas. En su casa vacía no le esperaba nadie. Y ella se quedaba con su hija. Si al menos supiera. Si tuviera el valor de decirle.

—No —se decía—. Mejor así.

Hay coladeras que no deben destaparse. Lo veía marcharse. Y pensaba. Alguien capaz de engendrar a una muchacha tan bella, linda y buena como su Vero no podía ser —o haber sido— un mal hombre. Tenía que compensarle parte de la alegría que Vero le había dado.

Mantuvieron una relación clandestina y cómplice. No vivían juntos, pero eso en lugar de distanciarlos los acercó más. Se convirtieron en los amantes perfectos. Se extrañaban, se necesitaban y contaban los días para verse como niños esperando el verano. A veces, Petra se acordaba de Irene e intentaba entender por qué habría salido huyendo de esa manera. ¿Qué tan subyugante podría haber sido vivir junto a Eduard? Si ella hubiera estado en sus zapatos, si le hubieran dado la oportunidad de vivir en esa casa, de casarse, de ser la madre de su hija, qué dichosa sería. Pero, acaso, ¿no era todo eso ya? Petra jamás entendió a Irene. Por muy mal que le hubiera ido en la feria no entendía por qué habría tenido que desaparecer así. Hablaron de Irene varias veces. Petra tenía entonces que disimular su temor, la angustia de las odiosas comparaciones enfangándolo todo. A medida que Vero fue creciendo, Petra notaba que Eduard miraba a la niña como si en sus gestos reconociera a Irene, o como si de pronto le traicionara la sospecha del poco parecido con su madre. En efecto, Vero no era morena, ni pachona, ni sonreía. Verónica cada vez se ponía más hermosa, más seductora. Entonces, Petra lo llevaba a la recámara y le hacía el amor borrando a golpe de cadera los nubarrones sobre su cabeza. Sin embargo, su conciencia le impedía alejar a un padre de su hija, y cada quince días la obligaba a visitarlo. Ésa fue su manera de acallar los remordimientos. Así, si algún día preguntaba, podría contarle a Vero que su padre era ese señor catalán al que visitaban con tanta frecuencia. De que no era su madre, no hacía falta hablar. Ése sería un secreto que se llevaría a la tumba. Jamás le dijo a Eduard que Verito era hija suya. No podría soportar convivir con el fantasma de Irene, ya de por sí lacerante. Pensaba que eso sólo enturbiaría aún más una relación prejuzgada y en la sombra. Él no lo habría entendido. Y para erupciones volcánicas, ya tenían las del Popocatépetl.

1

Hoy Verito me ha pedido donar un recuerdo. Me he quedado helada. Primero porque ella jamás había venido a hablarme de alguna cosa que no fuera doméstica. Segundo porque la idea de que ella quisiera contarme un secreto —yo enseguida lo he dotado de ese cariz— me ha hecho trastabillar.

—Claro que sí, Verito —le dije.

Y nos dirigimos hacia la computadora.

Yo estaba ansiosa. No estaba acostumbrada a estar en el despacho con nadie que no fuera Eduard y de alguna manera sentía que violábamos una regla no escrita. Ella, sin embargo, estaba más tiesa que una estaca, segura, hierática como siempre. No le temblaba la mano, ni le sudaba la nuca, ni nada de lo que yo consideraba pertinente en una escena melodramática. Yo carraspeé para aclarar mi garganta.

—A ver, vamos a ver, abrir aquí… Google… bancoderecuerdos, ya está…

El *flash* con el pupitre, la silla y los cajones se desplegó ante mí como tantas otras veces y yo me apresuré a picar sobre «saltar intro». Impaciente.

—¿Qué cajón quieres?

—No sé. Usted elija, señorita.

—A ver. Le pico aquí: «Donar un recuerdo.» «Escoger un cajón aleatoriamente».

Un cajón marrón de fierro se desplegó ante nosotras.

—¿Nombre?

—Verónica Aldeano.

—¿Título?

—«Petra.»

(Disimulo mi emoción).

—¿E-mail?

Verito arqueó las cejas y enchuecó la boca en un gesto gracioso y por lo mismo desconocido.

—Es igual, ya pongo yo el mío... Bueno... —dije, curiosa—, cuando quieras.

Y Verito, la fiel Verito, con los ojos fijos en sus zapatos, empezó a decir lo que jamás, jamás, desde que puse un pie en esa casa, me habría podido imaginar.

—Mi mamá se llamaba Petra. Era una mujer de una pieza. Quiero recordarla cosiendo en su máquina, cantando canciones de Paquita la del Barrio bien fuerte, mientras el ruido del rodillo le hacía competencia. La vida de mi mamá fue injustamente corta.

Al decir esto, sentí una bola apretándome la garganta. No sabía que su mamá había muerto. No sabía nada de Vero, realmente. Me avergoncé por no haber sentido por ella mayor interés que el de tener la comida servida.

—Lo siento —dije interrumpiendo.

Ella siguió:

—A mi papá nunca lo conocí como padre, pero sí como persona. Él no sabe que yo soy su hija. Y creo que nunca lo sabrá, porque una enfermedad (cómo se dice, ¿aljaimes?) le está borrando los recuerdos de mi madre, de su vida. Y yo no seré más que una mano que sostiene la suya, antes de dormir.

Segundos antes de que ella terminara de hablar, yo ya estaba paralizada. Totalmente quieta. Ahora, la Nefertiti era yo.

Ella buscó mis ojos, retándome a opinar.

Tardé varios minutos en salir de mi asombro. No era posible. ¿Eduard? ¿Su padre? Como el silencio se tornaba insufrible, lo rompí con precaución.

—Pero, Vero... ¿tú cómo sabes eso?

Se llevó la mano al bolsillo de su falda y sacó dos cartas. Una más amarillenta y ajada que la otra. Me dio una. La abrí con cuidado, como si en lugar de papel me estuvieran extendiendo unas alas de mariposa.

—Encontré esta carta después de que murió mi madre. Bastante después, de hecho. Estaba bien escondida.

Y al decir esto, pareció descansar. Por fin, llegaba a la orilla después de mucho nadar.

Mis ojos leyeron con fruición un par de palabras sueltas antes de empezar en voz alta:

Si lees esto es porque estoy muerta. Porque en vida jamás me atrevería a decirte esto que voy a escribir. Me llamo Petra Aldeano, y nunca te parí.

Ante mis ojos se alzó una ola dispuesta a revolcarnos, y pude sentir la fuerza del golpe que venía. Pedí permiso para seguir leyendo. Vero asintió con un gesto. Noté que mientras yo leía, ella declamaba en susurros. Se sabía de memoria cada línea, cada frase, como se conoce la letra de una canción escuchada hasta la saciedad. No era para menos. Una reconoce la fuerza de un arranque. Y aquél era uno potente. Volví a leer desde el principio:

Si lees esto es porque estoy muerta. Porque en vida jamás me atrevería a decirte esto que voy a escribir. Me llamo Petra Aldeano, y nunca te parí.

Nací en un pueblo bicicletero, como tú les dices. Tuve diez hermanos y cuatro hermanas, pero de ellos no quiero hablarte. Ellos se quedaron allá en el pueblo, o quizás se fueron, no sé, pero yo me vine para México escapando de un destino de piso de tierra. Mi abuela me enseñó a coser, y yo pensé que eso bastaría para encontrar prosperidad en la capital. Y la encontré, mija. Porque mi costura, por cosas de ésas que una no se explica sin la ayuda de Dios, te trajo a mí. Yo apenas empezaba a valerme por mí misma cuando una señora guapa y muy triste te llevó en brazos hasta mí. No podía mantenerte y me pidió que yo me hiciera cargo. Y así fue cómo me convertí en tu mamá. Y tú en mi hija. Una hija que no hubiera amado más si hubieras sido carne de mi carne, y sangre de mi sangre. Eres la luz de mi vida. La alegría de mis días. Eres un ángel que Dios y la Virgen me pusieron en el camino. Nunca podré amar a nadie como te quiero a ti.

La carta estaba llena de tachones, de borrones, de palabras mal escritas y vueltas a escribir, muestra clara de que Petra se había esforzado más allá de sus posibilidades para poder redactarla.

La cerré con respeto y se la regresé a Vero.

—Es una carta preciosa, Vero, consérvala bien. Ojalá yo tuviera una carta como ésa.

—Sí —dijo, escueta.

Soltó aire, desinflándose. Las dos guardábamos silencio, recuperándonos tras el revuelco de la ola, digiriendo las palabras. Luego, me dio a leer otra carta. Ésta estaba mucho menos manoseada.

—También encontré ésta escondida junto a la otra.

Yo levanté las cejas.

La desdoblé más rápido. Decía:

Tú eres el padre de esta niña, Eduard. Me enteré que estaba embarazada cuando ya me había ido, y me faltó valor para volver. Yo la parí, pero no hice nada más allá de eso. Esta buena mujer, Petra, accedió a criarla. Perdóname. Perdóname, Eduard.

IRENE.

P.D. El padre de la niña vive en la calle San Borja, colonia Del Valle. Su nombre es Eduard Castells.

Que Dios la bendiga y a mí me perdone.

Casi me da un ataque. ¡Ahí estaba! ¡Ahí estaba! ¡De su puño y letra!

—¿Me puedo quedar con ésta? —pregunté con pudor.

—Claro. Yo pa' qué la quiero.

—Está escrita por tu madre.

—Mi madre no escribió eso, señorita.

Yo me ruboricé. Levantó la otra carta amarilla y ajada, la viva imagen de un árbitro de futbol.

—Mi mamá escribía más bonito.

2

Quedé con mi madre para contárselo en persona. Sabía que se quedaría de piedra. ¡Y cómo no! Verito hija de Eduard... y él sin saberlo. Pero eso no era todo: ¡hija de Irene! A la que había matado en su delirio. De todos modos, aunque lo hubiera sabido ahora no se acordaría y al menos eso me daba cierto consuelo. Me lo daba a mí, claro, y no a Vero. Pobrecita. Me pregunto desde cuándo lo habrá sabido. Desde cuándo habrá rumiado esa hiel, cuántas veces habrá querido contarle, tomarle de la mano y decirle, como una Skywalker: «Eduard, yo soy tu hija.» En cierta medida, el alzhéimer ha venido a liberarla. Ahora puede sentarse junto a él, como vi que hacía el otro día, acariciarle el pelo y tener esos instantes de intimidad, de otro modo imposibles. Ahora entiendo por qué se emocionaba cuando Eduard la llamaba *Petra*. Ése era su descanso. Qué curioso. Es difícil eliminar la memoria sentimental. Las neuronas mueren, pero —aparentemente— el amor no se registra en el cerebro. Debe guardarse en otra parte del cuerpo. Porque Eduard se acuerda de que amó a su madre. De que ha amado. Qué duro. Y qué injusto. Ahora comprendo el porqué de sus miradas frías, por qué tanta abnegación.

Mi madre me citó en un restaurante de comida vegetariana porque estaba en una dieta de desintoxicación y sólo tenía permitido comer cosas crudas. Sin cocinar, yo sólo como lechuga, jitomate, jícamas, zanahorias y demás verduras de guardar, así que verla mascando brócoli sin cocer, macerado con litros de limón, me daba la peor de las ñáñaras. Pero apechugué y fui. Faltaría más.

—No te vas a creer esto, mami —le dije *mami*, y al oírme sentí que me faltaban las trenzas y los *brackets*—: Verito es hija de Eduard.

—¿Que qué?

—Como lo oyes.

—Ah, rechingados hombres —(¿*rechingados?* Mi madre y su particular reinvención de los modismos mexicanos)—. Todos son iguales.

—¡No, no! —salí rápida en su defensa—. Él nunca lo supo. Es hija de él y de Irene.

Los ojos de mi madre estaban redondos como rebanadas de pepino.

—¿De Irene? ¿Y qué demonios hace su hija trabajando de su sirvienta?

—Pues sí, no sabes qué hija de puta la Irene…, con perdón.

—Cuida esa boca, jovencita —dijo tras dar un gran mordisco a un apio.

—Ay, mamá. Pero en serio, no sabes qué cabrona. Le dio la niña a las dos semanas de nacida, ¡dos semanas!, a una costurera de un teatro. ¿Puedes creerlo?

Y otro mordisco.

—Pobre mujer, debe de haber estado desesperada.

—¿Desesperada de qué? Pinche vieja. Ni modo que no pudiera hacerse cargo de su propia hija, ¡la fue a botar con una costurera! Yo me quedé de a seis.

Entonces mi madre, imparcial como Salomón, ante mi incredulidad, empezó a justificarla.

—Debes aprender a no juzgar a la ligera. No sabemos qué habrá pasado para hacerle tomar una decisión como ésa.

—¡Mamá, por Dios! ¿Tú qué habrías hecho en su lugar?

—No hablamos de mí, sino de ella.

—Ay, mamá, no me vengas con ésas.

Otro mordisco. Esta vez muy pequeño, con la punta de los dientes. Se quedó pensando.

Levantaba mi vaso de jugo de nopal en señal de triunfo, cuando ella soltó de pronto:

—Yo habría abortado.

El trago se fue por otro lado a medio bajar. Empecé a toser. Un poco de líquido verde se me salió por la nariz. Me limpié con el dorso de la mano. Ella siguió:

—¿Qué? ¿Acaso tú no?

—Cómo crees, mamá —dije aún sin dejar de toser.

—¿Y por qué no?

—¿Me preguntas en serio?

Mi madre sostenía la mirada. Era evidente que hablaba en serio. Por la severidad de sus ojos, intuí que había algo más. La conversación acababa de dar un giro. Ya no hablábamos de Irene, sino de ella. De nosotras. Como si esta historia le hubiera venido al dedo para sacar a colación un tema del que jamás habíamos hablado antes. Hay madres que hablan con sus hijas de sexo, de la pérdida de la virginidad, de píldoras anticonceptivas y ponen el hombro para llorar cuando los novios las dejan. Mi madre nunca fue de ésas. Ella dio por sentado que yo me las apañaría para recabar la información cuando llegara el momento. Por eso me sentí tan incómoda cuando de repente se puso a hablarme de igual a igual. No estaba acostumbrada a ser «colega» de mi madre. A lo mejor su relación con Arturo la estaba modernizando.

—Pues no sé —dije con timidez—. Yo creo que no.

—¿No? ¿Crees que es mejor tener un hijo y darlo al primero que pase?

—Por supuesto. Hay familias deseando poder tener bebés. La gente que aborta es egoísta y sin principios. Matan a sus propios hijos —generalicé.

—¿Eso crees? Qué santurrona me saliste.

—No es por eso, madre. Es porque hay otras salidas.

Mi madre me ha mirado pocas veces así. Una fue cuando mi padre agarró sus maletas y se fue. Se quedó de pie en el pasillo y luego, cuando se dio cuenta de que estábamos solas ella y yo, verdaderamente solas en el sentido literal de la palabra, me miró cual oráculo, viendo a la vez mi futuro, mi presente y mi pasado.

Ahora me miraba como entonces, pero sentí vergüenza y tuve que fingir estar ocupada partiendo un champiñón.

—Mira, Soledad —me llamó por mi nombre, lo que presagiaba la severidad de la sentencia—. Número uno: generalizar denota ignorancia. No vuelvas a decir «la gente», «el mundo», ni babosadas de ésas.

Entorné los ojos clamando paciencia.

—¿Y dos?

—Y dos…: yo aborté una vez.

Gancho al hígado. Ahí estaba yo. Con medio champiñón en mi tenedor y mi cara de pendeja.

—¿Pero qué dices? ¿Cuándo?

—Hace mucho tiempo. Después de tenerte a ti.

—¿Pero… por qué?

—Por muchas razones. No podía hacerme cargo de otro hijo. Apenas si podía contigo, lo sabes. Las cosas con tu padre no iban bien... Muchas razones.

—¿Y él qué dijo?

—¿Él quién?

—Pues tu marido, quién va a ser.

—¿Quién dijo que le pregunté?

—¿No se lo dijiste?

—Por supuesto que no.

Yo estaba fría. Cruda. Como las verduras de mi plato.

—¿Y qué pasó luego?

—No pasó nada. Seguí con mi vida. Preocupada por ti. Por nosotras. Lo demás, no importaba.

Puse los codos en la mesa.

—¿Por qué nunca me lo contaste?

—No hacía falta. ¿Crees que hizo falta? Hay cosas que no se cuentan. Esas decisiones las carga una sola. De por vida. No miras atrás. Sólo hacia adelante. Como Irene, supongo. No mirar atrás no quiere decir no cargar con el peso de la conciencia. A lo hecho, pecho.

No mirar atrás. Mirar atrás. ¿Acaso no estábamos volteando? ¿No era eso lo que angustiaba tanto a Eduard? Poder volver la mirada atrás sin convertirnos en estatuas de sal.

Ella agarró su apio, lo hundió en la salsa de queso azul y le dio un mordisco.

—¿No te arrepientes? A lo mejor, ahora seríamos tres aquí. A lo mejor tendría un hermano.

—Ay, por favor, Sole. No seas melodramática. Si me pusiera a pensar en todas las vidas no vividas no acabaría nunca. Sería una amargada.

Sí. Justamente eso era lo que me pasaba a mí. Siempre lo hacía. Imaginaba otras vidas. Si tuviera dinero, si tuviera pareja, si tuviera hijos, si tuviera un departamento propio, si tuviera una novela publicada, si tuviera un perro. Si tuviera.

Durante el resto de la comida, me sentí comiendo con una extraña. De nuevo se instaló entre nosotras la dictadura de lo políticamente correcto. Ni un paso en falso. No mencioné nada que pudiera remover las arenas movedizas bajo nuestra mesa. Estaba incómoda. Como en una primera cita, hablando de más sobre cualquier tontería para evitar el silencio. Le conté de Petra, claro. Ella escuchó. Pero no se emocionó como yo esperaba. Sencillamente dijo:

—Qué cosas pasan, ¿no? —como si le hubiera contado que Irene le había dado a Petra un boleto del metro.

¿Cómo es posible que siendo únicamente mi madre y yo nos hubiéramos alejado tanto la una de la otra? Mi padre nos dejó, y ella, a saber por las recientes declaraciones, no había querido tener más hijos para preservar este dúo que conformábamos. Y ahora, treinta años más tarde, éramos dos extrañas sin saber compartir un espárrago.

A veces siento que no la conozco. O lo que es aún peor: que no me conoce. Creo que durante los últimos años me la he ido inventando. Me he inventado un carácter, un tiempo, un entorno. Mi madre es un personaje de novela.

Al final de la comida con sabor de botana (saliendo de allí me pensaba ir a echar unos tacos de suadero), motivada por la corrección política más que por la necesidad de su respuesta, le pregunté:

—Bueno… y entonces, qué hago: ¿se lo digo a Irene?

—¿Qué? ¿Que Vero es su hija?

Entorné los ojos.

—Piénsalo, Vero no tiene a nadie más.

Mi madre tronó tres veces la lengua muy deprisa igual que hacen los jinetes para llamar a su caballo.

—Tnnn, tnnn, tnnn. No. Yo no lo haría. Irene dejó muy claro que no la quiere en su vida.

—¡Pero eso fue hace años! Ahora debe ser distinto. Tal vez se arrepiente. Algunos se arrepienten—. Nada más decir esto, me arrepentí.

—No —insistió ella. Yo digo que no. Mala idea.

Pero yo quería oír un *sí*.

—Pues se lo voy a decir.

209

—Entonces, ¿para qué me preguntas?

—Pensé que ibas a decir que sí.

—Pues no. Me parece una tontería. Vas a enredarlo todo.

—¿Y si no? ¿Y si le doy una alegría?

Mi madre sorbió su té verde con impaciencia.

—Enfrentar a la gente con sus fantasmas no es darles una alegría.

—No generalices.

—No me des la vuelta, sabes lo que quiero decir.

Resoplé. Siempre que hablábamos terminábamos dándonos en el orgullo. Pocas veces conseguíamos conectar. El oráculo volvió a adivinar mis pensamientos:

—No es una competencia sobre quién tiene razón o no, Sole. Hay muchas personas involucradas. Sé sensata, hija.

—Creo que te equivocas. Por algo se han dado las cosas de esta manera. Son demasiadas coincidencias. Por algo Eduard me habló de Irene, de Olvido. Es como si él quisiera que las encontrara.

—Yo no creo en el destino, si es a lo que te refieres. El destino es resultado de nuestras acciones.

Mamá 1-Soledad 0.

Una competencia más, otra menos. Qué importaba. Mi vida adulta se evaporaba intentando demostrar que en sus «no competencias», siempre ganaba ella. Ella tenía pareja, yo no. Ella tenía una hija, yo no. Ella tenía un aborto, yo no. Ella tenía razón, yo no. Ya estaba harta. Eso me sacaba por contarle mis cosas. Esto era algo que le debía a Eduard, no a ella.

—Sí, mamá —dije dándole el avión una vez más entre un millón.

—No le digas nada. Hazme caso.

—Sí, mamá.

—¿Me lo prometes?

—Sí, mamá.

Y nos despedimos con un abrazo rápido bajo un sol inclemente.

3

Estuve toda la tarde en el departamento de Eduard. Aquel lugar se había convertido en lo más parecido a un hogar. Me gustaba estar con Rubén, leyendo. Me gustaba observar a Vero en el trajín de su cocina, trabajando en silencio, entrar al trastero y leer el único ejemplar de *Lágrimas en el océano*, empolvado y desencuadernado sobre la mesa, descifrar los márgenes llenos de notas escritas a mano por su joven autor. Y me gustaba acompañar a Eduard. Él seguía creyendo que éramos universitarios. La cosa no dejaba de tener su gracia, dentro del dolor provocado por la locura, porque de algún modo era como asistir al nacimiento de la inocencia. A veces tenía chispazos en los que me preguntaba por sus alumnos, me daba apuntes y bibliografía para que los mandara por correo, cosa que yo hacía en señal de respeto a la poca conexión que aún mantenía con el mundo real. A veces me sentía con la capacidad de sacar a relucir la verdad atrapada en ese laberinto sin salida de su cabeza, como si las lagunas de Eduard fueran producto de un *shock* postraumático en lugar de un desgaste progresivo del cerebro. Le hacía preguntas. Muchas. Lo bombardeaba. Como si cada pregunta fuera la primera y yo, una niña de dos años enlazando indefinidamente un porqué con otro. Todo en busca de un caminito que lo sacara del bosque. Pero era muy difícil seguir el rastro. Si quería respuestas, tenía que preguntar a otros.

Un día, empecé a leerle en voz alta los libros que Rubén me daba. Así tenía tiempo de leer y de paso le hacía compañía. Eso pareció tranquilizarlo. Pasábamos las horas acompañados de libros, de mentiras que parecían verdades. Leímos uno a uno todos los *Arrebatos carnales* de Francisco Martín Moreno, *La vida de Pi* de Yann Martel, *Pequeñas Infamias*, de Carmen Posadas y cuando quería aventuras le leía los de Pérez-Reverte, desde *El capitán Alatriste* hasta *El maestro de esgrima*. Sus lagunas, paradójicamente, me enseñaban a conocerlo. Aprendí, por ejemplo, que a pesar de haber sido en su juventud un melómano de gustos exquisitos —incluso esnobs—, ahora le gustaban las baladas «poperas». Estaba segura que eso era una novedad, porque a juzgar por los *tickets* de la ópera y demás entradas de conciertos que encontré, jamás le había gustado nada que hubiera podido competir en la OTI. Pero un día, viendo la televisión, se topó con Julio Iglesias cantando *Crazy*. Se puso de pie como si acabara de ver a un hermano perdido, empezó a aplaudir y a tararear mientras daba vueltas por la sala. Al día siguiente, y en contra de Verito, indignada por incentivar conductas impropias en don Eduard, le llevé el disco. Aunque viva cien años, nadie volverá a agradecerme un regalo de manera más efusiva.

El tonito de Julio Iglesias lo hipnotizaba. Le gustaba su dejo lastimero, sus tonos lánguidos, su descarado acento español emergiendo como un iceberg en medio del inglés. Saqué el viejo tocadiscos de su despacho, lo puse en medio de la sala y cuando se ausentaba de su cuerpo para irse a quién sabe a dónde, ponía *Everytime you touch me*, a dúo con Dolly Parton y lo sacaba a bailar. Supongo que de haber estado en sus cinco sentidos, me hubiera aventado el disco a la cara. Pero el nuevo Eduard me tomaba por la cintura, se apoyaba sobre mi hombro, y acurrucado, seguía el ritmo de la música con los ojos cerrados. Bailábamos casi sin movernos. Un par de pasos hacia los lados bastaban para sentir la inmensidad.

Decidí que era mi obligación moral decirle a Vero que conocía a su madre. A Irene, su madre biológica. En una noche de insomnio, me dio por pensar que me hubiera gustado conocer a mi padre. Conocerlo ahora. Y hablar con él. Me gustaría preguntarle por qué se marchó. Preguntarle si había valido la pena. En mi adolescencia, prefería imaginar a mi padre viviendo una vida feliz. Que le había compensado irse, dejarnos. No lo hacía por torturarme. Era más bien puro instinto de supervivencia. Tanto dolor, tanta ausencia y vacío, más valdría que le hubieran servido a alguien.

Tras pensarlo mucho, decidí que primero lo consultaría con Eduard. Confiaba en que a pesar de su demencia, me daría una pista.

Al día siguiente, como todas las mañanas, lo acompañé a desayunar. Aún comía solo, pero era necesario asistirlo para untar la mantequilla en el bolillo o abrir una bolsa de cereales. Me senté a su lado. Antes de hablar, me aseguré de que Vero no rondara cerca.

—Eduard, hay algo que quiero preguntarle.

—Pregunta… —respondió él.

—Verá… —No sabía cómo empezar—. ¿Se acuerda de Irene?

Al mencionar su nombre se le cayó la cuchara. Yo se la acerqué.

—¿Irene? ¿Quién es Irene?

—Irene, su mujer.

—Ah, sí. Irene. Ella murió.

—No, no murió. Ella vive.

—¿Irene está viva?

—Sí. Está viva.

—¿Está aquí?

—No.

Él pareció respirar más agitadamente. Se acomodó en la silla.

—Quiero ver a Petra —me dijo.

—Petra murió. Hace tiempo.

—¿Y por qué nadie me avisó? ¿Cuándo murió?

—Hace muchos años, Eduard. Ya lo sabía. Fue a su entierro.

—¿Fui? No, yo no fui. No me acuerdo. —Parecía buscar en sus recuerdos—. No me acuerdo —repetía —no me acuerdo.

De pronto, Vero entró en el comedor.

—¡Ah, Irene! ¡Al fin regresaste! —soltó a bocajarro.

De haber tenido una pistola, Verónica la hubiera vaciado en mí. Palideció al punto que pensé que se iba a desmayar. Yo intenté nadar y guardar la ropa.

—No, Eduard, ella es Verónica, la hija de Petra.

Pero el atole ya estaba derramado.

Eduard se levantó de la mesa y se dirigió hacia ella. Vero dio dos pasos hacia atrás.

—Hijita, mía —le dijo al tiempo que le besaba las mejillas.

Vero aguantó esos dos besos como dos bofetadas. Tragó gordo y sin mirarme se fue corriendo.

Noté que apenas había respirado durante el último minuto, como si mi cuerpo se negara a moverse incluso involuntariamente. Eduard se sentó de nuevo, ajeno al maremoto que acababa de golpearnos inundando el comedor.

Me llevé las manos a la cabeza. Sopesando. Me levanté con rapidez y me dirigí a la cocina.

Cuando entré, Vero lavaba trastes encabronada, a juzgar por su forma de enjabonarlos como si quisiera quitarles el estampado.

—Lo siento mucho —balbuceé. No es lo que crees, no le dije nada.

Más jabón. Más platos.

—Tienes que creerme, Vero.

Muchos años callando le impidieron decirme lo que pensaba. En su lugar sólo dijo:

—No se preocupe, señorita. Estoy bien.

—¿Seguro?

—Seguro. Vaya. Váyase por favor, señorita.

Una sabe cuándo incomoda. Me giré con el alma acongojada y volví al comedor.

Cuando me senté, Eduard no se acordaba de nada. Me hablaba de la universidad, de las tareas pendientes, de un maestro impertinente de cuyo nombre no quería acordarse. Yo le susurré al oído. Fue como rezar. Deseaba que me oyera, aunque no esperaba respuesta.

—Vero es hija suya y de Irene. ¿Lo sabía?

Él no se inmutó.

—¿Quién es Irene? ¿Tú eres Irene?

Dejé caer mi cabeza sobre los hombros. Era inútil. Agarré un pedazo de pan dulce y me lo comí. En el resto del desayuno, no volví a dirigirle la palabra. Él aprovechó mi silencio para ponerse a romper servilletas de papel. Estuve tentada a detenerlo, cuando me dije que era mejor dejarlo en paz. Romper servilletas no lastimaría a nadie. Mis palabras sí. Ya había hecho suficiente. Terminé el desayuno con desgano. Me levanté de la mesa con la intención de arreglar tremendo desaguisado. Necesitaba recuperar la confianza de Vero. Yo quería ayudarla, no echármela de enemiga. Y entonces, me pareció leer algo. Me incliné. Pude ver lo que Eduard había estado haciendo durante todo este tiempo. Figuritas de papel. No sabía que Eduard sabía hacer eso, pensé. Un elefante, un pato, un barco, un avión. Y en medio de todo ese montón de papelitos rotos, de pronto, asomando la cabeza entre la celulosa, unas letras mal cortadas formaban una palabra. No podía creerlo. Me asomé por encima de su hombro para comprobar que no era producto de mi imaginación. No. No me lo inventaba. Mal cortadas a mano reposaban unas letras. Las enderecé como si jugara al Scrabble. No podía creerlo. Lo miré. Él no respondió a mi atónita mirada. Ahí, debajo de mis narices, Eduard había formado una palabra: *B Ú S C A L A*.

4

Esperé sentada en el mismo café donde había visto a Irene la vez pasada, mordiéndome los padrastros. Los nervios me tenían los dedos en carne viva. Pensé que tal vez era momento de hacerme una manicura. Las uñas de acrílico estaban de moda, pero era más fácil que volviera a nacer antes de pasar por ese aro. Unas uñas como ésas sólo eran justificables si eras hindú y bailabas en homenaje a Shiva, y aun así, tenía mis reservas.

A mi alrededor, personas de dispares profesiones cuchicheaban en voz baja. En la mesa de al lado, un joven pedante de pelo engominado hasta el acartonamiento de sus folículos capilares, hablaba de *some interesting business* por el celular con un acento inglés correcto que muy a su pesar evidenciaba su lengua materna. Un poco más allá, una mujer llevaba a cabo entrevistas de trabajo. Aparentemente, solicitaba vendedores de aspiradoras con titulación universitaria, dos idiomas, experiencia previa, horario flexible y automóvil propio. ¿El sueldo? Nada. Iban a comisión. Aun así los aspirantes peleaban el puesto como una candidatura al Nobel y cada uno choreaba más que el anterior. Intenté no pensar en que ésa sería mi situación si Eduard prescindiera de mis servicios, lo cual, a todas luces, sucedería pronto. A mi izquierda, dos hombres lucían como perros olisqueando sus colas:

—¿Cómo está el licenciado más chingón del Estado de México?

—¡No tan bien como usted, maestro!

Uno de ellos se fue al baño y el otro marcó desde su teléfono a algún secuaz para que le pusieran «en la madre a ese pendejo» justo cuando Irene llegó.

Sin esperar a que me levantara, Irene se sentó frente a mí, de espaldas a los hipócritas, de cara al engominado y a un costado de las entrevistas de trabajo.

Me sorprendí al volver a verla. Se veía más delgada y su gesto cansado dejaba claro que remover el pasado generaba consecuencias devastadoras. Mirar atrás. Pensé. Por un momento estuve a punto de echarme a correr. ¿Estaba segura de querer seguir con esto? Mi madre tenía razón, para no variar. Iba a hacer un tiradero. ¿O quizás no?

—Hola.

—Cómo está, Irene.

—Digamos, para decir lo menos, que estoy intranquila.

—Ya. Me imagino.

Ella se quitó un echarpe de lana color verde musgo y lo colocó sobre su silla.

—Verá, Irene. Iré al grano.

Ella pareció agradecerme que me saltara lo protocolario.

Y me zambullí.

—Conozco a su hija. A la hija que tuvo con Eduard.

Hay dos maneras de mirar a una persona que revive a los muertos. La primera es de gratitud por presenciar un milagro, como Marta y María debieron mirar a Lázaro saliendo del sepulcro.

La segunda es de terror absoluto ante lo desconocido, de pánico por violar las leyes inquebrantables de la Naturaleza. De esta forma me miró Irene. Como si fuera una bruja que venía del Más Allá para atormentarla.

Irene se tapó los oídos antes de decir en voz baja:

—¿A eso has venido, a martirizarme?

—No, no, en absoluto —dije, temiendo una escena.

Como parturienta antes de pujar, tomó una gran bocanada de aire. Me habló, aunque en realidad hablaba sola.

—La ausencia de mi hija es una cicatriz seca, dura, de carne insensible. Duele más que un muerto. Ése es mi castigo.

Dolía. Podía sentirlo.

Intuí un pequeño resquicio por el cual poder meterme.

—Por eso mismo —insistí—. ¿No quiere conocerla? ¿Verla aunque sea una vez en la vida?

—No puedo. Perdí ese privilegio el día que la abandoné.

Yo apreté los labios.

Pensé si, en algún lugar lejos de aquí, mi padre lamentaría haber perdido sus privilegios conmigo. Luego dije:

—Eduard no sabe que tiene una hija.

Entornó los ojos, avergonzada, antes de preguntar:

—¿Cómo que no sabe? Entonces, tú, ¿cómo lo sabes? ¿Quién te lo dijo?

—Ay, doña Irene —me lamenté—, no se puede imaginar las vueltas que da la vida. Pídase algo. Es una larga historia.

Irene me escuchó en silencio. Escuchó callada cómo Petra y Eduard se habían querido, cómo habían vivido revueltos aunque no juntos, y que Vero, su hija, se había quedado trabajando con él tras el fallecimiento de su madre. Había sido ella misma quien, por casualidad, encontró unas cartas donde le explicaban todo.

Le di la carta. Ella la abrió. Nada más verla, empezó a llorar sin emitir ningún sonido. Tan sólo lágrimas resbalando en una fuente. «Tú eres el padre de esta niña, Eduard.» Así empezaba. No tenía que leerla. Se acordaba muy bien de cada palabra. Las llevaba tatuadas en el alma. Un tatuaje imposible de borrar ni eliminar. Las peores marcas son invisibles. Son las que siempre están ahí, a cualquier hora, con cualquier edad. Marcar la piel con tinta es una declaración que pretende decir al mundo este cuerpo es mío, yo soy mi lienzo, hice aquello, amé a Mengano, sobreviví o morí con tal o cual acontecimiento, pero se hace para los demás, como en las tribus o en las cárceles rusas. Pero Irene tenía la piel blanca, intachable, a diferencia de su alma poluta.

Dobló la carta y me la regresó. Parecía una niña entregando una boleta con puros reprobados.

—Y ella, Verónica… qué piensa.

—Pues verá… no estoy muy segura. Para ella, su mamá es Petra. Como es lógico. —Sentí el calor en mis pómulos—. Y Eduard, bueno… no sé muy bien cómo se siente al respecto. Como tiene alzhéimer divaga mucho, no reconoce, se olvida.

—Ya.

—Pero el otro día, la llamó *Irene*.

Un búho no habría podido abrir más los ojos.

—¿Cómo dices?

—Eso… que el otro día, la llamó *Irene* y ella casi se desmaya.

Irene se sofocó y tuvo que abanicarse con un menú de promociones (todas las bebidas nacionales al 2 X 1 los jueves) que había sobre la mesa.

—¿Por casualidad, no tendrás una foto?

—¿Una foto? No… qué boba. Cómo no se me ocurrió. Ah, pero espere… igual puedo conseguir una. Un momento.

Cogí el teléfono y abrí el WhatsApp. Le mandé un mensaje a Rubén. Como avatar, tenía la imagen de Dalí con sus bigotes pegajosos:

«Puedes mandarme foto de Verito? Urge! Grax.»

Y dejé el teléfono sobre la mesa esperando que, por favor, vibrara pronto.

—A ver si nos mandan una foto —dije. Y entrelacé los dedos.

Las dos estuvimos en silencio unos segundos, sin saber qué decir. Por suerte, las entrevistas de trabajo terminaron y la empleadora se levantó haciendo un tremendo barullo al levantar sus bártulos. Aún no terminaba de recorrer su silla cuando ya estaba hablando por teléfono. Al principio parecía loca porque hablaba sola, pero al girarse para recoger un montón de fichas y papeles esparcidos por la mesa, vimos que en la oreja llevaba puesto el chicharito del manos libres. No he visto otra cosa más esperpéntica que eso del chicharito. La gente ríe sola, se encabrona sola, habla sola mientras camina, maneja o trabaja. Cada uno con su rollo.

Mi teléfono vibró y yo salté sobre él como un gato persiguiendo un destello de luz.

Rubén contestó. Abrí el archivo adjunto. Era la foto. Rubén era más pícaro que un perro callejero. Le había pedido a Vero que posara junto a Eduard, así que Irene tendría dos. 2 X 1. Como la promoción de los jueves.

—Aquí está —dije.

Irene se puso unos lentes antes de mirarla. Le temblaban las manos. Cogió mi teléfono y al ver la foto intentó hacerla más grande, separando los dedos pulgar y corazón como si estirara un moco.

—No, no… es Blackberry… para hacerla más grande tiene que picarle al zum, aquí en el botoncito del medio.

—Ah… perdón. La costumbre… A ver… así. Ya está.

Volvió a posar sus ojos sobre la imagen. Un filatelista no mira los sellos de correos con tanta atención.

—Se parece a mí —dijo al fin.

—Sí. Un poco. Le da un aire. Sí —balbuceé. Lo cierto es que nunca me había fijado en quién se parecía a quién. Aunque, bien mirado, era verdad que los ojos se parecían a los de ella. Pero muy poco. El instinto mimético nos hace parecernos a quienes tenemos cerca, y Vero había buscado parecerse a Petra. Estaba segura de eso aún sin conocer a Petra, porque Vero ni por asomo tenía la voz de Irene. Vero tenía voz de flauta. Irene, en cambio, era tan ronca como Almudena Grandes. Milagro sería que conservara la garganta.

—Gracias. —Y me dio el teléfono.

De Eduard no dijo nada.

—¿No reconoce a nadie más en esa foto? —dije al tiempo que volvía a acercarle el aparato.

Para mi sorpresa, ella me detuvo la mano.

—Sí. Ya lo he visto.

—¿Ha visto a?…

—Sí —me cortó.

—¿Pero no quiere?...

—No —cortó de nuevo.

Empecé a pensar que mis dotes de pitonisa eran de lo peor. Malas, malas. Ninguna de las personas sometidas a mi criterio reaccionaban de la manera esperada. ¿Por qué no quería ver a Eduard? Sin comentarios, como en rueda de prensa.

Ella notó mi desconcierto. Y entonces, para apaciguar el fuego en mi interior, me dijo:

—Demasiadas emociones por hoy. Necesito asimilarlo.

Puso sobre la mesa un billete de doscientos pesos y me dio las gracias.

—Ya nos veremos.

Me levanté como impulsada por un resorte para acompañarla a la salida, pero ella me lo impidió. Colocó su mano en mi hombro.

—No te molestes. Ya has hecho bastante.

Y abandonó el café con un caminar lento, pesado y quejumbroso que, sin embargo, denotaba un antiguo bamboleo.

Me dejé caer sobre la silla. Confundida. Sin saber muy bien cómo interpretar esas últimas palabras. Volteé a mi alrededor. El seudo-gringo engominado aún seguía al teléfono con la oreja enrojecida, parloteando sin haber podido dar carpetazo a sus asuntos, mientras yo acababa de poner —al menos— una vida patas para arriba.

5

Ha pasado casi un año desde que conocí a Eduard y ya no lo reconozco. Eduard está muy mal. Cada vez lo veo más perdido, más ido. Ni sombra del hombre que me contrató. Su cuerpo ha perdido tono muscular y ha parecido encoger como en maleficio. Los cuellos de las camisas le quedan grandes, los pantalones le bailan en la cintura y hay que ajustárselos muy fuerte con el cinturón. Rubén lo carga como a una pluma. El hombre no opone resistencia. Le ha tenido que poner pañal para evitar la humillación de verlo meándose por los pasillos.

Aún bailamos. De vez en cuando. Es entonces cuando puedo sentir sus huesecillos en mis manos, como si abrazara a un murciélago. Se está consumiendo. He leído mucho sobre la enfermedad y me llama la atención que su deterioro sea tan rápido. En algunas páginas dice que desde que se diagnostica el alzhéimer hasta su desenlace fatal pueden pasar diez años, pero es que Eduard se nos va de prisa, como si el proceso se hubiera acelerado. Parece ser que cuanto más temprano aparece el alzhéimer, más rápido avanza. Pero por más que lea sobre esto, ver cómo los síntomas se hacen evidentes en una persona es desolador.

Ya no le gusta leer. Ni que le lean. Supongo que le es imposible seguir el hilo de una historia. A veces, lo he encontrado intentando escribir, pero no puede. Hace rayones amorfos sobre el papel. Se enfada y empieza a tirar los objetos que encuentra sobre la mesa. Impresiona ver la fuerza que aún puede tener un hombre débil. Rubén lo controla enseguida, pero a mí me asustan estos episodios. No puedo dejar de imaginármelo matando a Olvido, aunque sea mentira.

Que alguien sea capaz de inventarse un doble asesinato por placer, por el puro placer de escribirlo y quedarse tan ancho, me pone los pelos de punta. Más, si esta persona en verdad existió y fue su mujer. No puedo quitarme de la cabeza esa mirada de psicosis, del placer que experimentó cuando me dijo que era un asesino.

Me pregunto si en su juventud, Eduard habrá sido un hombre violento. No dejo de pensar en Videla, por ejemplo, ahora que ha muerto y que —si existe un Dios— arde en el infierno. Lo ve uno ahí, sentado en ese banco durante el juicio que lo mandó a la cárcel demasiado tarde, tan enclenque y anciano, con su bigotito peinado y recortado, con sus enormes gafas de lágrima, con ese gesto de puchero de media luna y pienso: «Míralo a ese viejito, si fue un grandísimo hijo de puta torturador, asesino y genocida.» La vejez no debe encubrir al monstruo de la juventud. Aunque éste sería un mundo mejor si no esperáramos a que envejeciera el monstruo para plantarle cara.

Eduard ha empezado a confundir la noche con el día. No es que tenga insomnio, es que de veras se confunde e invierte el horario. Como un bebé, duerme plácidamente por la mañana, dándonos a los demás cierto respiro, pero cuando queremos dormir, Eduard aparece vestido —mal vestido, con los botones mal abrochados y el pantalón al revés—, en medio de la sala. Tardamos varias horas en explicarle que debe dormir. «Mira, Eduard, la luna.» «Mira, Eduard, todo está oscuro.» En una de esas charlas que solía mantener con mis amigas, una examiga mamá, por supuesto, contó arrebatada que acababa de leerse un manual fabuloso para hacer dormir a los bebés. A grandes rasgos, consistía en, ni más ni menos, no hacerles ni puto caso y dejarlos llorar hasta que entendieran que por más que berrearan era hora de dormir y ni la madre que los parió les iba a echar una mano porque la noche era sagrada. Finalmente, el bebé entendería que estaba solo en el mundo y dejaría de llorar. Sí. Algunas madres (y padres) hacen eso. Pero a Eduard no le podíamos aplicar el «método» porque era un hombre que podía caminar, abrir puertas o levantarse de la cama, a diferencia un bebé de seis meses, y hasta las torturas tienen su manual de procedimientos. Así que (como el resto de padres que aplican el sentido común y no un manual de instrucciones para criar a sus hijos) había que acompañarlo, hablarle, consolarlo y estar con él hasta que entendiera su error y volviera a dormirse. No tengo hijos ni sé si los tendré algún día, pero me horroriza ver que en la sociedad impera la necesidad del adulto frente a la del bebé. La sociedad del *Primero yo, luego yo y después yo.*

A Eduard ya todo esto le importa poco. Su mundo es el ocaso, y ni el calentamiento global, ni la sucesión en Venezuela, ni los tornados en Oklahoma le dicen nada. Él sólo se sienta a ver por la ventana, esperando ver llegar a su Niebla, que sigue sin aparecer.

6

Mi madre me llamó con mucha insistencia. No conseguí hablar con ella, porque estaba ayudando a Rubén a vestir a Eduard después del baño. Pero debió de ser algo importante porque aparte me mandó varios whatsapps, cosa que nunca hace, con el texto «Urgente, urgente». Digo yo que también podría escribir qué es lo pasa y, de paso, quitarme la congoja.

—¿Mamá? ¿Qué pasó?

—Ay, hija, menos mal que llamas.

—¿Qué pasó, estás bien?

—Ha llegado una carta.

—¿Una carta?

—Sí, para ti.

—¿Para mí? ¿De quién?

—Del banco.

—Mmmta. Otra vez el banco… ¿qué pasa ahora?

—Dice que ya puedes pasar a abrir tu caja de seguridad, que el plazo ha vencido.

—¿QUÉ COSA?

—Pues… por lo que entendí… El señor Eduard tiene una caja de seguridad en un banco… a tu nombre.

—¿¡Qué dices!?

—Como lo oyes… La caja está a tu nombre. Sólo tú puedes abrirla.

—¡No puede ser! —Me sudan las manos—. Y ¿qué tengo que hacer?

—No tengo ni idea.

Como si pudiéramos vernos, permanecimos calladas al otro lado del teléfono.

—Bueno, déjame ver qué averiguo. Esto está muy raro.

—Me llamas en cuanto sepas algo, ¡que estoy en ascuas!

—Sí, mamá.

—Besos mil.

Durante el resto de la mañana estuve elucubrando. ¿Una caja de seguridad? ¿Sería dinero? ¿A mi nombre? Y ¿desde cuándo habría dispuesto Eduard aquello? Todo era muy raro. Me moría por contárselo a Rubén. A lo mejor él sabía algo. Además, a estas alturas, ya no me importaba cometer una imprudencia. Pero en un esfuerzo descomunal, me contuve. Debía callar hasta saber de qué trataba todo este embrollo. Vero debió notar que tramaba algo, porque no dejaba de escudriñarme. ¿O sería mi cargo de conciencia? Decidí refugiarme en el trastero de Eduard, que ya no olía a encerrado porque la puerta permanecía abierta desde hacía días. Las telarañas dejaron paso al plumero, y aquel lugar, aunque conservaba cierta melancolía, no tenía polvo.

Me puse a esculcar los cajones. Palpé debajo de la mesa, por si —como en las películas— topaba con alguna llave o cajón de doble fondo. Revisé estantes, moví libros, miré debajo de las fotos de la pared. Nada. Todo estaba en orden. Decepcionada, me dejé caer en el sillón. Desde ahí, podía ver el librero. Lo miré como se miran las cosas conocidas, sin reparar en detalles. Todos los libros perfectamente acomodados en orden de tamaño, los de tapa dura sujetando los extremos haciendo de muletas a los de bolsillo más endebles. Curioso que estuvieran ordenados por tamaño y no por género o por autor. Derechitos, relucientes. Y entonces, caí en la cuenta. ¡Eso era! Todo estaba… ¡limpio! ¡Cómo no lo pensé antes! Vero había estado en ese lugar hacía poco, y lo había puesto al derecho y al revés para acomodar, limpiar, quitar telarañas y dejarlo oliendo a brisa marina. Si había algo que encontrar, ella ya lo habría hecho. Me levanté de un brinco y salí corriendo.

Entré a la cocina como galgo al que le han abierto la puerta. Ella estaba ahí, como siempre, sentada en la barra americana, ojeando una revista. No pareció extrañada de verme. Ya cada una se había acostumbrado a la presencia de la otra.

—Vero —le dije—, ¿por casualidad no habrás encontrado algún sobre, o papel para mí, ahora que limpiaste el trastero?

No respondió inmediatamente. Miró por la ventana y me pareció que pensaba si decirme lo que me dijo.

—Sí, encontré algo.

—¿Y por qué no me lo diste?

—Pues estaba esperando que viniera a preguntarme.

Su respuesta me pareció inapropiada del todo, pero algo me decía que ella tendría sus motivos.

No se veía nerviosa en absoluto. No como yo que, ansiosa, me acariciaba los dedos de las manos como si pretendiera enderezarlos.

—¿Y bien? ¿Me lo puedes dar, por favor? —dije entre súplica y orden.

Las patas del taburete rechinaron estridentemente cuando Verito las arrastró para bajarse.

Sin decir palabra, fue en dirección a su recámara.

Me quedé esperando que volviera.

A los pocos minutos, regresó con un sobre tamaño oficio. Me lo extendió como si me pasara el recibo del gas.

—¿Sabes qué es? —pregunté tontamente.

—No tengo ni idea, señorita. Nada más lo guardé para usted.

En efecto, el sobre estaba cerrado con un pegamento y además, a la antigua, lo habían clausurado con un sello lacrado. *EC*, decían las iniciales del sello.

Miré a Verito buscando su complicidad, pero a cambio no recibí más que una mirada helada, de témpano nórdico, que chocó con mis ojos hundiéndome como al *Titanic.*

«Así de cabrona debió de haber sido Irene», pensé. Y con un simple *Gracias* abandoné la cocina.

En cuanto llegué a mi recámara cerré la puerta y me tumbé en la cama con el sobre. Lo rasgué de mala manera, ansiosa. Me esperaba cualquier cosa: dinero, cartas, fotos, pero lo que nunca, nunca pude imaginar fue lo que encontré allí. Eduard me había dejado nada más y nada menos que la correspondencia con Irene en los últimos años. ¡No podía ser cierto! Yo creía que jamás habían vuelto a verse, cuando lo cierto era —ahí estaba la prueba— que se habían reencontrado gracias a las jugarretas del ciberespacio. Parecía una broma. Eduard e Irene, ¿intercambiando correos? ¡Y desde hacía dos años! ¡Pero qué carajos pasaba aquí?! ¿A qué estaban jugando? Leí el primero.

De: Eduard Castells
Para: Irene Nowak
Fecha: 20 de mayo de 2011
Asunto: Alzhéimer

Querida Irene:
Gracias por darme tu correo. Espero que sea correcto, que no me hayas esquivado como siempre, y que al enviarlo no me rebote diciendo que no se conoce el destinatario. Quién nos iba a decir, después de tantos años, que íbamos a toparnos comprando pan. No dejo de pensar en el destino. El destino puede ser muy cruel, ¿no crees?

¿Qué fue de tu vida? ¿Te casaste? ¿Tienes hijos? Te ves igual que hace treinta años. Yo, en cambio, he envejecido. No tanto por fuera, sino por dentro.

Estoy enfermo, Irene.

Tengo alzhéimer. Uf. Es la primera vez que lo escribo. Leerlo es aún más doloroso. Constatar que no hay escapatoria. Apenas me lo diagnosticaron, pero sé muy bien lo que eso significa. He empezado con ciertos preparativos. Sé que voy a perder esta partida, pero no sin antes dejarlo todo bien atado.

Me alegra haberte encontrado justo ahora, cuando pensaba que la vida ya no podía sorprenderme.

Seguiremos en contacto. Espero.

Abrazos.

EDUARD

Boquiabierta, me apresuré a leer la contestación.

De: Irene Nowak
Para: Eduard Castells
Fecha: 21 de mayo de 2011
Asunto: Alzhéimer

Hola Eduard,
La primera sorprendida al recibir tu correo soy yo. Pensé que no escribirías.

Lamento mucho saber, después de tanto tiempo sin tener noticias tuyas, que estés enfermo. Es curioso cómo gira el mundo. Revivir el pasado cuando estás destinado a olvidar. Disculpa mi franqueza. Pero las cosas pasan por algo, y espero que este encuentro tenga algún propósito.

No me volví a casar. Siempre fui rebelde y cabezota. Ya lo sabes. Ahora me pregunto cuál era el encanto de esa soledad que con tanto ahínco defendí con uñas y dientes. ¿Sigues escribiendo?

Ojalá aún estemos a tiempo de tomarnos un café y hablar sin rencores. Y, con suerte, sin remordimientos.

Un beso.

IRENE

No. No. No podía ser verdad. Pero ahí estaba. Una larga correspondencia mantenida desde mucho antes de que yo entrara en escena. ¿Quién de los dos mentía? Me sentía como en esa película que le encantaba a mi madre, *Laberinto*, protagonizada por un joven David Bowie y una aún más joven Jennifer Connelly. Me llevó a verla al cine con ocho años. Tuve pesadillas con los títeres roba-niños para los próximos dos. Pero recuerdo una escena en donde la chica llegaba a una encrucijada. Una puerta llevaba a una muerte segura y la otra conducía al centro del laberinto, pero para saber cuál puerta debía tomar solamente podía hacer una pregunta, una sola, a uno de los guardianes. Uno de los dos siempre decía la verdad y el otro siempre la mentira. Al final ella preguntó: «¿Me diría Él que ésa es la puerta que lleva al castillo? Por más vueltas que le di, nunca entendí cómo se resolvía el acertijo. Demasiado para mi lógica deductiva.

Exactamente igual me sentía ahora. ¿Era Eduard quien mentía o era Irene? Ella no estaba enferma, ni senil, y sin embargo, nunca mencionó ni por error haber estado en contacto con Eduard. Él, sin embargo, parecía decirme que la B U S C A R A.

Estaba hecha un lío.

Ojeé varios correos con la esperanza de dar con algún comentario de relevancia, pero en ellos sólo se leían conversaciones de dos viejos amigos retomando contacto. Pasé un montón de hojas e, impaciente como las personas que se leen el final de los libros cuando van a la mitad para poder seguir leyendo sin ansiedad, me fui a las últimas páginas.

Querida Irene:

Espero que no te moleste recibir mis cartas. A mí, desde luego, me sirven de mucho. Desde que te fuiste, no volví a escribir. No podía. Me faltabas tú.

Fuiste tú quien inspiró cada página de *Lágrimas*, aunque nunca te lo dije. Te lo digo ahora, por si sirve de algo. Al marcharte, perdí el marco de referencia y todo lo que escribí fue pura basura. Creo saber por qué. No volví a escribir con sinceridad. Nunca volví a echar toda la carne en el asador. No volví a hablar de mí.

Ahora que te he encontrado, creo que podré intentarlo de nuevo.

Nunca es tarde si la dicha es buena, dicen por ahí.

Recibe un abrazo.

EDUARD

¡Eureka! Así que ahí estaba. Eduard perdió su musa. Así de sencillo. Así de complejo.

Ahí estaba la razón de su falta de motivación. Ella era la causa de su bloqueo. Lo comprendía, porque cuando Manuel se fue, yo tampoco quise seguir adelante con los planes que alguna vez trazamos. De nuevo el corazón mandando en el cerebro. Y ahora, el cerebro de Eduard se apagaba. Ya me estaba poniendo sentimental, cuando la soberana respuesta de Irene me abofeteó.

Eduard:

Qué lástima que no hayas escrito más y que encima me eches a mí la culpa, para no variar. Si no escribiste, fue porque no quisiste. No me vengas a estas alturas con excusas de musas y de inspiraciones. Siempre tuviste talento. Y precisamente por eso me fui. Para no tener que vivir junto a un hombre sin los pantalones de reconocerlo.

Cuídate mucho.

IRENE

PD: ¿Cómo te encuentras? ¿Alguna novedad?

¡Sopas! Me dieron ganas de levantarme y aplaudir. Pantalones los de ella. Era una lástima que se hubieran separado. Hacían una pareja perfecta.

Y de pronto, en medio de esa algarabía de correos sin medias tintas, se encendió una especie de luz roja parpadeante como si fuera una estación de bomberos. Ahí, en tres líneas, emergía la clave de los últimos meses.

Querida Irene;
Tienes toda la razón. Y voy a remediarlo. He decidido guardar las historias que no escribí en un banco de recuerdos. Pero no puedo hacerlo solo. ¿Me ayudarías?
EDUARD

¡Oh, infeliz! Acababa de darme cuenta. Yo era plato de segunda mesa. Su primera opción siempre había sido ella. Ella antes que Olvido. Ella antes que Petra. Ella antes que yo. Siempre había sido ella.

Evidentemente, se había negado. Aun así, leí el *reply*.

No, querido, no puedo. No te ofendas, pero creo que no sería sano. Ni para ti, ni para mí. Déjame sola con mis recuerdos, que ya me pesan bastante como para, encima, cargar con los tuyos.
Abrazo.
IRENE

PD. Busca a alguien que sepa darle a las historias el giro que merecen por si llegase el bloqueo. Seguramente llegará, si por una vez, te atreves a escribir.

P.D. 2 ¿Vas a retomar la historia del seminario? A mí me gustaba.

Agarré los correos y los metí en el sobre. Si hubieran podido verme por un agujero, hubieran visto a un fiscal de distrito derrotado por un abogado de oficio. Me sentía tan tonta. Tan poca cosa. Entonces, todas esas historias… ¿eran inventadas o habría algo de verdad? Al menos me quedaba el consuelo de que Eduard me había escogido a mí, de entre toda la bola de estudiantes de letras, para escribirlas. Pensé en por qué no me lo habría dicho. Total, yo a él no lo conocía de nada, qué más daba confesar que iba a dictarme mentiras. Mentiras con sabor a verdades.

Cuando me levanté, un papelito salió volando. Era el número de una caja de seguridad de un banco. ¡Casi se me olvida! ¡La caja de seguridad! Miré la hora en mi teléfono. Pasaban de las seis. Los bancos llevaban cerrados desde las cuatro. Al día siguiente, a primera hora, acudiría al banco. A ver qué otra sorpresita me tenía Eduard preparada.

7

Madrugué. Al menos para mi barómetro de levantarse temprano. Quería ser la primera en entrar al banco, porque luego se hacen unas filas tremendas y una se la pasa sentada —si tienes suerte de encontrar asiento—, viendo idiotizada el avanzar de los números en la pantalla de los turnos.

Me tomé un café y salí.

Cuando estaba en el departamento, calentándome la leche en la cocina, intentando no hacer ruido para no despertar a los demás, pensé que al salir a la calle la ciudad seguiría en ese letargo que precede a la mañana. Se me olvidaba que la Ciudad de México no descansa. Aquello era un hervidero de personas, la marea de automovilistas pitando, estresados desde tan temprana hora, metiendo bulla. México debe de ser una de las ciudades con mayor contaminación acústica. Los cláxones mientan la madre desde las siete. Aceleré el paso al comprobar que no sólo había valido gorro mi desmañanada, sino que llegaría tarde por culpa del tráfico. Un Tsuru en doble fila bloqueaba un carril entero mientras descargaba lo necesario para poner un changarro de tacos. De la cajuela sacaban carne en bolsas, sacos de papa, cubetas de galones de salsa y crema. Un inspector de sanidad se hubiera ido de espaldas al ver las condiciones en que manipulaban los alimentos, pero el puesto en cuestión era famoso y muy concurrido, por lo que podía asegurar que se ponían a mano con la delegación y hasta les permitían colgarse del poste de la luz.

Por supuesto, había fila para entrar al banco. Con resignación, tomé un número y esperé mi turno. Por suerte, el banco tenía una televisión en donde pasaban anuncios de paisajes paradisíacos a los que podría ir en vacaciones si pedía un crédito, y maté los minutos imaginándome caminar a plazos sobre una playa de arena blanca.

Pronto llegó mi turno.

Una chica perfectamente maquillada (a qué hora se habrá tenido que levantar ella), con las uñas postizas decoradas hasta lo imposible, me dio la bienvenida tras un cristal blindado.

—Bienvenida, ¿en qué puedo servirle?

—Buenos días. Quisiera abrir mi caja de seguridad.

—Identificación y número de caja —dijo en un tonito similar al de las llamadas de abordaje en los aeropuertos.

Le pasé mi credencial del elector (a ver si me acordaba de renovarla) y el papelito que había salido volando del sobre de los e-mails.

—¿Soledad Sandoval?

«¿Pues qué no ve que soy la de foto? Tengo que renovarla, ya.»

—Sí, soy yo.

—Pase por la puerta amarilla, dejando todas sus pertenencias en el casillero. Mi compañero la guiará.

Un hombre gordo con cara de pocos amigos se colocó junto a mí.

Sentí que iba a entrar a Alcatraz.

El hombre sacó una credencial que deslizó por un lector de banda magnética y pasamos a una antesala con un gran pasillo. En cuanto cruzó el umbral se puso a platicarme de lo más amable. Lo seguí por un pasillo lleno de cámaras, hasta llegar a una especie de búnker acorazado repleto de lo que parecían ser buzones de correo de los de antes.

Buscó mi número de caja, la sacó como si fuera el cajón de un escritorio, la colocó sobre una mesa en medio del lugar, y se dispuso a partir diciendo:

—Cuando acabe, me avisa. Estaré en el pasillo.

Pero antes de que se marchara, le pregunté:

—¿Y la llave?

El hombre peló los ojos y me puso la misma expresión con la que algunos taxistas miran a las mujeres al volante.

—¿No la tiene la llave? —dijo tal cual, repitiendo *la, la*.

—No. Sólo tengo el número de caja.

—No, pues necesita la llave. Ésa no la tenemos nosotros. Nada más usted.

—Pero… —dije temiéndome lo peor—, ¿y si no la tengo?

—No, pues ahí sí que no sabría decirle. Para abrirla necesita la llave.

—¿Puedo hacer una llamada?

—Nooo, señorita… aquí no. Tiene que salirse para hablar.

—Bueno, muchas gracias.

Y tras volver a colocar la caja en su lugar, los dos emprendimos rumbo hacia la salida.

Creí que la cara me estallaría del coraje.

Una llave. Al menos ahora sabía qué buscaba.

Llegué al departamento con hambre y malhumorada. No se oía movimiento. Parecía estar desierto. Qué plácido era el silencio después de enfrentar la hidra de la ciudad, con su polución, sus olores revueltos a aceite 1,2,3 mezclado con el tufo de las coladeras, sorteando ciclistas que piensan estar circulando por los parisinos Campos Elíseos sólo porque les han pintado un carril amarillo en el suelo, cuando ruedan entre la anarquía de Ejército Nacional. Un ruido proveniente de la cocina interrumpió mis pensamientos. Vero. La fiel Verito. Y de pronto, la evidencia me abofeteó. Claro. Me había dado el sobre, pero no la llave, la muy canija. Ella tenía la llave. ¿Quién si no? Debía ser inteligente. Estaba a punto de librar una batalla más sangrienta que la del 5 de mayo y necesitaría ayuda. Necesitaba el apoyo de mi zacapoaxtla particular. Así que levanté el teléfono.

—¿Mamá?

—¿Qué pasó? ¿Ya tienes la caja?

—No, mamá. Justo por eso te llamo. Necesito que vengas.

8

Cuando alguien querido enferma, uno también cambia. Es incontrovertible. No se puede asistir al deterioro, al dolor de un ser querido y permanecer impasible. Cambia la forma de enfrentarte a la vida. A la muerte. Cambia incluso tu manera de disfrutar. Algunos sostienen que tras una experiencia cercana con la muerte, vuelven a apreciar la felicidad en las pequeñas cosas. Disfrutan de lo ordinario, de la rutina. E incluso quienes pierden a un ser querido, después del duelo y de llorar la pérdida, vuelven a sonreír y a gozar con los placeres que aún les rodean. Siguen viviendo, al fin. Pero el sufrimiento de ver sufrir a alguien a quien amas desgarra por dentro. El alma no goza con nada, sólo piensa en lo injusto de vivir cuando el otro está agonizando. Algunas enfermedades son sádicas y en lugar de fulminar en el acto sólo son la antesala de la muerte. Como si la angustia tuviera la capacidad de abonar el terreno donde la bondadosa muerte segará de una vez por todas tanta agonía. Pero otros aguantan, aguantan con entereza hasta las últimas consecuencias, resistiéndose, luchando hasta morir. Verónica era una de esas jabatas que jamás dio la bienvenida a la muerte. Más bien al contrario, ponía todo su empeño en burlarla, como Max von Sydow retándola a una partida de ajedrez. Se había llevado a su madre demasiado pronto, y eso aún no se lo perdonaba. A Eduard se lo llevaría más tarde, pero ésta vez lo haría despacio. Y eso tampoco se lo iba a perdonar.

Verónica cambió. Empezó a cuidar de Eduard a todas horas. Se volvió su sombra, y a veces, cuando Rubén creía estar solo, sentía la presencia de Vero, acechando desde la puerta, no con afán inquisidor, sino por pura benevolencia. El antiguo temor infantil se desvaneció como un tornado que, tras devastar una comunidad entera, regresa apaciguadamente al cielo que lo escupió. Quizás ella, a su manera, también empezaba a olvidar. Quizás este nuevo Eduard, aunque senil, era más afable, o quizás con la serenidad de la madurez, había descubierto lo que su Petra veía en él. Lo atendía con paciencia, y manifestaba su cariño haciendo lo que mejor sabía: cocinar. Eduard no podía llevar una alimentación *gourmet*, pero eso era lo de menos. Así fuera un caldo de pollo o una gelatina, Vero se los preparaba con esmero. Si hubiera sido la Tita de *Como agua para chocolate,* después de cada comida Eduard habría podido salir corriendo por un prado con los brazos abiertos como en un anuncio de Suavitel. Lo consentía, y hasta defendió su independencia como una madre espartana, a patadas y empujones, cuando surgió el tema de internarlo en una residencia. Eduard había sido un hombre solitario al que siempre le gustó su soledad. Y ella, en un acto de respeto a su dignidad, se encargó de no soliviantar la poca que le quedaba. Una vez, en un libro encontró una frase que decía: «Los recuerdos no pueblan nuestra soledad, sino la hacen más profunda.» Aquello le dio el pretexto perfecto para insistir en que siempre había que mirar hacia delante. A diferencia de los demás, enfrascados en querer recordarle anécdotas y nimiedades, como que le gustaba más el pastel de manzana que el de limón cuando se empeñaba en decir que jamás había probado una manzana, Vero, bufando salía en su defensa:

—Pero qué manía, déjenlo vivir, si al fin, como dice Flaubert, «los recuerdos no pueblan la soledad, sólo la hacen más profunda».

Rubén y yo, estupefactos como si estuviéramos ante la portera de *La elegancia del erizo,* nos dimos a la tarea de hacerle todo tipo de preguntas sobre autores clásicos. Pero acosada por la borrasca, pronto confesó que aquella cita era la única que se sabía, y no porque se hubiera leído el libro, sino porque la frase se le presentó impúdica, como una señora que cae al suelo dejando ver sus calzones, cuando accidentalmente había tirado el libro al escombrar una repisa.

Al oírla hablar, pensaba en que así debió de haber sido Petra.

Cuando entré en la cocina, Vero estaba de espaldas. Me oyó entrar, pero no volteó. En otro tiempo hubiera pensado que lavar los platos era su manera de evadirse, su momento para pensar en sus cosas, su momento para soñar mientras realizaba una labor mecánica y aburrida. Lo sabía porque yo también tenía los míos. Mi momento de evasión era tender la cama. Mientras estiraba sábanas, ahuecaba almohadas, fajaba edredones y colocaba cojines, pensaba en las mil maravillas del mundo o en los pesares más abruptos. Cuando acababa de romper con Manuel, hacer la cama no hacía más que alargar un suplicio, porque imaginaba ciento y una maneras de pedirle que volviera. Llegué a angustiarme tanto que estuve meses sin tender la cama. Supe que estaba saliendo del bache un día en que al pasar frente a un Zara Home me dieron ganas de comprar un juego de sábanas con cubre canapé y todo. Pero Vero no pensaba en sus quimeras, ni en sus imposibles. Me había oído y me ignoraba deliberadamente. O, lo que era aún peor, me evitaba.

—Vero… —la llamé.

—Mande —dijo, apenas mirándome frugalmente por encima de su hombro izquierdo, sin dejar de lavar los trastes.

—He invitado a comer a mi mamá. Llega como a las dos, dos y media.

—Aah. Sí, señorita.

—Ya va siendo hora de que me digas *Soledad*, ¿no te parece?

Ella pareció incomodarse. Abrió aún más la llave del agua. El chorro dibujó una ola al rebotar en una cuchara.

—Prefiero decirle *señorita*.

—*Señorita Soledad*, entonces.

—Como guste.

—A las dos, pues. ¿Necesitas que compre algo?

—No, señorita, aquí yo veo qué preparo.

—Bueno…

Y justo cuando estaba a punto de salir, dije maquiavélica:

—Por cierto, se me ha perdido una llave, a ver si la encuentras, por favor. Es importante.

Al salir, escuché un silencio profundo. El tintineo de los platos bajo el chorro del agua cesó de pronto.

Mi madre llegó puntual, como era de esperar, vestida con unos *jeans* entubados, botas de mosquetero de ante marrón y una playera floja que quería dar un aspecto de desaliño *chic*, cuando seguramente

237

costaba tanto como las botas, aderezada con un montón de collares largos de colores y pulseras a juego. Cuando le abrí la puerta, mi primera impresión fue la de tener que ir a cambiarme. Yo llevaba unos *jeans* guangos agujerados en la rodilla y una playera vieja con una sonrosada, ya no roja, lengua de los Rolling Stones. Mi madre se veía mejor que yo. La muy ladina siempre mantenía el estilo. Pero inmediatamente me repuse de la envidia al pensar que debía de ser muy cansado tener que andar demostrando al mundo que aún aguantas un piano, principalmente porque le sacas quince años a tu novio que va al gimnasio y come su ración diaria de cinco frutas y verduras. Cada quien su penitencia.

La llevé al trastero, aunque llegar nos tomó un buen tiempo porque en el camino fuimos parando en cada recámara ante su insistencia por mostrarle todo el departamento. Después de una visita guiada en la que fue fotografiando arreglos de flores, cuadros y detalles menores con su iPod.

—Para mi archivo —dijo. Por fin, llegamos al *cuarto de los recuerdos*, como recientemente Rubén lo había bautizado.

En voz muy baja (según la gravedad del chisme mi madre se vio en la necesidad de leerme los labios), le conté todo lo que había pasado, desde las cartas con Irene hasta el banco.

—¿Y crees que la llave esté oculta por aquí?

—No. Pero creo que la tiene Vero —susurré.

—¿Y cómo estás tan segura?

—No lo sé. Instinto. ¿Quién si no?

—A lo mejor la tiene el otro muchacho, tu amigo.

—¿Rubén?

—¿Me llamaban? —dijo Rubén interrumpiéndonos desde la puerta.

Pegué un brinco. Mi corazón latía de prisa. Normalmente, se oían sus pisadas por el pasillo, pero ahora había aparecido como el duende de la lámpara.

—¡Qué susto me acabas de dar! ¡Anúnciate, cabrón…! ¡Tose o algo! —le dije medio en broma, medio en serio, sin reparar a propósito en la mirada reprobatoria de mi madre.

—Perdón, no era mi intención —se disculpó enseñando una hilera de dientes blancos que sobre su piel morena destacaron como un relámpago—. Y esta señora tan guapa debe de ser tu mamá —dijo extendiendo la mano.

Mi madre se puso de pie para responder al saludo. Su sonrisa podría haber salido en un anuncio de Colgate.

—Por favor, llámame *Laura*.

—Mucho gusto, Laura.

Sentí ganas de vomitar.

—Y bien, ¿qué pasó, Rubén? —dije sin ocultar un leve dejo de disgusto.

—La comida está servida, señoras, cuando quieran pueden pasar.

—Vamos enseguida.

Y Rubén desapareció.

Mi madre me miró sonriente y me guiñó un ojo. El mismo gesto que me había puesto cuando vimos por primera vez al guapetón del Bradley Cooper en un papel dramático.

Mientras nos dirigíamos al comedor, mi madre, muy bajito, me preguntó:

—¿Estás segura de que es gay? No parece gay…

—¿Por qué?, ¿porque es encantador y sin pluma?

—Yo digo que no es gay. Yo sé de qué hablo.

—Ay, mami… menos mal que ya tienes a *tu* Arturo, porque no te enteras de la misa la mitad —dije visiblemente molesta.

Y celosa.

Comimos ella y yo solas en el comedor, en desuso desde hacía meses porque entre Vero, Rubén y yo decidimos habilitar el de la cocina. Comer en el comedor, rodeados por figuras de Lladró y cubertería de plata, no nos apetecía en lo más mínimo. Además, en la cocina subsistía ese sabor a cordialidad, esa calidez generada por los fogones desde que el hombre se reunía alrededor del fuego, que incita a la intimidad y a las confesiones. Pero Vero nos colocó la mesa como si viniera un primer ministro. Estuvimos un tanto incómodas por la sospecha de ser espiadas desde la cocina. No nos constaba, pero sentíamos una presencia en el cogote cada vez que mirábamos los platos. Mi madre tampoco se quedaba corta. Observaba a Vero con detenimiento cuando entraba para traernos agua o tortillas calientes, con un descaro tal que si Vero hubiera sido atleta de alto rendimiento la hubiera demandado por acoso.

—¿Quieres hacer el favor de disimular un poco? —le dije.

—¿Se me nota mucho?

—Pues sí, bastante. Ya no la mires como si tuviera plumas en las orejas.

—Es que intento encontrar el parecido con el señor Eduard.

Mi zacapoaxtla particular era bastante indiscreta.

—Hay que conseguir esa llave —dije bajito.

—¿Y qué se te ocurre? ¿Le esculcamos su habitación…?

—Es lo que no sé… ¿qué hacemos?

Y volvíamos a trinchar el pollo.

—Yo creo que deberíamos preguntarle a Rubén… —dijo mi madre.

—Ah, así que ahora ya te cae bien.

—No seas boba, niña, pregúntale por la llave. Necesitas un aliado. Y quién mejor que él… ¿Segura que es gay? —insistió.

—No —dije ignorando su comentario—. ¿Sabes qué? Mejor la enfrentamos ahora mismo, tú y yo, a ver si entre las dos conseguimos sacarle algo.

—No creo que sea buena idea, Sole.

—Tú sígueme la corriente.

Mi madre me miró de nuevo como si fuera un oráculo. Pero no dijo nada. Estaba ahí para apoyarme, y se fajó los *jeans* entubados.

Llamé a Verito.

Presagiando que la llamada no era para pedirle el postre, apareció en el comedor pálida, más muerta que viva, pero aguantando la compostura.

—Mande, señorita.

—Verito, siéntate por favor. Tenemos que hablar.

¡Cómo habían vuelto las tornas! Hacía menos de un año había llegado a esa casa nerviosa e insegura, y Vero me había ofrecido café con galletas. Y ahora, ahí estaba yo, sentada en el comedor con mi madre, diciéndole «Tenemos que hablar», una frase que aquí y en China anticipaba malas noticias.

Vero se sentó. Obediente. Se veía pequeña, pero no insignificante. Había heredado el porte de la primera madre y la fortaleza de la segunda.

—Verito —dije sin preámbulos—, sabemos que tienes la llave.

El cuello de mi madre se tensó tanto como si acabara de hacerse un *lifting*.

Vero contestó:

—¿Cuál llave?

—La llave. La llave que Eduard guardaba para mí.

—No sé de qué me está hablando.

Mi madre entró al quite.

—Si nos das la llave, te damos parte de lo que haya en la caja.

Ahora la del *lifting* era yo.

—¿De qué me hablan? No sé de qué me hablan. ¿Cuál llave? ¿Cuál caja?

Yo empecé a perder los nervios.

—Mira, Vero…, no sé qué pretende Eduard, pero dejó una caja de seguridad a mi nombre en el banco, pero no tengo la llave. *Necesito* la llave. Creo que estaba junto al sobre que me diste.

Los ojos de Vero se humedecieron. Creí que la teníamos atrapada. Pero como una tamandúa al sentirse acorralada, se irguió y sacó las garras.

—¡Y por qué tuvo que dejarle nada a usted! ¡Usted no ha sido nadie en su vida! ¡Nadie! ¡Y a mí qué! A mí que me lleve el carajo, ¿no? Pues ahora se amuelan, nunca voy a darles esa llave, ¿me oyeron? ¡Nunca! Y háganle como quieran.

Tomé aire un segundo. Estaba fría. Nunca antes había oído hablar tanto a Vero, y desde luego jamás a gritos. Necesitaba pensar.

Fue entonces cuando salió la zacapoaxtla.

—Entonces, tienes la llave.

Miré a mi madre. Miré a Vero. Me vi a mí misma mirándolas a ellas, como si acabara de masticar peyote.

Vero habló, más tranquila.

—No. No la tengo.

—¿Cómo que no? Si acabas de decir…

—Sé lo que dije. La llave no la tengo yo.

—Dime dónde está, Vero, o ahora mismo llamo a la policía —dije desconociéndome, amenazadora. Me temblaban las manos. Me sentí corrupta.

—Llame si quiere. Estoy limpia.

Mi madre, de nuevo, echó un capote.

—Vamos a calmarnos un poquito, ¿eh? Esto no tiene por qué arreglarse así.

Y entonces, hizo lo que en mi vida hubiera imaginado. Mi madre sacó una chequera.

—¿Cuánto quieres, Vero, por la llave?

—¿Qué? —dijimos al unísono.

—Ya me oyeron, que le ponga precio.

—Me está ofendiendo, señora —dijo Vero—. ¿Acaso cree que esto tiene algo que ver con el dinero?

—Todo tiene que ver con dinero.

Yo estaba atónita. Mi madre, ahora sí, acababa de sufrir una saturación de películas gringas y series de HBO.

—Mamá, por favor, guarda eso —dije arrepentida de haberla llamado.

Vero se puso en pie.

—Me dan lástima, de veras. Quédense con sus mugres billetes.

Y se metió en su cocina, dejándonos aturdidas y con cara de imbéciles en medio del comedor.

—¿Se puede saber a qué vino eso de la chequera? ¿De cuándo acá tan billetuda, eh?

—¿Pues qué querías que hiciera?

—¡Desde luego *no eso*!

—Ni que tú no hubieras hecho cosas peores.

—¿Peores cómo qué?

—Peores. No me hagas hablar.

—¿Ahora me estás juzgando?

—Mira, vamos a dejarlo. ¿Quieres?

—Pensé que podías ayudarme, pero ¿sabes qué?, está visto que no. Ya lo arreglo yo solita.

—Pues a ver si es cierto y arreglas algo sola para variar.

Eso me llegó al alma.

—Creo que es mejor que te vayas.

—Sí. Creo que es lo mejor.

Y se fue por donde había llegado. Su ropa estaba intacta, pero al subirse al elevador, parecía mucho, mucho más vieja.

El sonido que invadió la casa tras su partida fue el mismo que se oyó cuando mi padre se fue. Silencio. Nada. Podía escuchar el murmullo del cargador de mi teléfono pasando corriente. No era la ausencia de ruido. Era el vacío. El hueco que se abre en el corazón cuando te peleas con un progenitor. El pesar de sentir, otra vez, la tierra resquebrajándose bajo los pies. Me sentía culpable. Deseé poder regresar el tiempo, girar las manecillas del reloj en sentido contrario, retroceder. Retroceder treinta años y volver a acurrucarme en un sofá mientras bebíamos chocolate. Deseé que volviera, ver la flecha del elevador subiendo de nuevo, y verla aparecer tras las puertas corredizas de metal. Pero estaba segura, como lo estuve cuando Manuel me dejó, de que ella no regresaría. Debería haber aprendido de los errores y bajar corriendo escaleras abajo para detenerla, y decirle *Mamá, no te vayas así, ha sido un momento intenso, los nervios, perdóname, vamos a arriba a ver cómo chingados conseguimos la llave,* y empezar de cero. En lugar de eso, me quedé ahí, parada, conteniendo las ganas de romper algún florero.

9

Muchas personas no creen en la suerte. «La suerte no existe», dicen, y aseveran que todo lo que nos sucede no es producto del azar, sino escupitajos de nuestros deseos y miedos lanzados a los cuatro vientos, como los dados con los que Dios no juega al universo, por un inconsciente deliberado y traidor. Yo no sabía si existía tal cosa como la gracia divina, la buena fortuna o la mala suerte, de lo que sí estaba segura era de que ni a mi madre, ni a Vero, ni a Irene, ni a Eduard, ni a mí, nos había tocado la lotería.

Y en el caso de mi madre, no era una frase hecha, sino literal. Antes de conocer a Arturo, se pasaba las tardes en el Yak. Hasta se había hecho de un grupo de amigos, jóvenes todos ellos, a pesar de que el lugar estaba hasta arriba de señoras —y señores— de su edad. Alguna vez llegó a cantar alguna línea, pero jamás logró llevarse ningún premio mayor. Siempre se quedaba a un número o dos de llenar el cartón, lo que sin lugar a dudas era más mala suerte que quedarse a cinco o a seis. Mi madre no tenía ni siquiera el consuelo del perdedor, ése que reza: «Desafortunado en el juego, afortunado en el amor.» En su caso, ni lo uno ni otro. Ella era desafortunada a secas. Por más que alguna vez me tentó el cosquilleo del dinero fácil (sobre todo cuando los bancos me atosigaban respirando sobre mí como el Alien en la sien de Sigourney Weaver), nunca quise acompañarla por temor a engancharme y acabar como esas viejecitas de los bingos que dejan el bastón a un lado para poder colgarse de la palanca de la tragamonedas. Prefería cosas más tangibles, más controlables y menos tentadoras, que no pusieran en peligro mi idea preconcebida de la fortuna. Una vez, en un paso de peatones me encontré un boleto del metrobús con el importe equivalente a diez viajes. Eso fue todo cuanto me tocó en la rifa. Lo demás, bueno, malo o regular, me lo conseguí solita.

Suerte. Duende. Pata de conejo.

La pata de un conejo es un efectivo amuleto. Nunca antes me habían regalado algo que una vez hubiera estado vivo, ni ganas que tenía, por supuesto. Recuerdo con horror una visita al Museo de Ciencias Naturales durante la preparatoria. Aquello era el paraíso de los taxidermistas. Aquel lugar, lleno de animales muertos en actitud de estar vivos, mirándote sin verte con unos ojos apagados y algo tristes, diría yo, hizo que durante toda la visita en lo único que pensara fuera, por una de esas terribles asociaciones de ideas, en el asesino de *El silencio de los inocentes*. Y no en Hannibal Lecter, sino en el otro, Buffalo Bill, que quería hacerse un vestido con las pieles de mujeres gordas. Como Rubén naturalmente desconocía mi fobia, un día se apareció con una sorpresa para mí. Me hizo cerrar los ojos y me regaló una pata de conejo. Cuando abrí los ojos, me dio tanto asco que no pude disimular.

—Anda, tómala, te traerá suerte.

Qué manía con la superstición. Desde luego, el conejo no debió pensar lo mismo. Estiré los dedos como si fuera a levantar una rata por la cola. Pero el sentimiento de aversión era demasiado grande. Ahora entendía a la gente que se echaba pintura roja sobre el cuerpo desnudo en señal de protesta contra el uso de pieles.

Como no era capaz de cogerla, Rubén me contó que el conejo había sido su mascota y que al morir, para conservar un recuerdo suyo, le había cortado una pata para hacerla llavero. La historia me pareció aún más tétrica. Miré a Rubén horrorizada. De pronto dejó de ser el amable enfermero lector para convertirse en uno de esos niños de las películas británicas que engordan un cerdo, le ponen sombrero y lo pasean con correa como un perro para después hacerlo chorizo.

—Gracias —dije sin disimular mi incomodidad. Y aventé la pata del pobre conejo al fondo de mi bolsa, donde se quedó por tiempo inmemorial.

No volví a acordarme de la dichosa pata hasta el incidente de la llave.

Como si todas las brujas de Salem hubieran venido a susurrarme al oído, sentí la necesidad de conseguir algo que le diera un giro a mi suerte. Nada más marcharse mi madre, fui a mi recámara, abrí la bolsa, saqué la pata (que ahora me parecía poderosa por la enorme carga de fe que de repente le otorgaba), me la metí en el bolsillo de mis holgados pantalones y me fui derechita a hablar con Eduard.

Entré a su recámara sintiéndome como jerga mal escurrida. Pesada y pestilente a humedad. Me daba vergüenza verlo a la cara. Él miraba por la ventana. En su cuarto tenía otras dos, pero una daba al baño y la otra, que más que ventana era una oquedad porque no tenía vidrio, al pasillo. A él le gustaba sentarse frente a la que daba a la calle, y observar la ciudad desde las alturas, como un pequeño pájaro en su nido. Me senté a su lado. No reparó en mí. Y, si lo hizo, no se le notó.

—Hola, Eduard, ¿qué mira?

Sin dejar de ver por la ventana, contestó:

—Busco a Niebla.

Me asomé por encima de su hombro. El sol lucía tan brillante que molestaba a la vista.

Suspiré. Le tomé las manos. Esas manos enclenques, huesudas, marchitas que tienen las personas mayores. El rostro engaña, pero las manos delatan.

—Eduard, ¿por qué me dejaste la caja?

Él no se inmutó.

Intenté de nuevo.

—¿Qué hay en la caja, Eduard?

—Niebla —dijo—. Niebla está en la caja.

Apreté los labios.

—¿Dónde está la llave?

—En la universidad. ¿No fuiste?

—No, no he ido. ¿En dónde la dejaste? —le seguí la corriente, a ver si (con suerte) decía algo con sentido.

—¿Pues en dónde va a ser? Se la di al bedel. ¿No debía dársela a él?

Yo contuve la respiración.

—¿Quién es el bedel, Eduard? ¿Eduard?

Y entonces, Eduard dijo algo sin sentido, pero que tenía toda la lógica del mundo. Eduard dijo:

—Pues dónde va a estar… Donde siempre. Está abajo… cuidando la puerta.

10

Bajé intentando controlar mis nervios, en total discordancia con la velocidad del antiguo elevador de los años sesenta, que parecía poner a prueba mi ansiedad deteniéndose en cada piso. Por fin, el elevador se abrió y salí. Cuántas veces había pasado frente al joven de la puerta, cuántas. ¿Cientos? Un año entero pasando frente a él, y no sabía cómo se llamaba. Es cierto, esta ciudad nos hace cada día más egoístas. ¿O sería yo la egoísta y la ciudad tan sólo un caldo de cultivo?

—Buenas tardes —le dije.

—Buenas tardes, señorita, ¿va a querer que le pida un taxi? —dijo con la seguridad de que sólo me dirigía a él cuando necesitaba algo.

—No, no, muchas gracias. Es otra cosa. Necesito preguntarle algo.

—Usted dirá.

—Es sobre algo que le dejaron para mí... ¿un paquete…?, un sobre…? —me aventuré a adivinar.

El joven abrió los ojos, entusiasmado.

—¡Aaah! —dijo—. ¡Por fin! El señor Castells me dijo que no se lo diera hasta que usted personalmente me lo pidiera. Usted y nadie más —y mientras decía esto, él a su vez sacaba una llave de un diminuto bolsillo del chaleco, para abrir una especie de algo que estaba a medio camino entre una caja fuerte y un *locker* situado debajo del mostrador.

Continuó hablando sin parar, temeroso de que al darme el paquete le diera las gracias y volviera a abandonarlo en la soledad de la caseta. Pasaba muchas horas callado, sin intercambiar más frases que *Buen día, Buena tarde, Buena noche, Para servirle* y ahora la verborrea retenida en una jornada de trabajo salía desbocada.

—Tengo un montón de tiempo con este paquete… El señor Eduard me lo dio desde hace un buen… aún no estaba malo como ahora.

Mi expresión debió ser un poema. Eso sí no me lo esperaba.

—¿Tiene mucho que se lo dio?

—Uuuy, señito, ya tiene muchíiisimo tiempo. Ya va como pa' dos años. —Hizo memoria—, sí, como dos años… sí, porque fue por la misma época en la que empecé a chambear aquí. Ya me estaba preocupando de que no viniera porque igual ya me voy a ir, tengo un tío que chambea en un estacionamiento y me llamó pa' echarle la mano, porque ahí sí tienen un buen de chamba… Y la neta, aquí sí está bien aburrido, y allá pues como sea pues con las lavadas pues me saco una lanita extra… y usted sabe, la situación está canija.

Dijo todo esto sin tomar aire, mientras intentaba abrir la caja fuerte. Estaba claro que ésta era la primera vez (y por lo visto la única) que iba a hacer uso de ella.

Dos años. Pero si yo todavía no cumplía un año trabajando con él, cómo demonios había dejado sus secretos y vete a saber qué más, a una mujer que no conocía de nada. ¿O me conocía de algo?

De pronto, la caja fuerte se abrió, al fin.

—Ya está…

Sacó una pequeña caja similar a la de los anillos de compromiso, en forma de nuez. Justo en ese momento, entró una vecina que nunca había visto, con un perro feísimo y obeso al que le habían pintado las uñas, nos vio y comenzó a aplaudir. La escena, en efecto, se prestaba a confusión. Él agachado, rodilla en tierra. Yo con cara de espanto, como si en lugar de una cajita diminuta me estuvieran dando una bomba. Aún sin conocerla de nada, me apresuré a explicar:

—No, no, no es lo que parece…

—Ah… perdón… —dijo. Y luego, al pasar a mi lado, metiéndose en donde no la llamaban me cuchicheó:

—Qué bueno, mi hijita, porque te alcanza para más.

Yo respiré hondo, atónita por lo metiches, groseras y prejuiciosas que pueden llegar a ser algunas personas.

Agarré la cajita y le di las gracias a mi bedel.

—Gracias…, no sé cómo se llama… disculpe.

—Gerardo, para servirle, señorita.

—Gracias, Gerardo. Le debo una.

Y salí a la calle para caminar.

Necesitaba aire en la cara y los ruidos del atardecer.

11

Me senté en el primer lugar que encontré en el camino, una jardinera mal cuidada que hacía las veces de barra para los clientes de unos changarros de lona roja. Vendían, por orden de aparición, revistas, tacos de suadero, de cabeza y hamburguesas al carbón. Abrí la caja. Ahí estaba. La llave. A lo largo de los dientes tenía grabado el logo del banco. No cabía duda de que era *la* llave. Y todo este tiempo había estado bajo la custodia del portero. Un portero cuyo nombre no había tenido la gentileza de preguntar. Qué ingrata y convenenciera. Pero, ¿cómo me iba a imaginar que ese hombre común, de rostro común y vida común guardaba la llave —literalmente— de mi destino? La vida y su manía de dar sorpresas de quien menos se espera. Observé la llave. Insignificante, pequeña, frágil, y sin embargo, tan relevante. ¿Qué resguardaría con tanto celo? Tenía que esperar a mañana.

¿Por qué Verito habría montado una escena si, en verdad, no tenía la llave? Y si todo el tiempo hubiera estado diciendo la verdad… Me sentí miserable. Cómo había podido enfrentarla de esa forma, la había llamado *ladrona, embustera* y encima mi madre le había ofrecido dinero. Más hondo no se podía pisar. La había cagado, pero bien cagada. Pero… ¿y si ella sabía quién la tenía? Seguramente habría intentado obtenerla. Suerte que Gerardo —ya nos llevábamos así— era de esos pocos guardias de seguridad incorruptibles, dispuesto a cumplir una orden aunque viniera la misma Virgen de Guadalupe a quebrantar su voluntad. «Sólo a usted», le había dicho, de lo que deducía que alguien habría intentado conseguirla antes.

No quise correr riesgos.

Metí la llave en la cadenita que llevaba al cuello y la introduje dentro del escote, tal y como había visto hacer tantas veces a los soldados con sus placas en las películas de guerra.

El olor a la grasa del suadero me abrió el apetito y me pedí unos taquitos campechanos. Longaniza y maciza bañados en salsa roja sobre dos tortillas de maíz. El aceite empezó a escurrírseme por los dedos, incitándome a comer de prisa. De los placeres que se perdía mi madre, pensé. Ella jamás se había echado un taco en la calle. ¡Mi madre! Tenía que llamarla. Tenía que contarle. Debía saber. Me limpié las manos en unas servilletas de papel y saqué el teléfono. Marqué a su celular. No me contestó. Me mandaba al buzón. «El teléfono que usted marcó no está disponible, la llamada se cobrará al terminar los tonos siguient…». Colgué. No dejé recado, pensé que con el registro de la llamada perdida sería suficiente. Empezaba a oscurecer. La noche en la ciudad me asusta. De pronto me convierto en un animalillo indefenso y los demás, en águilas voraces. No me gusta esa sensación de vulnerabilidad que esconde la oscuridad.

Me levanté y regresé al departamento blanco, blanquísimo, de Eduard.

La casa estaba en silencio. Pero nada más entrar me topé con un fantasma esperándome en la oscuridad. Di un brinco, espantada, pero una vez mis ojos se acostumbraron a la penumbra, distinguí la silueta de Rubén sin dificultad. Reconozco que al verlo ahí, de pie, con las manos en los bolsillos de su pantalón, me dieron ganas de correr a abrazarlo y contarle lo de la llave de Gerardo, de cómo Eduard había estado urdiendo un plan desde mucho antes de perderse en la incoherencia. Sin embargo, me contuve y fingí, como siempre, indiferencia. No sé por qué, pero pensaba que había asuntos que debía callar. Sin duda aquello era una novedad. A Manuel siempre le había contado el huevo y quién lo puso y jamás, en todo el tiempo juntos, había sido capaz de guardarme un secreto. Me di cuenta entonces de cuánto había cambiado. Y de lo poco que me acordaba ya de Manuel.

—¡Ah! Hola, Rubén, me espantaste —dije.

Pero entonces, sucedió lo imprevisible.

Rubén había aprendido a leerme como a un mal libro, y era capaz de anticiparse a mis pensamientos. Mi sonrisa se difuminó cuando el dio un paso al frente.

—Soledad —dijo.

Por su solemnidad temí que fuera a decirme que Eduard hubiese muerto. Me detuve, paralizada, con la chamarra a medio quitar.

—¿Qué pasa? —dije asustada.

Dio otros dos pasos hacia delante.

Rubén se pegó a mí. Su cercanía me sobresaltó, pero mi corazón se estremeció, temeroso y deseoso a la vez. Sentía a Rubén junto a mi pecho y contuve el impulso de zambullirme en sus pectorales. Alcé la vista para verlo a los ojos.

—He estado pensando —dijo—. Mucho —agregó.

No podía apartar mis ojos de los suyos. Sentí un escalofrío y mi cabeza me alertó de volver a ponerme la chamarra. Pero estaba rígida como una figura de porcelana. Imaginé alzar los brazos y rodear con mis dedos su inabarcable cuello rectangular. Noté el palpitar de su yugular. Deseaba besarlo. Que me besara. En lugar de eso disimulé un torrente de deseo amenazando con derretirme por dentro.

—¿Qué pasa, Rubén?

—No me interrumpas, si lo haces no seré capaz de decirte lo que voy a decir.

Lentamente, empezó a quitarme la chamarra, aún a medio camino sobre los codos, yo temblaba como una hoja de papel. Colocó sus enormes manos sobre mis hombros. Sentí miedo. Miedo al reconocer el infinito en su mirada.

—Soledad —repitió. Y al escuchar mi nombre me tambalearon las piernas. En su boca mi nombre llenaba el vacío. Me mareé. Y entonces, con voz baja, o al menos eso me pareció, dijo:

—No puedo evitarlo por más tiempo.

Y pensé: «Pues no lo evites, hazlo. Hazlo ya.» Pero en lugar de eso, recobré el control sobre mi lengua.

—¿Qué cosa? —dije.

Me escuché susurrar. Hablábamos bajito, temerosos de resquebrajar el silencio.

—Tengo ganas de hacer algo, pero no sé si deba.

«Por Dios bendito», pensé. Vas a besarme. ¿Vas a besarme?

Él apartó de mi cara un mechón de pelo que estorbaba sobre mis pestañas.

—¿Tú qué opinas? —preguntó.

¡Vaya pregunta! Yo ahí, parada, en la puerta del departamento, con la boca seca y la llave de una caja de seguridad entre mis pechos, abordada por un enfermero lector levanta pesas, un hombre que me trastornaba con ese olor varonil emanando por todos sus costados.

Resolví contestar con la misma ambigüedad.

—Esas cosas no se preguntan.

Rubén sonrió.

Y entonces, delicadamente, como cuando alzaba a Eduard en brazos para arroparlo entre las sábanas, posó sus labios sobre los míos y me besó despacio, reconociéndome por el tacto de mi boca.

Yo abrí mis labios y lo recibí, ansiosa, como la mujer que ve llegar al amante tras una larga guerra.

Fue un beso lento. Suave. Distinto a muchos otros. Aquel beso me hizo sentir que acababa de llegar a mi destino. Que ya no necesitaba besar otras bocas. Por fin estaba en casa.

Nos besamos durante toda la noche. Vestidos primero. Desnudos, después.

Y no volví a pensar en tesoros perdidos ni en secretos compartidos. Durante esa noche en mi alma no hubo espacio para ninguna preocupación que no fuera cabalgar con Rubén hasta la extenuación.

V

Porque el proceso de creación de una novela
que compromete tu alma no se puede describir.

MARUJA TORRES en *Mientras vivimos*

1

Como en *dejà-vu*, estaba en el banco, de nuevo. El mismo anuncio en la televisión, los mismos cajeros, la misma parsimonia. Sólo dos cosas eran distintas: ahora tenía la llave y otro número de turno.

El señor gordo volvió a escoltarme con gentileza.

—¿Siempre sí la encontró?

—Sí, joven —contesté, parca.

Supongo que habrá intuido que no estaba para charlas, porque a diferencia de la vez pasada, apenas me dio conversación. Volvió a sacar la caja, volvió a ponerla sobre la mesa, volvió a decirme que me esperaba afuera, y me di cuenta de lo poco excitante que se vuelve la novedad una vez convertida en cotidianidad.

Cuando me quedé sola, aspiré aire como si estuviera a punto de zambullirme en agua helada. Metí la llave en la cerradura. Giró.

—Bueno… —dije en voz alta. Vamos allá.

Abrí la caja.

Mi madre solía tener en su recámara una pequeña caja de metal con llave en donde guardaba sus aguinaldos y un par de cosas con valor sentimental. Esta caja al abrirse sonó igual.

No sé qué esperaba encontrar exactamente. Claro que había fantaseado con un tesoro, con joyas, con dinero. Pero lo cierto es que no me decepcioné al ver una carta. Estaba perfectamente doblada encima de un cuaderno forrado en piel azul marino oscuro, casi negro. Me quedé petrificada cuando vi que en la piel del cuaderno había una inscripción mandada a hacer en bajo relieve. Leí: «Niebla.» Y la imagen me abofeteó: «Niebla. Niebla está en la caja.» Había dicho eso Eduard. Se me puso la carne de gallina y se me escurrió una lágrima.

—Ay…, Eduard.. —dije, como si estuviera a mi lado y pudiera oírme.

Desdoblé la carta, que constaba de varias páginas escritas a mano con una letra firme. También me quedé helada cuando leí el título: *Instrucciones para morir.*

Me llevé una mano a la boca al tiempo que aspiraba aire profundamente por la nariz. Ahogué un quejido.

Ahí estaba todo. Eduard me había dejado instrucciones precisas para morir. No para su entierro, sino para morir. Quise sentarme, pero no había ninguna silla. No quise leer una sola línea más. Necesitaba leer con calma. Agarré el contenido de la caja: el cuaderno viejo, un pequeño botecito de cristal, la carta, y llamé a voces al guardia.

2

He leído y releído la carta con mucha atención. Primero la leí sola. Luego junto a él para que, desde el laberinto en donde esté perdido, sepa que sus instrucciones obran ya en mi poder. No puedo explicar lo que siento. Es algo parecido a la ternura, pero sobre todo, un inmenso respeto. Incluso en la muerte, Eduard intentó ser un Cortázar. Intentó, digo, porque la carta no tiene la gracia de las instrucciones para amar a una persona, ni la frescura de cómo subir una escalera, o la congoja de las instrucciones para llorar. Pero tiene algo muy suyo que hace de ésta una carta potente, y es que, a diferencia de Cortázar, Eduard espera que las suyas se cumplan al pie de la letra.

Transcribo la carta porque es imposible de parafrasear.

Dice así:

INSTRUCCIONES PARA MORIR

Primero quiero pedirte perdón por depositar sobre tus hombros esta carga, cuando apenas te conozco. He pensado mucho en ello. No sabes cuánto. Te he buscado como una aguja en un pajar, y al fin, te he encontrado. Creo que eres la única persona a quien podría pedirle que lleve a buen término las instrucciones que aquí dejo. Confío en que no me falle el instinto y haya escogido bien, por una vez en la vida. Pronto te contrataré para que entres en mi vida. Te he estado observando sin que lo sepas, a través de tu blog. He leído cada entrada con cuidado. Sé de tus miedos, tus anhelos, tus sueños literarios y llegué a conocerte sin apenas hablarte. Creo que somos muy parecidos, Soledad. Pronto te conoceré en persona. Espero no haberme equivocado y que realmente seas la escritora que tan afanosamente estoy buscando. O que, en el peor de los casos, te conviertas en una.

El cuaderno azul entre tus manos es mi diario. Escribí en él durante muchos años, empequeñeciendo la letra para prolongarlo al máximo. Me alegra saber que logré el cometido de morir sin haber tenido que renovarlo. Está viejo, manoseado y muy leído. En él encontrarás las migas de pan que te permitan encontrar el camino cuando te sientas perdida.

Y ahora, pasemos al tema que nos ocupa. Mi muerte. Hace poco me diagnosticaron alzhéimer. Aún no se manifiesta al 100%, lo que me permite escribirte. Ten la seguridad de que esto que aquí expongo no es producto de mi demencia, sino del mayor acto de lucidez y coherencia de mi vida.

Necesito que me ayudes a morir. Es un eufemismo, lo sé, pero no hay otra forma de decirlo sin que saltes de tu asiento. Por favor, ayúdame a morir antes de que me convierta en un cuerpo sin alma, antes de que retroceda el tiempo y vuelva a ser el bebé que era. No sientas lástima, créeme, he vivido bastante, y a mi manera, he sido feliz. Haya sido infeliz o no, de cualquier manera no voy a recordarlo. Bien lo sabes. Lo cierto es que no le veo el caso a aferrarse a la vida en mis circunstancias.

He aquí las instrucciones precisas para mi muerte:

Llévame a pasear a Chapultepec. Estoy casi seguro de que por mi condición, llevaré meses sin salir del departamento. Quiero volver a ver, si es que aún soy consciente de la belleza del lugar, el lago. Si aún me acuerdo de cómo sorber en popote, quiero tomarme un jugo de naranja con mandarina, de esos que venden en los puestos de la colina. Demos de comer a los peces galletas de animalitos. Sentémonos en la hierba mojada hasta que se nos humedezcan los pantalones, caminemos descalzos sobre la tierra, movamos los dedos de los pies hasta sentir la tierra colándose entre las hendiduras. Y luego, léeme un libro, el que quieras, o consideres adecuado para la ocasión. Cuando caiga la tarde, veamos el atardecer sobre el Ajusco. Cuando el sol naranja se haya ocultado en el horizonte, hagamos un brindis por la vida y por el ocaso. Brindemos para despedirnos. Debes envenenarme con las gotas que están en la caja. Es un veneno rápido y potente, que hará «reventar la pólvora en los cañones», como diría el grandioso Shakespeare. Tú, Soledad, debes ser mi boticario. ¿Te acuerdas? «Mi pobreza consiente; pero no mi voluntad. No es tu voluntad lo que pago, sino tu pobreza.» Grandes palabras. Palabras son lo único que me queda ya. Yo no pago tu pobreza, sino tu lealtad. Qué leal has sido, puesto que estás conmigo cuando hace tiempo que yo, seguramente, te he olvidado. Mátame, pues. Y acabemos con esto.

El veneno no deja rastros en la sangre. Me encargué de eso para evitar involucrarte en algún problema legal. De todos modos, no creo que nadie se pregunte por la causa de mi muerte, cuando es una muerte anunciada, como diría García Márquez. Pero por si acaso, en caso de extrema necesidad, el Dr. Herrera tiene instrucciones concretas para determinar las causas de mi muerte. Así que por eso, no te preocupes.

Regálame una muerte digna. Mañana puede ser un buen día, como cualquier otro.

Con mi eterno agradecimiento,

Tu amigo EDUARD

Eso era. Eso era lo tan celosamente guardado en una caja de seguridad, desde hacía dos años. Ni una palabra para Vero. Ni una mención a Irene. Al menos, no en la carta.

3

Mi madre ha contestado mi llamada.

—Hola, Sole, ¿cómo va todo, cariño? ¿Ya se te ha pasado la mala leche?

Mi madre tiene ese don. Te da y te quita en la misma frase. Pero hoy no tengo ganas de discutir.

—Ya. Tengo noticias.

—¿Qué ha pasado?

—Ya tengo la llave. De hecho, tengo la caja.

—Dame veinte minutos y voy para allá.

—No, no —la interrumpí—, mejor voy yo. Nos vemos en una hora.

—Perfecto.

Arturo me abrió la puerta. Se me había olvidado lo galán que era este hombre. No me extraña que mi madre perdiera los vientos por él. Lo que él vio en ella, bueno, eso es otra historia.

—Hola, Arturo.

—Hola, Sole. Pásale, por favor.

Mi madre nada más verme, me notó distinta.

—Qué tal, hija.

—Bien, mami.

Y nos sentamos en el sofá como los acusados de un juicio.

Arturo nos trajo algo de beber y nos dejó a solas. Había que reconocerle la virtud de la pertinencia. Siendo objetiva, el hombre, salvo el enorme defecto de vivir con mi madre, parecía ser un estuche de monerías.

—¿Y bien? —preguntó, impaciente.

—Bueno. A ver. Verás —dije rodeando—. En la caja estaba su diario.

—¿Lo traes?

—Sí, aquí lo tengo —y le di dos palmadas a mi mullido bolso. Sabía que mi madre se moría por verlo, pero el diario me lo había dejado a mí y esa voluntad pensaba respetar.

—¿Estás lista? —le pregunté.

—Estoy lista desde que colgué contigo —contestó ella.

—Bien… pues agárrate. Ahí te va: Cuando Eduard se enteró que estaba enfermo y que se precipitaba al declive, decidió poner en orden todos sus pendientes, como es natural. Lo de la rutina lo sabemos ya: contrató a Rubén para que lo cuidara, incluso hizo una solicitud en una clínica de enfermos de alzhéimer, por si acaso, y afinó una serie de asuntos legales con su abogado, como su testamento, y cosas por el estilo. Pero él quería hacer algo antes de morir, algo que había postergado para cuando tuviera tiempo, para cuando se jubilara, cuando estuviera preparado, cuando hubiera leído todo lo que le faltaba por leer. Quería escribir una novela. Una novela que demostrara que la primera, firmada por Darío Cienfuegos, no había sido un accidente. Siempre lo postergó pensando que la vida le daría la oportunidad de hacerlo cuando él decidiera. Y de pronto, ¡plaf! Le diagnostican alzhéimer. Eso sí que no se lo esperaba. Porque se había imaginado enfermo de otras cosas, había pensado que le podía dar cáncer, podía ser diabético, tener problemas de vesícula, y estaba seguro de que moriría de un infarto al corazón (porque siempre tuvo el colesterol muy alto). Pero en su hipocondríaca lista, el alzhéimer fue lo único que no contempló. De algún modo, pensaba que siempre estaría en posibilidad de contar historias y con suerte, podría escribirlas cuando tuviera suficiente vida sobre los hombros.

»Entonces, ¿qué hace? Decide que necesita ayuda. No puede hacerlo solo. No sabe cuándo la enfermedad le va a caer encima como un rayo partiéndolo en dos. Necesita encontrar la forma de terminar su historia en caso de que el olvido llegue, como llegará, sin avisar. Sabe que no podrá concluir la obra, pero quiere emprenderla aunque la acaben otros. Una especie de Gaudí con su *Sagrada Familia*. Él va a dejar el esqueleto, el diseño, y después, Dios dirá. ¿Pero a quién conoce que le ayude en semejante tarea? A nadie. Y se pone manos a la obra.

»Empieza a escudriñar a todos sus alumnos. Hombres, mujeres, mayores, jóvenes, alguien capaz de escribir más allá de redactar. Les pone a hacer ejercicios, les hace preguntas, lee sus escritos. Pero con ninguno tiene la empatía como para decir *en tus manos encomiendo mi obra póstuma*. No se fía de nadie. Y entonces comienza a desesperarse. No sabe a quién recurrir y el tiempo apremia. Siente los coletazos de la locura lamiéndole en la nuca. Pero necesita escribir su libro. Lo necesita con la misma angustia con que sabe que va a morirse de una enfermedad degenerativa, y siente que ese libro le devolverá el sentido a una vida solitaria y temerosa. Por eso, ante la urgencia, se pasa las horas navegando por la red en busca de un@ blogger@ con el suficiente criterio e inexperiencia para escribir su novela sin tergiversarla, y que luego, cuando él haya muerto en cuerpo o en alma, lo que suceda primero, no la robe y se la plagie. Navega. Lee blogs de todo tipo. Busca. Y, por una de esas razones que no me explico, da conmigo.

Mi madre escuchaba con los ojos muy abiertos.

—Algo descubre en mí. No puedo saber qué. Pero algo hay en mi forma de escribir que le mueve, le conmueve y le hace pensar que esa persona anónima al otro lado de la pantalla, que firma sus entradas como Psyque Zenobia, como el personaje del cuento de Edgar Allan Poe, es la persona adecuada. Lo sabe. Lo siente. Lo presiente. Me lee.

»Y me investiga.

»Quiere cerciorarse de quién es la persona oculta en el seudónimo, confirmar si su colmillo de perro viejo aún le funciona. Y con la poca o mucha información recabada, decide que se la va a jugar. No tiene tiempo de buscar a nadie más. Y se encarga de dar conmigo a través de una agencia de trabajo temporal. Como me conoce porque me ha estado espiando, me lanza un anzuelo que yo muerdo con gula. Me ofrece un trabajo bien remunerado con tintes literarios. Y yo pico. Como pica un pez deslumbrado por el brillo de la carnada. Al fin, soy un pez nadando en la corriente. Entonces llego a él. Por fin.

»Y empieza la novela.

»Me cuenta que quiere guardar sus recuerdos en un banco. Y yo empiezo a escribir la historia que él me va contando. Me engatusa contándome una historia, pues tiene un plan elaborado, premeditado. Y es, sencillamente, que no quiere que yo sepa que lo que me cuenta es mentira, porque de descubrirlo todo perdería la magia. Necesita estirar la mentira hasta el final, hasta sentir que si se estira lo suficiente puede rozarla con la punta de los dedos. Todo su cuerpo le pide a gritos vivir de la ficción, porque en la realidad, la otra vida, no hay más que desgracias. En la realidad la gente muere, enferma, pierde a sus seres queridos, hay hambre, guerras. Su realidad es mucho más insípida que la ficción que inventa. En la ficción es amo y capitán de su navío. Así que no confiesa y estira la mentira hasta sus últimas consecuencias.

»Sin embargo, hay algo de verdad asomándose tras la maleza. Porque a lo largo de muchos libros leídos y de historias inconclusas, ha aprendido que en la literatura todo está contado ya, que abundan los lugares comunes y que si quiere que su historia tenga frescura y no sea un mero ejercicio metaliterario, lo importante será no lo que cuenta, sino cómo lo cuenta. Pero también sabe, muy a su pesar, que una novela en donde no exponga parte de su alma, no valdrá nada. Una novela en donde sólo se narren acontecimientos, uno tras otro, es una novela condenada al olvido, como su cerebro, como su vida. Porque las novelas nunca nacen de la cobardía. Lo ha experimentado muchas veces, y sabe cuál es exactamente el lugar a donde lleva aquello. Irremediablemente, ya fuera en el de uno o el de otros, el destino de las novelas escritas de puntitas es el cajón. Así que, por primera y última vez —sabe con seguridad que será la última— va a escribir sobre él. Va a meterse en el ojo de los demás para escarbar en la paja, pero en realidad, evidenciará la viga en el propio.

»A pesar de eso, pero sobre todo por eso, tiene que escribir sobre Irene.

»Hace mucho que Irene ya no está. Han pasado años. Décadas. Sabe que jamás volverá a verla. Su recuerdo es lejano, es un barco que se vislumbra entre la niebla. Pero aún le duele. Irene es lo que más le ha dolido en la vida. Ha tenido amantes, amores, mujeres. Pero Irene es la cicatriz que duele cuando llueve, cuando hace frío, cuando quiere escalar una montaña. Irene está impregnada en su carne y en la memoria. No ha podido olvidarla. Quizás por eso, su cuerpo, cansado de recordar, ha escogido la manera de descansar, al fin, y soltarla. Aunque con ese viento vuele también el resto de su vida.

»Amó a Irene. Mucho. Muchísimo. Pero acabó. Ella lo dejó. Y eso no se olvida. Pero no quiere escribir sobre aquello. Para eso tiene la ficción. Ya lo dice Vargas Llosa, lo escuchó decirlo una vez y se lo aprendió a conciencia: «La vida real, la vida verdadera, nunca ha sido ni será bastante para colmar los deseos humanos.» Bendita ficción que le dará la oportunidad de despedirse a gusto. Y entonces, se inventa a otra Irene. Una Irene creada a su imagen y semejanza, para saborear un poco de eso que los humanos tenemos en común con los dioses.

»Su Irene regresa. Su Irene le escribe. Su Irene se arrepiente de haberse ido. De haberlo dejado. Crea una cuenta de Internet a nombre de ella, y empieza a escribirle. Luego, ella (que no es sino él mismo), le contesta. Eduard fabrica así un torbellino, una espiral que únicamente aumenta su delirio. Hasta que se agota de luchar contra la naturaleza, se da cuenta de que no puede más y cesan los correos. Cada vez está más cansado. No tiene fuerzas, ni ganas. Y tiene lagunas. Lo sabe porque se siente estúpido, avergonzado e incompetente. Quiere escribir pero todo lo que hace se le tuerce, como si en vez de dedos tuviera serpientes moviéndose con independencia. No puede seguir.

»Pero allí estoy yo para salir a rescatarlo. No en vano, él ha hecho su tarea. Y entro en su vida para ponerme a escribir. Sin saberlo, le doy cuerda a su reloj, y voy levantando piedritas, una a una, al deshacer lo andado.

»Para jugar este juego, hay que untar a mucha gente. A todos les ha ofrecido unos honorarios lo suficientemente altos para que cumplan con su cometido, aunque a ninguno le suelta el dinero por adelantado. Músico pagado toca mal son, y como sabe que no será consciente de si cumplen o no la palabra dada, se asegura de que nadie equivoque su papel sujetándolos como a las ovejas: con la lana.

»Y aquí es donde entramos nosotras, mamá, pues somos dos fichas en una partida de dominó.»

Mi madre me mira en un silencio total. El té sobre la mesa está frío. A lo lejos, se escucha el sonido de un lavavajillas.

—Quién se iba a imaginar que asistíamos a una obra de teatro.

Todo mentira. Todo falso. Una puesta en escena impecable, creada única y exclusivamente para tener material para escribir una novela. Hace entrevistas, contrata gente. Contrata a Irene. O al menos, a una mujer que va a representar el papel de Irene. Sabe que la necesita para dar veracidad a los correos que ha escrito. Para que nosotras sigamos las pistas como Hansel y Gretel hasta la casa de caramelo. Y el policía que te siguió (contratado también) te la ofreció en bandeja como el bautista a Salomé. Le da la llave al portero, pero primero le hace jurar que no entregará la llave a nadie más. En caso de dejar el trabajo, debe entregar la llave a Vero. Pero eso no hace falta, como sabemos. Y a Vero, su fiel Vero, le pide que interprete el papel de su vida cuando le pide que me cuente la historia de Petra.

—A ver, a ver… ¿Qué estás diciendo? —interrumpe mi madre.

—Digo que Vero no es hija de Eduard. Ni de Petra. Todo es falso.

—¡No puede ser! —exclama mi madre poniéndose en pie.

—Yo tampoco lo podía creer. Pero es cierto.

—¿Y las cartas?

—Las cartas las escribió él.

—¿Entonces Vero no es hija de Eduard?

—No. Aunque sí se quisieron mucho.

—Pero Petra… tampoco…

—Tampoco. Aunque es una buena historia, ¿no te parece?

Mi madre enmudeció. Yo respeté su silencio. Algunas noticias se mascan con la parte muda del pensamiento.

Y después de un rato, habiendo parecido recuperar el sentido, preguntó:

—¿Y Rubén? ¿A poco él también…?

—No. Rubén es un enfermero de verdad. El más inverosímil resultó ser auténtico.

—¿Pero hubo una Irene?

—Sí. Pero una vez separados no volvió a verla jamás. La literatura le dio la oportunidad de escribir un *hubiera*.

Más silencio. Más pausa.

Cayó un trueno. Empezó a llover. El agua se precipitó lavándolo todo, tragándose el desazón junto con la inmundicia que navegaba hacia las alcantarillas. Nadie se conoce del todo. Son las circunstancias las que nos obligan a mirarnos el ombligo y descubrir qué tanto o qué tan poco sabemos de nuestra propia naturaleza. Mi madre, por ejemplo, como esos adivinos que saben todo con anticipación pero que no desvelan sus sospechas hasta que el toro ha pasado diciendo un *Yo ya lo sabía*, soltó de pronto:

—Ya ves. Te lo dije. Sabía que todo era puro cuento.

«Cuento», pensé. La vida es un cuento que nos contamos. En el fondo, nos gusta engañarnos.

—En fin —suspiré—. Pues ya lo sabes.

—¿Y qué vas a hacer ahora?

Qué iba yo a hacer ahora. Ésa era la pregunta que no dejaba de hacerme desde que leí la carta con las instrucciones, carta de la que, por supuesto, no mencioné una palabra.

—Pues nada… seguiré con él, escribiéndole su libro, supongo. Luego lo llevaré a una editorial. A ver si se lo publican.

—¿En serio? ¿Y cómo le vas a poner?

—*La última página*—dije.

—¿Crees que querría verlo publicado?

Hice una mueca con la boca.

—Supongo… si no, ¿de qué habrían servido tantas molestias que se tomó? Terminaré el trabajo por el que me contrató y luego me iré.

—¿Y Vero? ¿Le vas a decir?

—¿Que lo sé? No. Para qué. Prefiero que nos recordemos así, cada una representando un papel.

—Como veas —dijo mi madre.

Nos despedimos con un beso. Luego me abrazó fuertemente.

Sonreí. Sentí que me envolvía en una toalla. Y mi madre, que no dejaba de sorprenderme, me dio la bendición dibujándome la señal de la cruz sobre la frente.

4

Sobre mi escritorio hay una pequeña bola de cristal que, como una princesa encerrada en la torre más alta, contiene en su interior la Catedral Metropolitana. Si se le da un golpe de muñeca, un montón de bolitas de unicel revolotean suspendidas en un líquido acuoso. Nieva sobre catedral. No sé de quién haya sido la idea de encerrar la catedral en esas invernales bolas, como si en el Zócalo hiciera el mismo frío del Kremlin en diciembre. Bien podrían haber echado a volar palomas de papel, o algo más acorde con el clima de la ciudad. Sin embargo, he de decir que ver nevar sobre la Catedral ejerce sobre mí un gran poder que estimula mi imaginación. Me gusta imaginar un D.F. helado, cubierto por la espesa nieve de los volcanes. Me relaja. Los días fríos me transportan a las tardes de invierno de mis nueve años, cuando mi padre acababa de dejarnos y mi madre y yo fingíamos no extrañarlo, obviando el vacío. Mi madre preparaba chocolate caliente, nos acurrucábamos en el sofá cobijadas bajo la misma manta, tan cerca una de la otra que podíamos oler nuestro *shampoo*, y pasábamos horas viendo películas románticas que nos aflojaban la nariz y nos hacían pensar, durante un ratito, un instante perfecto, que el amor no tenía que ser tan fiero como lo pintaban. El frío, pues, me trae reminiscencias de esperanza.

He cogido el diario de Eduard. Lo leo todos los días, como quien agarra la Biblia y lee versículos al azar. Me maravilla su claridad de ideas, lo seguro que estaba de su historia. En las últimas páginas, apuntaba notas para mí. Al final de sus días, y no porque fuera a morir sino porque eran los últimos de lucidez, ya no escribía para él, sino para mí. Estaba dándome clases por escrito, como si en verdad su vocación latente siempre hubiese sido la de profesor y no la del escritor. Empiezo a descubrir qué tengo yo que a él le faltaba. La interminable y tan discutida guerra entre el talento y la disciplina. Sin embargo, tras leer sus anotaciones, los comentarios que hacía sobre sus lecturas, la sensibilidad con la que sabía leer, me doy cuenta de que era mucho más talentoso como escritor de lo que llegó a ser como profesor. Si tan sólo le hubiera perdido un poco de respeto a las letras. Si hubiera escrito como si respirara, sin preocuparse por hacerlo bien, sino sólo en jalar aire, a lo mejor hubiera sido más feliz. En su diario hay muchas frases sobre la creación literaria que son las reglas que él hubiera seguido de haber podido concluir su novela. Por ejemplo, ésta de Richard Peck que estoy segura de que funciona: «El primer párrafo es el último disfrazado.» O esta otra de Gordon R. Dickson que considero es la razón por la que se tomó tantas molestias en hacerme creer que todo era verdad: «Una historia funciona cuando contiene bombas de tiempo dispuestas a estallar en la próxima página.» Hay muchas más frases. Páginas y páginas. No me extraña que sus alumnos lo idolatraran. Les daba mucho material para sus muros de Facebook. Y al final de todo, con letra violenta y tambaleante, escrita con otra pluma, por lo que deduzco que la escribió ya tarde, aquejado por los primeros empujones de la enfermedad, tuvo la fortaleza y obstinación de copiar esta última de Gunnar Ekelof: «Denme veneno para morir o sueños para vivir.» Es el cierre de un diario jugoso, tremendo y lleno de poesía. Si lo hubiera mandado a una editorial, estoy segura —doble contra sencillo— que se lo hubieran publicado.

Hace frío. Me parece un día perfecto para ir a Chapultepec. Es mejor que un día espléndido sin nubes. Las familias con niños motorizados con toda clase de vehículos rodantes salen a circular como si fueran zombis a la medianoche. Prefiero llevarlo hoy, que es martes, para poder pasear a nuestras anchas por el bosque.

Eduard tiene meses sin pisar la calle. Su mirada está perdida. No es como la de un enfermo de cataratas cubierta por esa especie de telilla blanca. No hay niebla en ellos —y al pensar en ello me doy cuenta del atinado título de su diario—, sino que es como si mirase hacia el pasado. No está conmigo e ignoro con quién estará, pero él deja que lo guíe como si fuera su lazarillo.

Y nos hemos tomado un jugo de mandarina, y nos hemos sentado sobre la tierra mojada, nos hemos descalzado y embarrado con la tierra. Hemos leído a la orilla del agua, mientras dábamos de comer a los patos y a unos peces gigantes. Cuando el sol ha caído, hemos ido al Ajusco. Nos hemos cobijado bajo una manta de lana a rayas, y hemos brindado por la vida. Por el ocaso. Yo le he besado. Le he besado por enseñarme a escribir. Por enseñarme a tener el valor de desnudarme con las palabras, porque con esa devastación suya no hizo sino agrandar mi alma y ensanchar mi espíritu. Le he besado por haberme escogido. Por haber sabido ver en mí esa parte suya que nunca encontró.

Cuando era pequeña, con unos seis o siete años, quise tener un perro. Recuerdo que me empeciné mucho en tener uno y mis padres, presionados, no sabían ya qué excusa darme. Papá aún vivía con nosotras. Mamá no quería un perro en nuestra vida, porque me conocía muy bien y sabía que a los pocos meses se me pasaría la euforia de un cachorro y el perro sería una más de sus muchas responsabilidades, como otro hijo, una de tantas ataduras que no deseaba en su vida. La compañía y la alegría eran lo de menos, al perro habría que sacarlo a pasear, bañarlo, darle de comer, limpiarle las cacas y dejarlo encargado, vete a saber con quién, en vacaciones. Mi madre no quería un perro. Mi padre, sin embargo, me lo compró. Llegó un día a casa, contento, «con una sorpresa», dijo. Recuerdo a mi madre sentada en un sillón, reprimiendo un gesto de puchero y coraje, mientras mi padre y yo danzábamos alrededor del perrito, que no hacía otra cosa que mordernos las agujetas de los zapatos. Y con la velocidad con la que se marchitan las flores, el perro creció. Un día, mientras mi padre y yo lo paseábamos sin correa, el perro se echó a correr tras una ardilla y lo atropellaron. Quedó severamente herido y el veterinario sugirió sacrificarlo. Mi madre se negó. Preguntó qué se podía hacer para salvarlo, lo operaron, lo medicaron, le hicieron toda una terapia que sin duda ofendería a la gente que no podía pagar una consulta para atender a un hijo. Todo lo que estuvo en manos de mi madre se hizo. Mi padre, por el contrario, decía que era una pendejada gastarse tanto dinero en un animal y que no entendía por qué le dejábamos sufrir tanto, si de todos modos se iba a morir. El perrito sufrió, sí. Pero también sintió que no estaba solo en el mundo. Y recuerdo que nos miraba con cara lánguida, pidiéndonos por favor, por favor, detener el dolor. Mi madre lo acompañó hasta el final. Lo cuidó, lo alimentó con jeringas, lo alzó en brazos cuando hacía del baño para que no se embarrara en sus propios orines y mierda, le limpiaba las heridas y soplaba en las cicatrices que lo atravesaban de cuello a rabo. No se separó un segundo de su lado. Hasta que el perrito, ése que sabía que sería un incordio y un sacrificio, murió en su regazo. Pero antes de irse, le asestó un último lengüetazo y mi madre le dijo:

—Te quiero, pequeño. Vete tranquilo.

Eduard fallece lentamente entre mis brazos. Se queda dormido, mientras lloro desconsolada porque no sé por qué carajo me acuerdo justo ahora de esta historia.

Quizás porque morir, ese acto tan difícil y complejo, a veces es precedido por el olvido. Un olvido que mata antes de la muerte porque sumerge en la misma nada. Pero de vez en cuando surge alguien capaz de burlarlo, aunque no eternamente ni por mucho tiempo, con las palabras.

Banco de Recuerdos

El *bancoderecuerdos.es* es una web real, donde cualquier persona puede donar o apadrinar un recuerdo (texto, foto o video).

Seleccionando un cajón, tal y como hace Soledad en la novela, uno puede donar de forma gratuita un recuerdo, ya sea en formato texto, audio o video, para almacenar las cosas maravillosas que nos han ocurrido a lo largo de la vida y de las cuales no queremos perder la memoria ni el recuerdo.

Por el precio de un café se puede apadrinar un recuerdo o compartirlo entre amigos, familiares y conocidos para que ellos a su vez lo apadrinen o donen el suyo. Esta ayuda económica servirá para apoyar la investigación contra la enfermedad de Alzheimer.

Utilicé la ficción para dar vida a esta iniciativa, que siempre me pareció muy literaria. Y para salvarme de las jugarretas de la memoria. Aunque sea escribiendo mentiras con sabor a verdades.

Agradecimientos

El proceso de escribir esta novela, desde el chispazo del cual surgió la idea original hasta su culminación, tomó bastante tiempo, y a lo largo del camino hubo tantas enseñanzas y experiencias de vida que no cabrían ni en papel ni en digital.

Sin embargo, durante estos años, muchas han sido las personas al pie del cañón, apoyándome en los buenos y en los malos momentos, compartiendo la vida, con sus sinsabores y enormes alegrías.

Quiero agradecer a Gabriel y a Carmina, mis editores y amigos, quienes siempre me han ofrecido un hombro sobre el cual llorar cuando las emociones se ponen demasiado intensas para cargarlas sola, pero con quienes he compartido también muchas risas. Gracias por estar siempre ahí.

A mi agente, Willie Schavelzon, por tener fe en mí desde el principio y con quien estoy corriendo esta carrera de fondo en el mundo editorial.

A Ricardo Baduel, por fungir de faro en la tempestad y enseñarme que una historia es un secreto que se cuenta.

A Sandra Lorenzano, por abrirme las puertas del Claustro de Sor Juana y ponerme en contacto con mi lado académico, sin duda todo un descubrimiento. Dar clases, además de haber sido un parteaguas en mi vida, es un remanso de paz en donde —sin duda— soy yo quien más aprende.

Y a todos mis amigos y familiares que están ahí, a mi lado, incondicionalmente.

Vosotros sabéis quiénes sois.

Ustedes saben quiénes son.

Índice